D1668084

Das Buch:

1863: Ein Fremder wirft Leona am Tag Ihrer Hochzeit eine silberne
Taschenuhr zu. Als sie die Uhr öffnet, erscheint Leutnant Teck, ein
Offizier in einer Uniform des 18. Jahrhunderts. Er behauptet, ein
Zeitmeister habe seine Seele an das Uhrwerk gebunden. Während ihr
Ehemann Alexander zunehmend misstrauisch wird, versucht Leona,
mehr herauszufinden. Doch die Beschäftigung mit der Zeit birgt
Gefahren, mit denen sie nicht rechnet.

Über die Autorin:

Ann-Merit Blum lebt und arbeitet in Frankfurt am Main.

Der zweite Band ihrer Trilogie „Meister der Zeit" ist in Vorberei-
tung.

Für die
unersetzlich
Ute Lotz!
Ann – Merit Blum

Meister der Zeit
© 2009 Ann-Merit Blum

Herstellung und Verlag:
Books on Demand GmbH, Norderstedt

ISBN 978-3-8370-9587-6

Umschlaggestaltung:
Helga Amend/Manuel Heine

2. Auflage 2009

Ann-Merit Blum

Meister der Zeit

Die Uhr mit den Kupferintarsien

Für Heidi

Danke, Helga, für deinen unermüdlichen Einsatz!

Danke, Manuel, für die vielfache technische Unterstützung!

Hochzeitstag

Die silberne Taschenuhr fiel Leona am Morgen ihrer Hochzeit buchstäblich in den Schoß.

Der ganze Vorfall sorgte in der Nachbarschaft viele Tage lang für Gesprächsstoff und drängte das eigentliche festliche Ereignis in den Hintergrund. Dabei war alles eine Sache weniger Minuten.

Alexander hatte sie eben die Kirchentreppen hinab geführt, und sie drehte die ungeheuren, bestickten Röcke ihres Kleides durch die Tür der Hochzeitskalesche, da schoss ein Vierspänner mit dunkel verhängten Fenstern aus der Schwanengasse. Hochzeitsgäste sprangen zur Seite. Es gab empörte Ausrufe. Dann folgte ein zweites Gefährt. In derselben halsbrecherischen Geschwindigkeit raste es auf den Kirchplatz hinaus. Ein vermummter Fuhrmann riss an den Zügeln. Der Wagen beschrieb eine weite Kurve. Die Blumenmädchen ließen ihre Körbe im Stich und retteten sich in die Arme ihrer entsetzten Eltern.

Dann schob sich eine behandschuhte Hand durch den Vorhang, der die Fenster des Vierspänners verdeckte. Die Hand hielt eine Pistole.

Schreiende Menschen drängten durch das gastlich geöffnete Portal zurück in die Kirche, wo der Organist noch die letzten Takte des Auszugsmarsches spielte.

Die weißen Pferde traten unruhig hin und her und wandten die Köpfe. Sie schienen bereit, jeden Augenblick durchzugehen. Leona lehnte sich vor und bekam die Zügel zu fassen, während Alexander die Klapptreppe hinunter stieg, um sich die Störung der Feier gestreng zu verbitten. Im selben Augenblick wendete eine der beiden Kutschen und raste dicht an ihm vorbei. Er konnte sich nur mit einem Sprung nach hinten retten.

Ein Mann mit Dreispitz und Kniebundhosen hangelte sich trotz der atemberaubenden Geschwindigkeit von der Tür nach vorne zum Kutschbock und wollte die Zügel an sich reißen, da krachte ein Schuss.

Der Mann rollte zu Boden. Sein weißes Halstuch war blutverschmiert. In einer Hand hielt er den Dreispitz, in der anderen etwas Silbernes, das im Sonnenlicht blinkte.

Leona sank auf die rot bezogene Bank der Hochzeitskarosse.

Ein zweiter Schuss ließ Splitter vom Kopfsteinpflaster aufspritzen. Der Verletzte drückte sich hoch, sah sich Auge in Auge mit Leona, und warf ihr das Silbrige zu.

Es war eine offene Taschenuhr.

Unwillkürlich schloss sie den Deckel. Als sie aufsah, war der Mann mit dem Dreispitz verschwunden. Jäh wurden die beiden Kutschen gewendet, die Pferde nahmen Galopp auf und im Handumdrehen war der ganze Spuk vorüber.

Während Alexander ihnen noch empört nach sah, kamen Leonas Eltern von der Kirchentür. Ihr Vater schenkte ihr einen der seltenen Momente der Zuneigung, indem er sie an sich drückte, und ihre Mutter brach in Tränen aus. Auf seinen geschnitzten Gehstock gestützt hinkte Leonas Schwiegervater herbei. Niemand beachtete die Uhr, die Leona fest umklammert hielt.

Auch die nächsten Stunden über blieb keine Zeit, sich deswegen den Kopf zu zerbrechen. Das unerhörte Ereignis hatte den fein abgezirkelten Verlauf der Feierlichkeit durcheinander gebracht. Die Gesellschaft erschien viel zu spät zum Essen. Dienstboten liefen aufgeregt durcheinander. Die Suppe war eingekocht und schmeckte salzig, der Braten war zäh geworden. Einige Gäste hatten sich ihren Festtagsstaat beschmutzt oder eingerissen und mussten sich erst herrichten, ehe sie Platz nehmen konnten.

An der Hochzeitstafel wollte dann einfach keine Ruhe eintreten, auch nicht als der Brautvater versuchte, sich Gehör zu verschaffen. Leona hätte am liebsten gelacht. Stattdessen liebkoste sie unter dem Tisch die silberne Uhr. Alexander wirkte verbissen. Er nippte nur an seinem Glas und beklagte sich bei der Brautmutter über die Ungeheuerlichkeit eines solchen Auftritts.

„Man mag es kaum glauben", sagte er. „Siebenundvierzig Minuten hat uns diese Geschichte gekostet, dabei kann der Vorfall selbst nicht länger als drei Minuten gedauert haben."

Leonas Mutter fächelte sich Luft zu.

„Mir erschien es wie Stunden", sagte sie. „Mein armes Schaf! Meine arme Leonie! Ich mag gar nicht denken, was alles hätte passieren können!"

„Es hätte nichts passieren können", entgegnete Alexander. „Ich war ja bei ihr."

„Du vermagst auch keine Kugel aufzufangen", sagte Leona.

Er zog die Augenbrauen nach oben.

„Du durftest dich in meiner Nähe in jedem Augenblick vollkommen sicher fühlen!"

„Natürlich", sagte Leona und nahm einen Schluck von dem viel zu süßen Wein.

Alexander orderte dann auch bald einen trockeneren.

„Ich bin sicher, dass ich darauf bestanden hatte, dass nur erstklassige Getränke auf den Tisch kommen", sagte er, stand auf und flüsterte mit seinem Schwiegervater.

Leonas Mutter lächelte.

„Ich bin so froh, Kind!", sagte sie. „Du hast es gut getroffen. Alexander ist nicht nur ein brillanter Mathematiker, sondern auch ein beherzter Mann – und nebenbei gut aussehend."

Leona nickte. Alexander sah wirklich gut aus mit seinem hohen weißen Kragen und den klugen grauen Augen. Obwohl das Wetter bisher wenig sommerlich gewesen war, hatte er Farbe im Gesicht und im Gegensatz zu seinem Vater neigte er nicht zu einer vorgebeugten Haltung. Wie er nun auf der anderen Seite des Tisches stand, eine Hand elegant nach hinten genommen, den Kopf zwar höflich geneigt, das Kinn aber vorgestreckt, machte er wirklich eine gute Figur.

Leona drehte die silberne Uhr in der Hand und wünschte sich, das Kleid wechseln zu können – oder doch wenigstens die Schuhe.

Spät in der Nacht erreichten sie dann endlich das Haus, in dem sie künftig leben würde. Es war ihr von vielen Besuchen her vertraut, doch sie hatte bisher nie den zweiten Stock betreten, wo die Schlafzimmer lagen.

Alexander führte sie zeremoniell an der Hand hinauf und öffnete ihr die Türen.

„Du wirst dich frisch machen wollen!", sagte er.

Im Ankleidezimmer war sofort ein Mädchen zur Hand um sie aus den Reifröcken zu schälen. Ihr wurde eine Tasse Schokolade angeboten, die sie ablehnte, denn das Essen war viel zu üppig gewesen. Die Korsage schnürte sie schon jetzt bis an die Grenze des Erträglichen. Als die Bänder gelockert waren, fühlte sie sich wie aufgehendes Hefegebäck. Dann stand sie allein vor dem Spiegel, das Haar offen, ein lockeres Nachtkleid über den Schultern und unendlich müde. Sie tastete nach der Uhr.

Das Gehäuse war mit lateinischen Sinnsprüchen verziert. Die feine Uhrkette endete in einem Karabiner. Leona ließ den Deckel aufspringen und prallte gegen die Kommode. Vor ihr zitterte die Luft. Unscharf sah sie den Mann mit dem Dreispitz. Er richtete sich aus den Knien auf. Seine Augen wirkten groß und flehend. Er machte Bewegungen, die sie anscheinend auf irgendetwas hinweisen sollten. Leona streckte unsicher die Hand aus.

Die Luft flirrte spürbar, doch es gab nichts Greifbares. Der Mann nahm den Hut ab und wollte sich verbeugen, brach dabei in die Knie und sank zur Seite. Erschrocken klappte Leona den Deckel der Uhr zu und sofort war der Mann verschwunden.

Alexander öffnete die Zwischentür.

„Ich muss sagen, du benötigst recht viel Zeit zu deiner Toilette", sagte er. „Möchtest du nicht zu Bett kommen?"

Leona schob die Uhr hinter den Drehspiegel.

„Ich bin fertig", sagte sie.

Der Raum war dunkel gehalten. Die Tapeten trugen elfenbeinweiße Streifen auf Nachtblau und der Bettvorhang sah so streng aus, als verdecke er einen Beichtstuhl. Sogar hier in seinem Schlafzimmer hatte Alexander einen Schreibtisch stehen, der genau so mit Papieren besät war, wie jeder andere im Haus. Um ihre Nervosität zu überspielen betrachtete Leona die Skizzen konzentrischer Ringe, umgeben von Zahlen und griechischen Buchstaben.

„Es sieht aus wie der Entwurf einer Maschine", sagte sie.

Alexander lachte.

„Diese Maschine, wie du es nennst, ist unser heliozentrisches System."

„Die Planeten?", fragte Leona und nahm das Blatt hoch. „Wo ist die Sonne? Ist sie das hier?"

„Aus Maßstabsgründen habe ich sie weg gelassen", sagte Alexander. „Sie nähme weit mehr Raum ein, als es das Format erlaubt."

„Beschäftigst du dich mit den Bahnen der Planeten? Sind sie nicht längst berechnet?"

Alexander nahm ihr das Blatt aus der Hand und legte es genau an den Platz zurück, von dem sie es genommen hatte.

„Es gibt immer noch Unstimmigkeiten", sagte er. „Aber ich interessiere mich hauptsächlich dafür, weil unser Planetensystem eine perfekte Uhr darstellt."

„Eine Uhr?", fragte Leona verblüfft.

„Gewiss. Eine Uhr", sagte Alexander. „Aber du musst müde sein, Leonie. Lass uns doch nun schlafen gehen!"

Zögernd näherte sie sich dem Bett. Er schlug einladend den Vorhang zurück.

Die Bettwäsche war jungfräulich weiß und kühl unter der Berührung. Seitlich wie eine Krabbe kroch Leona unter die Decke. Am liebsten hätte sie sich ganz darunter vergraben.

Alexander legte den Hausmantel ab. Darunter trug er einen streng geschnittenen, dunkelblauen Schlafanzug, bis zum Hals geknöpft und mit Stehkragen, als gälte es auch nachts eine korrekte Erscheinung abzugeben. Die gestärkte Decke raschelte, als er sich hinlegte. Er löschte das Licht.

„Gute Nacht, Alexander!", sagte Leona.

„Gute Nacht, Leonie."

Als er sie in der Dunkelheit berührte, fuhr sie zusammen.

Er murmelte irgendwelche höflichen Dinge, wie froh er sei, dass sie nun endlich verheiratet seien und wie nett die Feier doch gewesen sei, bei allem… Obwohl natürlich der unsägliche Vorfall… Anders als gewohnt kamen seine Sätze nicht zu Ende. Leona hielt den Atem an. Unter seiner Hand war ihr Bauch so fest wie ein Brett.

„Warum ist das Sonnensystem eine Uhr?", fragte sie.

Sekundenlang blieb er still. Dann sagte er: „Wie soll ich dir das erklären, Kind? Du würdest es doch nicht verstehen."

„Gewiss würde ich es verstehen."

Sie hörte ihn seufzen.

„Die Planeten umrunden die Sonne auf fest abgezirkelten Bahnen. Sie bewegen sich mit der Präzision eines Uhrwerks, ohne jemals abzuweichen, oder sich zu verspäten."

„Das muss dir gefallen", sagte Leona.

„Gefallen ist nicht das richtige Wort, Leonie. Es fasziniert mich. Und wie du dir wohl vorstellen magst, ist es kompliziert. Wir wollen ein anderes Mal darüber reden."

Seine Hand glitt über das mustergültig geplättete Nachthemd abwärts bis zu ihrem Oberschenkel. Sie dachte krampfhaft über eine wirklich kluge Frage nach, doch nun kamen ihr die geflüsterten Erklärungen ihrer Amme wieder recht zu Bewusstsein. Frauen mussten stark sein. Der Schöpfer hatte sie als Strafe für den Sündenfall mit ehelichen Pflichten belegt und keine verheiratete Frau kam darum herum, sich ihnen zu beugen. Letztlich würden sie zu ertragen sein, wie anderes auch.

Alexander mühte sich mit den Hindernissen, die ihm die Mode in den Weg legte, um das Hemd dann irgendwie einfach nach oben zu rollen. Seine Hand auf ihrer Haut war sehr warm und im Versuch, ihn abzuschütteln stieß sie ihr Knie gegen seine Kniescheibe. Er sog den Atem ein.

„Bitte, Leonie! Was machst du für einen Unsinn?"

„Es kitzelt", sagte sie.

„Entschuldige."

Sein Griff wurde fester, was ihr nicht besser behagte, doch sie entschied sich dafür, ihren Part nun ohne Murren zu erfüllen, wie es erwartet werden konnte. Nach Murren war ihr dann auch gar nicht zumute. Eher danach, Alexander etwas ins Gesicht zu schlagen.

Als er das erdrückende Gewicht endlich von ihr herab nahm, glitt sie auf ihrer Seite aus dem Bett, erreichte die Zwischentür, schlug sie ins Schloss, ihre zitternde Hand ertastete den Schlüssel und drehte ihn herum. Sekunden später hörte sie seine Stimme.

„Leonie!"

„Ich bin nun müde!", zischte sie.

In aller Eile rannte sie zur anderen Tür und verriegelte sie. Sie wollte in den Sessel sinken, doch Sitzen tat weh und sie fühlte sich unten herum unangenehm feucht. Im Dunklen hantierte sie mit Waschschüssel und Handtuch, sank dann auf die Bettkante und heulte wie eine dumme Gans. Als sei sie sich nicht bewusst gewesen, dass es unangenehm werden würde. Nur, dass sie sich Unannehmlichkeiten bisher anders vorgestellt hatte. Vor allem nicht so demütigend.

Sie verzog sich unter ihre Decke wie in den Schutz einer Höhle, atmete gegen den Stoff, der nach Kartoffelstärke roch, und dachte über das Planetensystem nach.

Als sie eingeschlafen war, träumte sie von Kaffeetassen, die im Salon ihrer Eltern artig die Kanne umkreisten, ohne dass ein Spritzer zu Boden fiel, bis ein Schuss krachte und eine der Tassen in tausenden von Splittern umher flog. Der Kaffee trieb sonderbarerweise in kleinen Schlückchen und Tropfen weiter um die Kanne herum. Dazu tickte die alte Großvateruhr unerträglich laut. Ohne jemals inne zu halten, oder sich zu irren.

Das Klopfen des Zimmermädchens weckte Leona. Taumelig stand sie auf und schob den Riegel zurück. Das Mädchen brachte ihr eine Tasse Schokolade ans Bett.

„Die gnädige Frau lässt fragen, ob Sie nicht zum Frühstück herunterkommen möchten."

Leona mochte nicht. Nicht einmal die Tasse Schokolade. Aber sie hatte nicht vor, sich als ein allzu empfindliches Pflänzchen einschätzen zu lassen. Makellos frisiert und gnadenlos geschnürt erschien sie zwanzig Minuten später im Esszimmer, wo ihr Alexander ein wenig stirnrunzelnd einen *Guten Morgen* entbot.

„Guten Morgen", sagte sie und nahm sich ein Brötchen. Sie fing einen Seitenblick ihrer Schwiegermutter auf, lächelte kurz und strich sich zu viel Butter auf. Ihr Schwiegervater kam mit losem Kragen und geröteten Augen, nickte Leona zu und winkte dem Bediensteten, ihm von der gebratenen Blutwurst mit Ei aufzutun. Bei dem Geruch wurde Leona übel. Beherzt biss sie in ihr Brötchen und bekam es mit viel Kaffee dann auch tatsächlich herunter. Wie sie erwartet hatte, wandte sich ihre Schwiegermutter dem unglückseligen Zwischenfall vom Vortag zu. Ihr Schwiegervater, der Gästen gegenüber ein aufmerksamer Unterhalter zu sein pflegte, schien im Kreis der Familie jeglichen Charme einzubüßen. Er richtete nicht ein einziges Mal ein Wort an seine Schwiegertochter.

Nach dem Frühstück zog sich Leona auf ihr Zimmer zurück, was niemanden zu überraschen schien. Sie sah in den Garten hinab, der jetzt im Juni ein reizendes Bild aus Grün, Weiß und Rosa bot. Spatzen umflatterten den Springbrunnen und schimpften dann gemeinsam auf die Katze, die an ihnen vorbei humpelte. Leona lehnte sich vor.

Die Katze hatte nur drei Beine.

Leona schob den Riegel zurück, lief die Treppe hinunter und hinaus in den Garten. Die Katze saß nun auf dem Rand des Springbrunnens, als beherrsche sie die Kunst des Fliegens. Leona lockte sie zu sich heran. Das linke Vorderbein war direkt am Körper abgetrennt. Leona kraulte die orangeroten Ohren mit den weißen Haarbüscheln und erschrak, als plötzlich Alexander neben ihr auftauchte.

„Das ist der Rote Korsar", sagte er. „Eigentlich hätte ich ihm gerne ein Holzbein machen lassen, aber Doktor Wieland meint, es würde ihn nur behindern."

„Was ist mit ihm geschehen?", fragte Leona.

„Eins der Müllerkinder warf ihn auf den Mühlstein, wo er sich verfing. Die Drehung riss das Vorderbein praktisch heraus. Der Müller wollte den jungen Kater erschlagen, weil er nun als Mäusefänger nichts mehr nutzen würde. Ich kam gerade von einer Wanderung, hörte das Tier ganz furchtbar schreien, so dass ich dachte, der Mann würde sein Kind misshandeln und entdeckte dann, dass es nur ein Kater war. Nun, da packte ich ihn in meinen Rucksack und brachte ihn Dr. Wieland."

Leona nahm den Kater hoch. Er schmiegte den Kopf an.

„Armer Korsar!", sagte sie und er schnurrte.

„Siehst du!", sagte Alexander. „So wunderbar ist unsere Natur, dass sie einen Kater auf drei Beinen immer noch laufen und sogar ein wenig springen lassen kann. Aber ich fürchte, ohne unsere Zuneigung und unser Futter würde er nicht lange überleben."

„Er ist sehr schön", sagte Leona.

Sie setzte den Korsaren auf den Brunnenrand zurück und er sprang von dort zu Boden, wobei er vorne einknickte, sich im selben Moment jedoch elegant drehte, so dass er sicher aufkam. Er rieb seinen Kopf an Leonas Rocksäumen und ging dann seiner Wege.

„Wollen wir nicht ein wenig ausfahren?", fragte Alexander.

„Heute nicht, danke", sagte Leona.

Sie wandte sich brüsk ab und kehrte auf ihr Zimmer zurück. Vom Fenster hielt sie noch einmal Ausschau nach dem Korsaren und entdeckte ihn auf dem Gartentisch in der Sonne.

Danach lief sie in ihrem Zimmer auf und ab, unschlüssig, was sie mit sich anfangen sollte. Im Haus gab es wenige Aufgaben, die nicht die Dienstboten erledigten. Sich am ersten Tag erbötig zu machen, zerrissene Wäsche zu stopfen, schien auch nicht der beste Einfall. Und sich in die Haushaltsführung zu drängen, würde als Affront gegen ihre Schwiegermutter aufgefasst werden.

Leona blieb vor dem Spiegel stehen, sah die Uhrkette blinken, und zog die Uhr hervor.

Sie ließ den Deckel aufspringen.

Unvermittelt, wie beim ersten Mal, flimmerte die Luft. Wieder kniete der Mann vor ihr, den Dreispitz umklammert, die andere Hand flach auf dem Boden. Leona starrte auf sein Haar, das sauber nach hinten genommen und von einer schwarzen Samtschleife gehalten wurde. Im ersten Augenblick dachte sie, er sei weißhaarig, dann erkannte sie, dass die Frisur reichlich überpudert worden war. Er hob sichtlich mühsam den Kopf. Ihre Blicke trafen sich. Leona streckte die Finger aus. Sie berührte nichts.

Schaudernd wollte sie den Uhrdeckel schließen, da ließ er schnell den Dreispitz los, hob die Hand als hielte er etwas, und machte mit der anderen Hand drehende Bewegungen. Da Leona nicht gleich begriff, zeigte er auf die Uhr in ihrer Hand und deutete noch einmal die Drehbewegung an.

„Ich soll sie aufziehen?", fragte sie zweifelnd.

Er wiederholte immer drängender die Drehung. Leona nahm das Schlüsselchen, das an der Uhrkette hing. Versuchsweise steckte sie es in die Aussparung und drehte es einmal herum. Es war leichtgängig und gehorchte den Fingern willig. Der Mann nickte. Entschlossen zog Leona die Uhr bis zum Anschlag auf.

Sie sah ihn aufseufzen. Mit jeder Drehung schien er an Kraft zu gewinnen. Noch bevor das Uhrwerk ganz aufgezogen war, kam er auf die Füße. Er hob den Dreispitz auf, schwenkte ihn vor seinen Knien und verbeugte sich. Unscharf und immer noch leicht flimmernd sah sie seine weiße Uniformjacke mit den Litzen und dem schräg verlaufenden Waffengurt, ja sogar den Besatz aus Federflaum am Dreispitz und das immer noch frische Blut am Halstuch. Er wies auf die Uhr.

Sie streckte die Hand aus, um sie ihm zu geben, aber er schüttelte den Kopf. Er hielt die Hand, als läge die Taschenuhr dort, fasste mit drei Fingern nach einem imaginären Hebel links oben und zog ihn nach innen.

Leona entdeckte daraufhin gleich drei solcher kleinen Hebelchen. Sie hatte den linken schon gefasst, da zögerte sie. Sein Blick war so drängend, seine Handbewegung so fordernd, dass sie unwillkürlich den Deckel zudrückte.

Sofort war die Erscheinung verschwunden.

Leona rieb sich die Stirn. Dann, vorsichtig, öffnete sie den Deckel wieder.

Diesmal stand er vor ihr. Er breitete die Arme aus und hob die Schultern, wie um zu fragen, warum sie die Uhr geschlossen hatte, verneigte sich dann mehrmals, wobei der Dreispitz jedes Mal am Knie vorbeifegte, und plötzlich war es ihr peinlich, so offensichtlich inständig gebeten zu werden. Sie zog den linken Hebel nach innen und stieß sich an der Kommode, denn völlig übergangslos, ohne jede Vorwarnung, stand er wirklich vor ihr. Er roch nach Puder, das man mit Maiglöckchen parfümiert hat, nach Tabak, Blut und nach allzu lang nicht gewaschenen Kleidern.

Sofort machte er höflich einen Schritt nach hinten, streckte gleichzeitig den Arm aus, um ihr Halt zu geben und schaffte es, sich dabei gleichzeitig zu verbeugen.

„Meine Verehrung und kniefälligsten Dank, mein junges Fräulein!", sagte er.

„Frau", sagte Leona, deren gute Manieren im Augenblick nicht greifbar waren.

„Oh. Es lag nicht in meiner Absicht, einen faux pas zu begehen, gnädige Frau! Sie werden mir erlauben, meine Wenigkeit vorzustellen: Leutnant Sebastian Teck."

„Leona Kreisler... das heißt Leona Berling. Ich habe gestern geheiratet."

„Dann darf ich meine allerbesten Glückwünsche ausdrücken und anfügen, dass der Herr Gemahl aufs Äußerste zu beneiden ist."

„Danke", sagte Leona. „Aber sagen Sie doch, wer sie sind, und wie es kommt, dass Sie…"

„… einer Uhr entspringen? Das ist leider eine lange und verwickelte Geschichte, mit der ich Sie nicht gleich bei unserer ersten Begegnung zu belästigen gedenke. Wäre es vermessen von mir, um ein Glas Wein, Gebäck und etwas Verbandszeug nachzusuchen?"

„Die Kugel hat Sie getroffen, nicht wahr?"

„Ja, der Bastard – ich bitte um Vergebung – hat mich gestreift."

„Warum hat er auf Sie geschossen?"

Leutnant Teck betastete sein Haar, wie um sich zu vergewissern, dass jede Strähne ordentlich auf der anderen saß.

„Persönliche Abneigung", sagte er.

„Warten Sie!", sagte Leona. „Ich hole Essen und Verbandszeug."

In einem noch fremden Haushalt Verbandszeug aufzutreiben, erwies sich als schwierig. Vorerst begnügte sie sich mit einigen Stofftaschentüchern, die Alexanders Monogramm trugen, bat das Zimmermädchen, ein Glas Wein und etwas Gebäck zu holen und unten an der Treppe abzustellen.

„Ich nehme es dann selbst mit nach oben."

Das Mädchen schien weniger überrascht als sie befürchtet hatte.

Als Leona das Tablett dann durch die Tür balancierte, stand Leutnant Teck vor dem Waschständer. Er hatte die Jacke ausgezogen, das Hemd abgestreift, so dass es vom Gürtel gehalten, über seine Hose hing, und seifte sich die Arme ab. Leona stellte das Tablett ab und schlug die Tür von außen zu.

Na, so ein Kerl!

Halb entrüstet, halb amüsiert wartete sie einige Minuten, ehe sie ihr eigenes Zimmer wieder betrat. Leutnant Teck saß in Hemd und Hose am Fenster, hatte sich Wein eingeschenkt und knabberte Blätterteighörnchen.

„Verbindlichsten Dank!", sagte er, nicht ohne aufzustehen, und sich zu verbeugen.

„Gerne geschehen! Und nun möchte ich doch ein wenig mehr wissen! Außerdem genügt solch eine Katzenwäsche nicht. Was Sie brauchen, ist ein Bad."

Er hob ein wenig verlegen die Schultern.

„Bäder sind nicht immer wohlfeil", sagte er.

„Essen Sie Ihr Gebäck! Ich werde darum bitten, mir ein Bad zu machen. Sie rühren sich nicht hier fort und öffnen nur, wenn ich zweimal kurz klopfe!"

Während Leutnant Teck in der Wanne planschte, stand Leona in ihrem Zimmer und kam sich reichlich überspannt vor. Sie hatte das Zimmermädchen gebeten, sie nicht zu stören. So erregte es wenigstens kein Aufsehen, dass der Herr eine geschlagene Stunde im Bade verbrachte. Sie hörte ihn einen Militärmarsch summen.

Danach erschien er sehr sauber, verbreitete einen Duft nach Iris und Veilchen und leider immer noch nach ungewaschenen Kleidern. Nur sein Halstuch hatte er im Badewasser von den Blutflecken befreit und trug es nun nass um den Hals. Sein Haar hing offen und leicht gelockt bis weit über die Schultern. Er entschuldigte sich deswegen und erkundigte sich, ob dafür im Hause wohl Puder zu finden sei. Leona begann zu ahnen, dass er sich als anstrengender Gast erweisen würde. Sie erkundigte sich nach seinen weiteren Plänen.

„Meine Pläne, Potzblitz? Es sind die Ihrigen, verehrte junge Dame, denn nun halten Sie die Uhr in Händen, nach der ich mich zu richten habe."

„Ich fürchte, ich kann nicht ganz folgen."

Er verneigte sich.

„Angesichts der Kürze unserer Bekanntschaft war es mir noch nicht möglich, Aufklärung zu schaffen. Kurz gesagt, sind Sie nun als Besitzerin der Uhr verantwortlich für mein Wohl und Wehe, mein Wohin und Woher, item für meine ganze armselige Person."

„Und das bedeutet? Sie können ja nicht gut hier bleiben. Meinetwegen können Sie überall hingehen, wohin Sie zu gehen belieben, Leutnant."

„Nun, nein, meine Dame. So ist es mitnichten. Ich kann nirgendwohin gehen, wo Sie nicht sind, jedenfalls nicht über einen Umkreis von vielleicht 500 Schritten hinaus. Das ist die Magie der Uhr, an die ich gebunden bin."

„Das klingt… absurd."

„Absurd, aber leider wahr."

Es klopfte.

„Leonie?"

Flugs nahm Leona die Uhr von der Kommode und klappte sie zu. Sie erhaschte noch einen Blick auf Leutnant Teck, dann war er fort. Nur seine Pistolen lagen noch auf dem Tisch am Fenster. Schnell warf sie ein Handtuch darüber und öffnete Alexander die Tür.

„Es ist unerträglich heiß im Haus", sagte er. „Möchtest du nicht doch ausfahren?"

„Ich komme gleich hinunter", versprach sie, schloss die Tür und machte sich daran, die Spuren männlicher Anwesenheit zu tilgen. Leutnant Teck, offensichtlich gewohnt, einen Burschen zur Hand zu haben, hatte Badewasser verspritzt, sich mit Alexanders Rasiermesser rasiert, dunkelblonde Bartstoppeln in der Waschschüssel und Blutflecken am Handtuch hinterlassen. Seine Haarschleife lag am Boden. Leona wusch das Handtuch aus, versuchte, die Bartstoppeln wegzuwischen, verstaute die Haarschleife bei ihren eigenen und schloss die Pistolen in der Kommode ein. Dann zog sie sich um und ging nach unten, um ihrem Gatten Gesellschaft zu leisten.

Alexander war den ganzen Tag über äußerst zuvorkommend, machte tausenderlei Vorschläge für Ausflüge in die nähere Umgebung, Treffen mit Freunden und sogar Einkäufe. Aus dem Gefühl heraus, ihn ablenken zu müssen, gab sie sich freundlicher als es ihr nach der ersten gemeinsam verbrachten Nacht zumute war.

Am Abend aßen sie an der Familientafel und Leona hatte das Gefühl, eine Ehe mit Alexander werde doch nicht so furchtbar werden, wie sie für kurze Zeit befürchtet hatte. Sogar ihr Schwiegervater gab sich höflicher als am Morgen. Er erzählte von den Untersuchungen der Polizeibehörden, die weder die Kutschen gefunden hatten, noch gar die Männer, die darin gefahren waren. Auf dem Pflaster des Kirchplatzes war Blut entdeckt worden und man hatte beeindruckt die Stelle besichtigt, an der die Kugel das Kopfsteinpflaster beschädigt hatte.

„Mehr dürfen wir nicht erwarten", endete er seinen Bericht. „Unsere Behörden sehen sehr auf Ordnung, so lange sie es mit nicht mehr als ein paar Betrunkenen zu tun haben, aber man darf bezweifeln, ob sie eine Begegnung mit bewaffneten Verbrechern kalten Blutes herbeisehnen."

Alexander schnalzte.

„Man möchte meinen, dass den Behörden daran gelegen wäre, weitere Vorkommnisse dieser Art zu verhindern."

Sein Vater zuckte nur die Achseln und seine Mutter sagte: „Nachträglich will es mir immer wie ein Traum erscheinen. Schüsse auf eurer Hochzeit!"

Alexander nickte, so als sei ihm das Thema auf einmal über. Kaum, dass sein Vater die Mahlzeit für beendet erklärt hatte, entschuldigte er sich, er habe zu arbeiten und verschwand ins Studierzimmer.

Leona hatte den Tag über wenig Muße gefunden, über ihren ungebetenen Besucher nachzudenken. Aber nun musste sie eine Lösung finden. Sie ging nach oben, nahm die Uhr zur Hand, wollte sie öffnen, legte sie dann aber auf die Kommode und begann unruhig hin und herzulaufen.

Albern. Der Mann konnte nicht hier bleiben, ob nun in seiner Uhr oder außerhalb davon. Ein Mann in ihrem Zimmer. Bartstoppeln in der Waschschüssel. Wie diese Uhr wohl funktionierte? War Leutnant Teck eine Person oder eine Art – Illusion? Immerhin vermochte diese Illusion Blutflecken zu hinterlassen, die sogar die Polizeibehörden zur Kenntnis genommen hatten.

Eine halbe Stunde später war Leona einer Lösung nicht näher. Also nahm sie doch die Uhr von der Kommode und ließ den Deckel aufspringen. Leutnant Teck verbeugte sich. Er war nur das schon gewohnte Flimmern, bis sie den Hebel nach innen zog. Danach erschien er in derselben erschreckend plötzlichen Art wie beim ersten Mal, machte den Schritt rückwärts und verneigte sich.

Statt all der Fragen, die sich ihr aufdrängten, stellte sie eine ganz andere: „Was bewirken die beiden anderen Hebel?"

Er blinzelte als überrasche ihn die Frage.

„Wenn Sie den Rechten nach außen drücken, werde ich beim Öffnen der Uhr nicht sichtbar. Der Mittlere setzt einen besonderen Mechanismus in Gang, der mir erlaubt, auch bei geschlossenem Deckel für genau dreißig Minuten außerhalb der Uhr manifestiert zu bleiben. Ich darf mir gestatten, gleich die dringende Bitte anzufügen, meine Uhr bitte niemals unaufgezogen zu lassen. Sollten Sie einmal vergessen, die Feder wieder zu spannen, wäre es aus mit mir."

„Aus? Sie wären... nicht mehr da?"

„Nirgendwo mehr, Madame", sagte er mit einer weiteren Verbeugung.

„Ich werde es nicht vergessen", versprach sie und zog den Mechanismus vorsichtshalber gleich noch einmal auf. „Wie lange pflegt sie zu laufen?"

„Genau vierundzwanzig Stunden. Mir bleiben dann noch einige Augenblicke. Ist die Uhr dann nicht aufgezogen, wenigstens eine winzige Umdrehung weit, dann bringt mich nichts mehr zurück."

Leona sah von der Uhr zu Leutnant Teck.

„Und was hat das alles nun zu bedeuten?"

Er rieb sich die Augenbraue mit dem Daumen.

„Das alles? Die Uhr? Meine nichtswürdige Person?"

„Genau das meine ich."

Er klopfte gegen seine Hosennaht.

„Nun, wie meine derangierte Erscheinung noch erahnen lässt, bin ich gewissermaßen kein... Kind dieser Zeit. Zeit ist es, worum sich diese Geschichte dreht. Und um Uhren selbstverständlich. Und es gäbe keine Uhr ohne Uhrmacher." Er wies auf die silberne Taschenuhr. „Früher einmal galt es als eine Kunst, Uhren zu erschaffen und erst Recht Taschenuhren. Heutzutage scheint es an Uhrmachern nicht zu mangeln. Doch es gibt nur wenige, die solche Uhren machen können, wie Sie sie in Händen halten. – Uhren, die zusätzliche Lebenszeit zu geben vermögen."

„Sie wollen mir doch nicht weis machen, diese Uhr habe Ihnen all die Zeit gegeben, die vergangen sein müsste, wenn Sie tatsächlich... damals gelebt hätten, als man sich noch das Haar puderte und einen Dreispitz trug?"

„Nicht all jene. Leider", erwiderte Leutnant Teck. „Denn mein Herr und Meister pflegt Ungehorsam und Widersetzlichkeit mit Zeitstrafen zu ahnden. Aber immerhin hat er bisher meine Uhr immer wieder aufgezogen."

„Dann müsste dieser geheimnisvolle Meister ja ein wahrer Methusalem sein! Wann sind Sie geboren, Leutnant Teck? Im Jahre siebzehnhundert?"

„Siebzehnhundertunddreizehn am ersten Tag des Monats August, um präzise zu sein", erwiderte er und verbeugte sich.

Leona schüttelte den Kopf.

„Das gäbe Ihnen eine Lebenszeit von weit mehr als hundert Jahren!"
„Rund hundertfünfzig Jahre ja, Madame! Aber nicht Lebenszeit, nein. Mein Meister hat mich mehrmals hart gestraft. Nach einer besonders ungeschickten Bemerkung meinerseits ließ er den Deckel zwanzig Jahre, acht Minuten und elf Sekunden lang geschlossen."
Leona musste lachen.
„So genau wissen Sie das?"
Er nickte.
„Da ich an eine Uhr gebunden bin, weiß ich alle Zeit, was die Stunde geschlagen hat."
„Aber warum?", beharrte Leona. „Was hat... dieser Meister davon?"
„Macht", sagte Leutnant Teck schmucklos.
Es klopfte an der Zwischentür. Leona drückte den Deckel der Uhr zu. Dann öffnete sich die Tür. Alexander stand im Türrahmen.
„Ich dachte, ich hätte eine fremde Stimme gehört."
Leona lachte.
„Ich habe ein wenig vor mich hin gesungen", sagte sie.
„Ah, so. Ich dachte, ich frage dich, ob du... nun, nicht herüberkommen möchtest."
„Nein", sagte Leona.
„Ähm, ja. Gut. Dann Gute Nacht, Leonie."
„Gute Nacht, Alexander."
Leona wartete, bis er die Tür geschlossen hatte, dann versteckte sie die Uhr bei den Pistolen in der Kommode und ging zu Bett.
Am nächsten Morgen nahm sie die Uhr kurz zur Hand, legte sie dann aber wieder zurück in die Schublade und ging nach unten, wo sie eine halbe Stunde am Flügel saß und Schumann spielte, bis das Mädchen sie zum Frühstück bat. Ihre Schwiegermutter hörte ihrem Spiel zu und sagte zu Alexander: „Leonie scheint sehr glücklich mit dir."
Alexander errötete.
„Meinst du, Mama?"
„Was sonst sollte eine junge Frau auch sein, wenn Sie mir dir verheiratet ist?", fragte seine Mutter freundlich und Alexander brachte daraufhin kaum einen Gruß heraus, als Leona an den Tisch kam. Er blieb die Mahlzeit über schweigsam und flüchtete förmlich zu seinen Berechnungen, nachdem das Frühstück vorüber war.

Leona folgte ihm ins Studierzimmer und er schien so verblüfft über ihr Eindringen in die männliche Sphäre, dass er sich die Störung nicht verbat.

„Kann ich etwas für dich tun, mein Liebes?", fragte er.

„Ja", sagte Leona. „Erzähle mir etwas über Uhren!"

„Uhren?", fragte er.

„Ja, Uhren. Wie messen sie die Zeit? Was ist das überhaupt – die Zeit?"

Er lachte verlegen.

„Du spielst doch nicht auf unsere kleine Unterhaltung vom vergangenen Abend an?"

„Doch", sagte Leona. „Ich wüsste gerne, weshalb sich die Planeten wie Zahnräder einer Uhr verhalten. Und was eben die Zeit ist."

„Da fragst du, was sich weise Männer gefragt haben, ohne erschöpfende Antworten zu finden. Zeit ist... hm..." Er nahm ein Blatt von seinem Schreibtisch, zog mit der Feder einen Strich, schrieb ans eine Ende A und ans andere B. „Das ist Zeit. Sie verläuft linear und irreversibel von diesem Punkt zu jenem." Sein Finger berührte die Linie. „Bist du hier, nennst du A deine Vergangenheit und B deine Zukunft."

„Ich verstehe. Kann man dieses Stück dehnen?"

Alexander lachte.

„Selbstverständlich nicht. Man kann Zeit nicht strecken und nicht stauchen. Eine Minute ist eine Minute. Sechzig Sekunden. Keine mehr und keine weniger."

„Und die Uhr? Wie funktioniert sie?"

Alexander zog seine Taschenuhr heraus und öffnete den hinteren Deckel.

„Hier. Du siehst die Rädchen, die sich drehen. Hier ist die Feder, die aufgezogen wird, und die unsere Rädchen in Bewegung hält."

„Und die Rubine? Was machen sie in der Uhr? Da sieht man sie doch nicht."

Alexander schnalzte.

„Nicht alles ist zur Zier gedacht, Leonie. Die Edelsteine sind die Widerlager der Konstruktion. Sie verschleißen kaum und machen die Uhr zuverlässig."

Leona sah den winzigen Rädchen bei ihrem emsigen Umlauf zu.

„Wenn man die Uhr langsamer machen würde, würde dann unsere Zeit langsamer laufen?"

Alexander lachte nicht. Er kicherte, so wie er es als Junge getan hatte, wenn jemand etwas besonders Dummes gesagt hatte.

„Unsinn!", sagte er. „Die Uhr misst die Zeit. Sie macht sie nicht."

„Woher wissen wir das? Gibt es irgendwo eine Uhr, an der wir prüfen können, ob die unsere richtig läuft?"

Alexander seufzte. Er führte Leona ans Fenster.

„Da! Schau hinaus! Die Welt ist unsere Uhr."

Leona sah zur Sonne.

„Aber das stimmt nicht, Alexander! Jeden Morgen geht die Sonne doch ein wenig früher auf und dann im Herbst wieder später. Die Welt geht nicht zuverlässig."

Kopfschüttelnd führte er sie an den Tisch zurück und zeichnete für sie das Sonnensystem, den Umlauf der Erde und bewegte den Finger, um die Drehung der Erdachse zu zeigen.

„Und das in alle Ewigkeit", sagte er.

Leona bedankte sich und war schon an der Tür, da drehte sie sich noch einmal um.

„Wenn man die Zeit nicht dehnen kann, könnte man die Dauer von etwas verlängern? Die Dauer des Lebens beispielsweise?"

Alexander schüttelte lächelnd den Kopf und schob sie sanft nach draußen.

„Ich habe dich gestern unwillentlich überanstrengt", sagte er. „Zukünftig will ich ein einfühlsamerer Gatte sein. Sonst beginnst du noch mit dem Philosophieren."

Wie er es sagte, klang es ein wenig wie *Phantasieren*.

Leona seufzte und ging in ihr Zimmer hinauf.

Der Uhrmacher

Am nächsten Morgen wirkte Leona bei Tisch gedankenabwesend. Alexander beobachtete sie besorgt und fragte, ob sie sich nicht lieber ein wenig hinlegen wolle.

„Danke, ich habe gut geschlafen", erwiderte sie und ließ nach dem Frühstück die Kutsche vorfahren.

Eine halbe Stunde später stand sie vor der Auslage des besten Uhrengeschäfts der Stadt. Dort tackten respektable Großvateruhren mit eleganten Taschenuhren um die Wette. Es gab Gehäuse aus feinsten Hölzern und solche mit allerlei Zierraten, silberne und goldene Exemplare und einige, die mit Pudeln, Papageien oder sogar Palmwedel tragenden Wilden geschmückt waren. Unter den Taschenuhren fielen besonders jene auf, die kunstvoll Einblick ins Uhrwerk gestatteten, da das Zifferblatt innen ausgespart worden war. Lange betrachtete Leona fasziniert das geschäftige Treiben der kleinen Rädchen, dann ging sie zur Ladentür, die ihr sofort dienstfertig aufgehalten wurde. Man bat sie an die Theke, wo noch mehr der mechanischen Wunderwerke zu bestaunen waren.

„Mir gefällt jene silberne Taschenuhr, die dort draußen neben der Papageienuhr liegt", sagte sie. „Können Sie mir erklären, wie sie funktioniert?"

„Wie jede andere Uhr, Madame."

„Können Sie mir das zeigen?"

„Sofort, Madame."

Die Uhr wurde der Auslage entnommen und noch einmal poliert, um dann feierlich auf einem samtenen Tablett präsentiert zu werden.

Leona nahm sie in die Hand und ließ den Deckel aufspringen.

„Wie funktioniert sie?", fragte sie noch einmal.

Der Inhaber des Ladens, der eilends herbeigeholt worden war, bemühte sich um ein verbindliches Lächeln.

„Sie läuft auf vierzehn Rubinen, Madame – ein sorgfältig konstruiertes Stück, dass Ihrem Herrn Gatten ein Leben lang Freude bereiten wird. Selbstverständlich versehen wir die Uhr mit jeder gewünschten Gravur."

„Weshalb auf vierzehn Rubinen?"

Der Inhaber hüstelte.

„Das erhöht die Verlässlichkeit der Uhr, Madame. Rubine sind ihrer Natur nach äußerst robust."

„Da ist mir bekannt", erwiderte Leona. „Aber worin besteht ihre Funktion?"

Sie mühte sich noch mehrere Minuten lang vergebens, dem Mann eine Erklärung zu entlocken. „Man sollte meinen, dass Sie wüssten, wie der Mechanismus einer Uhr funktioniert, wenn sie diese Gerätschaften verkaufen", sagte sie. „Aber vielen Dank für Ihre Bemühungen!"

Erhitzt verließ sie den Laden.

Nachdem sich die Tür hinter ihr geschlossen hatte, sagte der Ladeninhaber zu seinem ersten Verkäufer: „Wenn sich die jungen Damen doch bequemen würden, männliche Begleitung mitzubringen, wenn sie etwas erstehen möchten, wäre allen Seiten gewisslich geholfen!", und der Verkäufer nickte leidgeprüft.

Leona spielte mit dem Gedanken, sich zu ihren Eltern fahren zu lassen, und ihre Mutter um Rat zu fragen, doch verwarf sie die Idee schnell wieder, als sie sich vorstellte, was ihre Eltern zu einem fremden Mann in ihrem Schlafzimmer sagen würden, mochte er nun an eine Uhr gebunden sein, oder nicht.

Leona hatte Freundinnen, denen sie jahrelang alles anvertraut hatte, doch auf einmal erschienen sie ihr zu jung und zu unerfahren, zu albern… Sie konnte sie förmlich vor sich sehen, kichernd um die Uhr gedrängt und miteinander flüsternd. Und dann würde eine jede nur noch Augen für Leutnant Teck haben, der in seiner Uniform ja zweifellos schmuck genug aussäh. Nein, ihr wollte kein Mensch einfallen, den sie um Rat fragen konnte. Ernüchtert befahl sie, zum Haus der Berlings zurückzukehren.

An einer Querstraße kam die Kutsche zum Halten. Vor ihnen wurden Fässer abgeladen, eine Prozedur, die kein Ende nehmen wollte, so dass der Kutscher kurzerhand in ein Gässchen abbog, um die Straße über Umwege wieder zu erreichen. Dabei fiel Leonas Blick auf das rostige und kaum mehr leserliche Schild einer Uhrmacherwerkstatt.

„Anhalten!", befahl sie.

Im Schaufenster hing eine einzelne, sorgsam polierte Taschenuhr an einem Faden. Die Lettern auf der Scheibe waren größtenteils abgeblättert, doch ließ sich der Name des Uhrmachermeisters noch entziffern. *Meister Lucas Fabrizius* stand dort in mattem Goldglanz. Leona stieg aus und überhörte den Protest des Kutschers. Sie öffnete die Ladentür. Ein Vogel begann zu zwitschern.

Leona entdeckte ihn in einem hölzernen Käfig an einem kleinen, rückwärtigen Fenster und lauschte noch fasziniert den komplizierten Variationen, die der schmächtige Sänger zum Besten gab, da kam hinter einem Vorhang ein Mann hervor, dem das weißes Haar bis auf die Schultern reichte.

„Welch eine Freude, so ein junges, frisches Gesicht in meinem verstaubten Laden zu sehen!", sagte er. „Womit kann ich dienen, meine Dame? Ist es ein Erbstück, dass nicht mehr zuverlässig die Zeit anzeigen möchte, oder stolpert das Uhrwerk einer erst jüngst erstandenen und achtlos gefertigten Uhr, die mehr Schmuckstück denn Zeitmesser sein will?"

„Weder noch", sagte Leona. „Unsere Uhren gehen alle – jedenfalls im Augenblick. Ich sah nur Ihr Ladenschild… und da dachte ich…"

„Nur heraus damit!", sagte er. „Sie sollen ja nicht umsonst gekommen sein."

Leona sah auf das dunkle Glaskabinett vor ihr, in dem eine zerlegte Uhr auf schwarzem Samt ruhte.

„Ich wüsste gerne, weshalb Uhren die Zeit anzeigen können."

Er lachte nicht. Aus seiner Westentasche holte er eine Brille mit verbogenem Drahtgestell und setzte sie schief auf seine Nase. Durch die Gläser beäugte er Leona.

„Die junge Dame stellt tiefgründige Fragen", sagte er. „Denn bevor wir fragen können, weshalb Uhren die Zeit anzeigen können, sollten wir da nicht fragen, was das ist – die Zeit?"

„Sie nehmen mir das Wort aus dem Munde!", sagte Leona. „Wissen Sie, was die Zeit ist?"

Er blinzelte.

„Weiß ich das, junge Dame? Weiß irgendein Sterblicher, was Zeit ist? Das würde wohl kein besonnener Mann von sich behaupten wollen. Sagen wir doch fürs Erste, dass die Zeit das letzte aller Mysterien ist, das Geheimnis, das die emsige Wissenschaft dem Dunkel nicht zu entreißen vermochte und vielleicht niemals entreißen wird."

„Das klingt gewichtig, aber unklar", sagte Leona.

Diesmal lachte er.

„Nun, dann versuchen wir, uns dem Gegenstand unserer Frage ein wenig mehr zu nähern. Zeit bedeutet Fortschreiten, die Abwesenheit von Stagnation. Weitergehen."

„Ja. Aber warum? Und warum so... gleichmäßig? Ich meine, Zeit kann man nicht auffangen, oder in die Hand nehmen, nicht wiegen oder in ein Behältnis sperren. Woher wissen wir, wie viel Zeit wirklich vergeht?"

Der Uhrmacher nahm seine Brille ab und sah Leona noch einmal so gründlich an, dass sie errötete. Dann holte er unter der abgenutzten Theke eine kleine Pendeluhr hervor.

„Alles", sagte er, „beginnt mit dem Ersten Beweger. Als sich nichts rührte im Universum, da gab es keine Zeit. Es war wie ein Atemanhalten. Eine Stille, die von nichts unterbrochen wurde." Sein Finger stieß das Pendel an. Es schwang nach links, und noch ehe es auf seiner Bahn nach rechts wanderte, begann die Uhr zu ticken. „Jetzt haben wir Zeit", sagte der Uhrmacher. „Etwas bewegt sich. Etwas legt einen Weg zurück. Die Zeit ist geboren."

„Verstehe ich es richtig?", fragte Leona. „Damit Zeit abläuft, muss sich etwas bewegen? Was wäre, wenn ich nun stillstünde? Würde meine Zeit dann innehalten?"

„Nein", sagte der Uhrmacher. „Denn in Ihnen, mein Kind, da stünde es nicht still. Ihr Herz schlägt, ihr Körper erledigt tausenderlei Verrichtungen, ganz gleich, wie still Sie sich halten. Es wäre nur eine Vorspiegelung des Stilleseins."

„Und wenn alles in mir... innehalten würde?"

„Dann wären Sie tot", sagte er und hielt das Pendel an.

Leona sah zu dem immer noch lebhaft trällernden Vogel hinauf.

„Also kann man die Zeit nicht anhalten?"

Der Uhrmacher lächelte.

„Jener, der das Pendel einst anstieß, sollten wir von *Ihm* nicht annehmen, dass er es auch wieder zum Stillstand bringen könnte, wenn ihm danach zumute wäre?"

Leona nickte verunsichert. Ihr Blick kehrte noch einmal zu der zerlegten Taschenuhr zurück.

„Sie wollten mir erklären, wie eine Uhr die Zeit misst", sagte sie.

„Wollte ich das?", fragte er. „Wenn, dann nicht heute." Er öffnete das Kabinett und zog den Einsatz heraus. Mitsamt der Unterlage bettete er die Uhr auf die Theke. „Hier! Das ist eine Uhr mit all ihren Teilen. Ich überlasse Sie Ihnen, damit Sie sich selbst ein Bild machen können. Breiten Sie all das vor sich aus und ergründen Sie das Geheimnis! Wenn Sie den Teilen Namen geben können und wissen, wo jedes seinen Platz hat, dann statten Sie mir einen weiteren Besuch ab, und ich werde erläutern, was der Erläuterung bedarf."

„Das scheint mir eine merkwürdige Art, etwas zu erklären", sagte Leona.

Er lächelte.

„Es ist die einzig wirksame Art", erwiderte er. „Und Sie werden nun die Güte haben, mich zu entschuldigen! Meine kleine Werkstatt schließt, damit der Uhrmacher sein Mittagsmahl einnehmen kann."

Das brachte Leona ins Bewusstsein, dass sie ebenfalls zum Essen erwartet wurde. Hastig raffte sie den Samt zu einem Beutel zusammen, bedankte sich und verließ die Werkstatt.

Sie war äußerst erleichtert, als ihre Schwiegermutter nur fragte, warum sie denn alleine ausgefahren sei.

„Ich wollte Alexander bei seiner Arbeit nicht stören", sagte sie. „Und mir war einfach danach, ein wenig herumzufahren."

Da dann das Essen auf den Tisch kam, wurde das Thema vorerst nicht weiter verfolgt. Leona brachte schnell den Beutel mit den Uhrteilen nach oben, zog sich um und erntete nur einen milden Tadel von ihrem Schwiegervater, weil schon die Suppe aufgetragen wurde, als sie ihren Platz einnahm.

Nach dem Essen ging sie in den Garten und streichelte den Roten Korsaren, der schon Freundschaft mit ihr geschlossen hatte. Sie trug ihn ein wenig herum, genoss den Sonnenschein und den Duft nach Blüten und Grün, da stieß er sich mit allen drei Pfoten so heftig ab, dass blutige Kratzer auf ihren Händen zurückblieben. Mit einem empörten Kreischen schoss er davon. Leona betrachtete besorgt ihr Kleid, dann ihre Hände und war entsetzt über die tiefen Striemen, da bemerkte sie eine Bewegung im Gebüsch. Jemand schob sich an der Mauer entlang. Blütenbesetzte Zweige zitterten. Etwas Metallisches schabte über Stein.

Leona raffte ihre weiten Röcke und hastete zum Haus zurück, ohne sich auch nur umzusehen.

Binnen Minuten war der gesamte Haushalt aufgescheucht. Gärtner und Kutscher mühten sich mit Leitern und Stangen. Sogar Alexander kam aus dem Studierzimmer. Schwitzend und ungeduldig dirigierte Leonas Schwiegervater den Einsatz der langen Leiter. Dann stand fest, dass sich tatsächlich jemand an der Mauer entlang gedrückt hatte. Während der Gärtner die stachligen Zweige mit seiner Stange zurückzog, betrachtete Alexander die Fußabdrücke, die der unerwünschte Besucher zurückgelassen hatte.

„Und das am helllichten Tag!", sagte sein Vater.

„Anscheinend haben wir Gesindel in der Stadt. Wir sollten den Behörden Mitteilung machen."

„Wir haben ja gesehen, was das nutzt."

„Wir sollten es trotzdem tun", beharrte Alexander. „Schließlich ist es ihre Aufgabe für Recht und Ordnung zu sorgen. Und wir haben meine jung verheiratete Frau im Haus!"

„Das ist wahr", erwiderte sein Vater, als ändere das die Sachlage. „Ich werde beim Polizeipräsidenten vorstellig werden. Dann wird man uns nicht länger mit Ausreden und Tatenlosigkeit abspeisen können."

Leona stand am Fenster und beobachtete die Männer bei der Durchsuchung des Gartens. Die Kratzer auf ihren Händen brannten und sie bekam noch immer nur mühsam Luft. Am liebsten hätte sie das Mädchen gerufen, um die Korsettschnüre lockern zu lassen, aber sie wollte verfolgen, was im Garten geschah. Dann musste sie sich doch abwenden, denn Katie, das Mädchen, kam mit Mull, um die Verletzungen zu verbinden. Plötzlich war Leona froh um diese Fürsorge. Ihre Umgebung schien weit fort zu rücken. Plötzlich lag sie auf dem Bett und Katie hielt ihr ein Riechfläschchen unter die Nase.

„Kein Wunder, wenn solche Sachen passieren!", sagte Katie. „Wir werden alle noch ermordet werden, wenn das so weitergeht!"

Leona nickte benommen. Sie kam erst wieder ganz zu sich, als das unbarmherzige Schnürkorsett herunter war. Ihre Gedanken kreisten minutenlang darum, ob sie wohl zugenommen hatte, dann fiel ihr ein, was den Anfall der Beklemmung ausgelöst hatte.

Ärgerlich auf sich selbst stand sie auf. Man würde sie im Haus bald für ein zerbrechliches Porzellanpüppchen halten, so wie ihre Mutter, die manchmal eine ganze Woche in ihrem sorgsam verdunkelten Zimmer zubrachte, ihre Stirn mit Veilchenessig betupfen ließ und Punsch aus Rotwein, Zitronenscheiben und Läuterzucker trank.

Leona bedankte sich bei Katie, schickte sie fort und wickelte die Bestandteile der Uhr aus.

Es schien hoffnungslos, sie wiederzusammenfügen zu wollen. Alles war so zierlich und wirkte nicht, als habe es jemals in das runde Gehäuse gepasst.

Leona hantierte eine Weile mit den Rädchen, breitete sie nebeneinander aus, verglich Größe und Bezahnung miteinander und entschied, dass sie Hilfe brauchen würde.

Sie holte die Taschenuhr aus der Kommode und ließ den Deckel aufspringen. Leutnant Teck schien fahrig und nervös, so dass sie sich beeilte, den Hebel nach innen zu ziehen. Trotzdem war sie nicht auf seine atemlose Frage gefasst, die dem Nachtgeschirr galt. Sie errötete und wies auf den Ständer, in dem der blumenbemalte Topf mit dem schweren Deckel stand. Da er sich ohne Verzug dorthin wandte, beeilte sie sich, in ihren Ankleideraum zu kommen.

Erst nach fünf Minuten wagte sie sich wieder ins Zimmer. Leutnant Teck stand am Fenster und sah den Männern zu, die versuchten festzustellen, wo der Eindringling über die Mauer gekommen war. Er drehte sich zu Leona um, beugte sich über ihre Hand und entschuldigte sich wortreich dafür, Ungelegenheiten zu bereiten.

„Solange man in der Uhr verbleibt, sind die Bedürfnisse des Körpers ausgelöscht, doch melden sie sich umso dringlicher, sobald der Körper nach dem Öffnen des Uhrendeckels wieder Form annimmt. Daher war ich leider ein wenig... hastig."

„Es macht nichts", erwiderte Leona matt.

Er lächelte unerwartet.

„Ich muss sagen, dass ich oft enttäuscht war, wie sehr sich die Damen seit den Tagen meiner Jugend verändert haben. Meine Schwester ritt an meiner Seite zur Jagd aus und schwamm mit unseren Freunden in Waldsee. Meine Cousinen wussten jederzeit einen

Ball auf dem Feld zu retournieren. Sie verloren niemals ihre gute Laune, auch wenn ihre Wespentaille sie schier zu halbieren drohte. In den Jahren, die ihrem Tod folgten, sah ich die Frauen immer zarter werden, immer mehr Zeit im Hause verbringend, statt in blühenden Gärten. In den letzten Jahrzehnten meinte ich bald, es mit blutleeren Puppen zu tun zu haben, denen jeder Charme abhanden gekommen war. Sie sind anders, mein Kind! Sie tragen meine Anwesenheit sehr gefasst und fallen auch nicht beim ersten Windhauch um."

Leona war rot angelaufen.

„Ich muss doch sagen, Leutnant Teck, dass ich Ihre Worte befremdlich finde!"

„Weshalb?", fragte er unbekümmert. „Preise ich Sie nicht, meine liebreizende Herrin?"

Leona reckte das Kinn vor.

„Was auch immer zu Ihrer Zeit als passende Konversation mit einer verheirateten Frau gegolten haben mag – im Augenblick vergreifen Sie sich im Ton!"

Er fuhr sich mit der Daumenkuppe über die Augenbrauen.

„Dann bitte ich kniefälligst um Vergebung!"

Leona war so wütend, dass sie ganz vergaß, ihn wegen der Bestandteile der Uhr zu fragen. Bevor sie ihrem Ärger Ausdruck verleihen konnte, fragte er: „Wäre es ebenso unpassend, noch einmal wegen des Puders nachzusuchen? Ich fühle mich gewissermaßen nicht recht in dem Zustand, in dem man einer Dame unter die Augen zu treten wünscht. Und ist meine Haarschleife noch in Ihrem Besitz?"

Leona ging ins Ankleidezimmer, riss die Dose samt Quaste von der Ablage, gab ihm die Haarschleife und hätte sie ihm am liebsten vor die Füße geschleudert. Er schien ihren Zorn jedoch gar nicht zu bemerken. Er bedankte sich und puderte traumverloren im Ankleidezimmer sein Haar, bis so ziemlich alles mit einen feinen Schleier aus duftender Reisstärke überzogen war. Leona tat daraufhin das wohl Ordinärste, was eine junge Frau aus gutem Hause tun konnte – sie zog mit der Fingerspitze eine Spur hindurch und wies sie Leutnant Teck vor. Er blinzelte.

„Puder", sagte er.

„Ja, Puder!", zischte Leona. „Überall. Bilden Sie sich ein, ich würde nun hinter Ihnen her wischen?"

Kaum waren die Worte heraus, schämte sie sich dafür. Wie kam sie dazu, mit einem Fremden zu reden wie ein Fischweib, statt ihn vor die Tür setzen zu lassen?

Noch peinlicher war es ihr, als er ein Handtuch befeuchtete und minutiös jede Pulverspur beseitigte. Während er die geschnitzten Löwentatzen der Ankleidekommode von ihrem weißen Überzug befreite, sah sie auf sein sauber zusammengenommenes und nun weißes Haar, von dem ein Duft nach Iris und Veilchen aufstieg. Unvermittelt musste sie lachen.

Er stand auf und legte das Handtuch über den Rand der Badewanne.

„Ich habe mich gedankenlos benommen", sagte er und verneigte sich. „Ich bitte um Verzeihung! Doch ist meine Zeit so knapp bemessen... Es will so vieles in der kurzen Frist bedacht sein, die Sie mir gewähren..."

„Die ich Ihnen gewähre?", fragte Leona.

Er nickte.

„Nur für wenige Minuten öffnen Sie jedes Mal die Uhr. Mein Leben spielt sich in diesen wenigen, kostbaren Momenten ab. Vielleicht sollte ich diese knappe Spanne nicht damit verbringen, meine Toilette zu komplettieren, aber ich gestehe, dass ich mich bei weitem wohler und tatendurstiger fühle, wenn ich nicht wie ein dahergelaufener Strolch vor Ihnen erscheinen muss."

„Sie... leben nicht, wenn der Uhrdeckel geschlossen ist?"

Er senkte den Blick.

„Ich lebe, Madame. Ein Fünklein, eingeschlossen mit sich selbst und seinen Erinnerungen. Voller Erwartung des Augenblicks, in dem sich der Deckel öffnen wird. Und obwohl ich dann als Körper nur die Uhr besitze, fühle ich mich... schmutzig. "

„Es tut mir leid!", sagte Leona. „Ich habe Sie der Gedankenlosigkeit bezichtigt und war selbst gedankenlos. Aber ich kann Sie nicht herumlaufen lassen. Jemand könnte Sie sehen. Wenn Alexander bemerkt, dass ein fremder Mann im Haus ist, weiß ich wirklich nicht, was er tun wird!"

„Geben Sie mir die Nacht!", sagte Leutnant Teck. „Und ich will getreu bei Sonnenaufgang an Ihrer Seite sein."

Leona errötete.

„Sie sind unerträglich!", sagte sie.

„Anscheinend habe ich mich missverständlich ausgedrückt", erwiderte Leutnant Teck. „Es wäre doch durchaus konvenabel, wenn ich nachts manifest bliebe. Ich werde gewisslich niemanden im Hause zur Last fallen. Und morgens, ehe die Dienstboten erwachen...."

Leona hörte, wie jemand hinter ihr die Tür des Ankleidezimmers öffnete, und drückte hastig den Deckel der Uhr zu. Dann stand Alexander vor ihr.

„Ich habe eine Stimme gehört!", sagte er. „Wer ist hier?"

„Wer sollte hier sein?", fragte Leona.

Alexander machte einen schnellen Schritt, schob die gedrängt hängenden Kleider auseinander, fuhr aus der Bewegung herum, sah Besorgnis in Leonas Miene und riss die Tür zu ihrem Zimmer auf. Auf der Schwelle drehte er sich zu ihr um. Sie lächelte angestrengt. Er warf noch einen Blick in ihr Zimmer und schloss die Tür wieder.

Dann entdeckte er die Uhr in ihrer Hand.

„Wem gehört diese Uhr?", fragte er.

„Mir", erwiderte Leona.

„Dir? Mir scheint, es ist eine Herrenuhr."

„Ja, von meinem Vater. Er trug sie, bevor meine Mutter ihm eine Goldene schenkte", log Leona.

Alexander nahm die Uhr aus ihrer Hand. Er hielt sie ins Licht, so dass er die feinen Inschriften lesen konnte.

„Bemerkenswert!", sagte er. „Wem, sagtest du, gehörte dieser Chronograph?"

„Meinem Vater", sagte Leona und fügte eilig an: „Zuvor gehörte sie meinem Onkel", denn das Monogramm auf dem Deckel lautete *S.T.*, nicht *H.K.*

Alexander drehte die Uhr.

„Wollen wir einmal sehen! *Alieni iuris* – Unter dem Recht eines anderen. Wer lässt einen solchen Sinnspruch in seine Taschenuhr gravieren?"

„Mein Onkel galt immer als etwas... sonderbar", behauptete Leona.

„Das muss er wohl gewesen sein", sagte Alexander. „Denn wenn wir die Rückseite betrachten, finden wir noch eine Inschrift. *Servus per fas et nefas* – Diener in Recht oder Unrecht. Ich muss sagen, dieser Onkel erweckt meine Neugier."

Bevor er den Deckel aufspringen lassen konnte, zog ihm Leona die Uhr aus der Hand.

„Ich weiß wirklich nicht, was in dich gefahren ist!", sagte sie. „Erst hörst du Stimmen und nun machst du abschätzige Bemerkungen über meinen Onkel."

Alexander schnalzte.

„Sei doch nicht so empfindlich!"

Leona umschloss die Taschenuhr mit den Fingern.

„Der Tag war anstrengend!", sagte sie und plötzlich fiel Alexanders Blick auf den Verband.

„Was ist denn das?"

„Das sind die Kratzer, die mir der Korsar verpasst hat, als dieser Fremde im Garten auftauchte!", sagte Leona. „Ein Fremder, den man anscheinend noch nicht gefunden hat. Und du stehst hier und betrachtest Uhren!"

Alexander wurde rot.

„Verzeih schon!", sagte er. „Aber genau deshalb kam ich ja, um mich zu vergewissern, als ich diese fremde Stimme hörte. Und sollte hier jemand sein, werden wir ihn finden. Mach dir keine Sorgen, Leonie!"

Er ging nach draußen und rief die Dienstboten zusammen, um das Haus einer gründlichen Untersuchung zu unterziehen, bei der nicht der allerkleinste Hinweis auf die Anwesenheit eines Eindringlings entdeckt werden konnte. Kurz vor dem Abendessen klopfte er noch einmal bei seiner Frau.

„Ich wollte dir nur die gute Nachricht bringen, dass sich niemand im Haus oder im Garten befindet, der nicht hierher gehört", sagte er.

Leona lächelte gezwungen.

„Danke, dass du mich beruhigst", sagte sie.

Beim Essen war sie schweigsam, aß wenig und flößte Alexander damit anscheinend Schuldgefühle ein, denn nachdem die Mahlzeit vorüber war, schlug er vor, sie solle vielleicht für einige Tage zu ihren Eltern gehen und sich dort erholen.

Sie stimmte sofort zu, denn nachdem sie die Lügengeschichte über die Herkunft der Uhr erzählt hatte, musste sie unbedingt mit ihrem

Vater sprechen, ehe ihr Alexander zuvor kam. Ihre Eltern würden sich wundern, wenn sie ihrem neuen Heim schon so bald nach ihrer Hochzeit den Rücken kehrte, aber nach all der Aufregung am Tag ihrer Hochzeit würden sie verstehen, dass ihr das Auftauchen eines Fremden zugesetzt hatte. Sie ließ anspannen, und brach noch vor Dunkelwerden auf.

Das Ticken der Uhren

Wie Leona gehofft hatte, zeigten sich ihre Eltern verständnisvoll. Ihr wurde Liebigs Fleischextrakt aufgegossen, eine Wärmflasche bereitet und fürsorglich das Zimmer abgedunkelt. Thea, Leonas Amme, stopfte ihr ein Kissen in den Rücken und murmelte etwas, das wie *mein armes Schäflein* klang. Leona fühlte sich wie nach langer, gefahrvoller Reise endlich wieder zu Hause angelangt, kuschelte sich zusammen und war schon beinah eingeschlafen, da fiel ihr Leutnant Teck ein.

Unmöglich konnte sie ihn noch einmal in Bedrängnis zurücklassen. Also stand sie wieder auf, holte die Uhr hervor, öffnete den Deckel und verstellte den Hebel. Er machte den schon vertrauten Schritt rückwärts und verneigte sich. Deutlich zeichneten sich Bartstoppeln auf seinen Wangen ab und es schien Leona, als habe er abgenommen.

„Sie haben ja seit vorgestern nichts gegessen!", sagte sie.

Er verbeugte sich schweigend.

„Warten Sie!" Sie schloss die Uhr, klingelte nach Thea und bat, ihr einen späten Imbiss zu bringen. „Ich habe zum Abendessen einfach keinen Appetit gehabt", sagte sie. „Und nun bekomme ich doch noch Hunger."

Thea kam nach einer Viertelstunde mit einem voll geräumten Tablett wieder.

„Alles aufessen!", befahl sie streng.

Nachdem Thea wieder gegangen war, klappte Leona die Uhr auf und befreite Leutnant Teck, der wohlgefällig betrachtete, was gebracht worden war. Nebst einem frisch aufgeschlagenen Eierpunsch gab es Erdbeeren in Südwein, zwei Scheiben klare Sülze, mit Butter aufgeröstetes Brot und Käse. Höflich bat er Leona, vor ihm zuzugreifen, doch sie schüttelte den Kopf.

„Essen Sie, Leutnant, ich bitte Sie!"

Mit sichtlichem Genuss räumte er daraufhin das ganze Geschirr leer, ohne auch nur das kleinste Krümelchen darauf zurückzulassen.

„So!", sagte Leona. „Und nun erklären Sie mir, wie eine Uhr zusammengesetzt ist!"

Leutnant Teck schien verblüfft.

„Weshalb das, Madame?"

„Jemand hat mir eine Art Rätsel aufgegeben und ich möchte es lösen."

Sie holte das Beutelchen aus zusammengeschnürtem Samt und zeigte ihm die losen Teile. Leutnant Teck zog die Brauen zusammen.

„Woher haben Sie das?"

„Von einem Uhrmacher."

Er starrte sie an.

„Einem Uhrmacher? Welchem Uhrmacher?"

„Spielt das eine Rolle?", fragte sie.

„Nun, möglicherweise schon."

Da er beunruhigt wirkte, sagte Leona: „Ich war in einer kleinen Uhrmacherwerkstatt und der Inhaber gab mir das, weil ich wissen wollte, wie Uhren beschaffen sind. Er meinte, ich würde es weit eher verstehen, wenn es mir gelänge, die Teile selbst zusammenzusetzen."

Leutnant Teck nahm behutsam eins der Rädchen auf.

„Das ist das Stundenrädchen", sagte er. „Es greift in das obere, ein wenig größere Rad, während darunter das Minutenrad sitzt. Das Rad, das die Bewegung überträgt, hat dreißig Zähne, das Stundenrad vierundzwanzig Zähne und das Minutenrad zehn Zähne. Das kleine hier besitzt sechs Zähne. Daran kann man sie unterscheiden. Sie müssen mit dem Zapfen verbunden werden, der die Zeiger bewegt."

Er führte Leona vor, wie ein jedes Rädchen in das andere greifen musste.

„Ich verstehe", sagte sie. „Dreißig ist durch sechs teilbar. Und der Minutenzeiger hat zehn Zähnchen, weil er das zehnte Teil einer Stunde angibt."

Leutnant Teck zuckte die Achseln.

„Mag sein", sagte er. „Ich habe mich stets lieber mit dem Schwert als mit Schulbuchweisheit beschäftigt und das Rechnen ist nie meine Sache gewesen."

„Aber wenn Sie schon wissen, wie die Teile in die Uhr hinein gehören, wollen Sie denn dann nicht verstehen, nach welchem Prinzip sie so angeordnet sein müssen?", fragte Leona.

„Will ich ein Handwerk erlernen?", fragte er und schien fast beleidigt.

Leona seufzte.

„Nun, dann sagen Sie mir, was die anderen Teile sind!"
Er hob ein größeres Rad von der samtenen Unterlage.
„Das hier gehört zwischen diese zwei kleinen. Das eine dreht sich dann so herum und das andere gegenläufig. Mich macht das offen gestanden ein wenig schwindelig. Das eine nach dort, das andere nach da und das wieder hier herum… ich versichere Ihnen Madame, es ist so wenig zu verstehen wie der Darm eines Hundes."
Leona musste lachen.
„Ein sonderbarer Vergleich. Und das hier muss die Feder sein, nicht wahr?"
Er nickte und legte ihr die kleine Spirale auf die Handfläche.
„Dadurch, dass man die Uhr aufzieht, wird die Feder gespannt. Das lässt die Rädchen laufen. Hat sich die Feder ganz entspannt, hört jede Bewegung auf." Er sah hoch. „Haben Sie meine Uhr übrigens aufgezogen?"
Leona holte das hastig nach und er seufzte erleichtert.
„Es ist kein Spaß, auf die Spannung eines so winzigen Dinges angewiesen zu sein!"
„Gewiss nicht", sagte Leona mitfühlend. Sie hielt eins der kleinen Teile ins Licht. „Sehen Sie doch!", sagte sie. „Das ist ein kleiner Smaragd. Ich dachte, alle Uhren enthalten Rubine."
„Sie können auch auf anderen edlen Steinen laufen", sagte Leutnant Teck. „Es hängt damit zusammen, wie widerstandsfähig ein solcher Stein ist. Doch mein Meister benutzt mit Vorliebe Rubine, weil sie dem Herzblut der Gebundenen entsprechen."
„Das hört sich… unerfreulich an", sagte Leona. Sie versuchte seinen Blick festzuhalten. „Sie haben mir nicht verraten, warum Sie an die Uhr gebunden wurden. Weshalb sollte jemand überhaupt so etwas tun? Sie haben es *Macht* genannt. Was soll diese Macht nutzen?"
Leutnant Teck lächelte traurig.
„Sollte ich es nicht Macht nennen?", fragte er. „Ein schneller Schlag mit einem Hammer, ein Tritt mit dem Absatz, oder auch nur ein Säumen im Aufziehen des Uhrwerks und ich bin nicht mehr. Folglich scheint es geraten, die Befehle des Uhrmeisters nicht zu missachten. Geringen Ungehorsam ahndet er mit Zeitstrafen, doch sollte ich mich deutlicher widersetzen, würde er die Uhr zerstören."
„Wer ist dieser Mann? Warum tut er so etwas?", fragte Leona.

Leutnant Teck zuckte die Achseln. Seine Finger spielten mit den feinen Zahnrädern.

„Alterslos erscheint er mir und er hat schon viele Namen geführt. Wer wüsste zu sagen, wer er wirklich ist und wo er die Kunst erlernt hat, die menschliche Seele an ein Uhrwerk zu binden? Als ich ihn damals zum ersten Mal sah, waren seine Gesichtszüge nicht anders als heute. Ernst und gütig schienen mir seine Augen, und er fragte, ob ich leben wolle. Ich lag dort auf dem blutverschmierten Gras. Um mich tobte die Schlacht. Von meiner Brust ragte das Rapier auf, das mich durchbohrt und auf den Boden gespießt hatte, wie ein vermaledeites Flügeltier, das man in einem gläsernen Kabinett ausstellen gedenkt. Ja, ich wollte leben. Ich war jung. Und ich spürte, wie der Tod seine klammen Finger um mein Herz legte. Ich spürte, wie es kühl wurde und das Schlagen vergaß. Da habe ich *ja* gesagt." Er schauderte. „Aus seinem Gewand nahm er die silberne Taschenuhr. Sie blinkte tröstlich im Licht der Sonne. Und als er sie öffnete, fiel ich in einen roten Schein, der mich nicht mehr freigab. Bis heute."

Er senkte den Blick und starrte vor sich zu Boden.

„Aber Sie leben!", sagte Leona. „Sie leben, während die anderen Menschen von damals längst tot sind."

Er nickte, ohne aufzusehen. Dann plötzlich nahm er ein weiteres Teil vom schwarzen Samt.

„Das ist die Unruh. Ich weiß nicht genau, wozu sie dient. Ich weiß aber, dass nur damit eine Seele festgehalten werden kann. Der Meister sagt, die Unruhe *sei* die Seele der Uhr. Und damit ist Ihre Uhr komplettiert, Madame. Das sind alle Teile. Mehr gibt es nicht. Mehr braucht es nicht."

Leona brachte es nicht über sich, ihn in die Uhr zurückkehren zu lassen.

„Diese Nacht bleibt der Deckel geöffnet", sagte sie. „Bitte seien Sie vorsichtig. Wenn Sie jemandem im Haus begegnen, wird derjenige sich zu Tode erschrecken. In meinem Zimmer können Sie nicht bleiben! Eigentlich weiß ich nicht recht, wo Sie bleiben sollen."

„Ich gehe in den Garten", sagte er. „Fein ist die Nachtluft und die Rosen duften, auch ohne dass die Strahlen der Sonne sie streicheln. Sie duften ganz anders in der Nacht. Ich will hinaus gehen, Gras unter meinen Füßen spüren, meine Hand über kühles Mauerwerk wandern lassen und das Blinken der Sterne sehen."

Leona schnürte es die Kehle zu.

„Ja, gehen Sie in den Garten", sagte sie. „Sobald es dunkel ist."

Weil sie nicht mit ihm in ihrem Zimmer warten wollte, schlich sie sich die Dienstbotentreppe hinab und machte sich Licht im Arbeitszimmer ihres Vaters. Sie setzte sich an den Schreibtisch und starrte auf das Löschpapier, auf dem sich Zahlen seiner Niederschriften erhalten hatten.

Während sich ihre Gedanken ungeordnet mal dem, mal jenem zuwandten, kam ihr das widerstreitende Ticken und Tacken der Uhren zu Bewusstsein. Bereits in Kindheitstagen hatte sie sich hierher zurückgezogen, wenn sie nicht gefunden werden wollte. Schon damals war die abendliche Stille viertelstündlich vom Schlagen der großen Pendeluhr durchbrochen worden. Zur vollen Stunde fiel immer die Kaminuhr mit ihrem vibrierenden Ton ein. Inzwischen hatte ihr Vater drei weitere Uhren angeschafft. Eine stammte tatsächlich von Leonas Onkel. Woher die beiden anderen ihren Weg ins wenig genutzte Arbeitszimmer gefunden hatten, wusste Leona nicht.

Neugierig betrachtete sie die kleine Uhr im Schreibtischfach, die vernehmlich und eilig vor sich hin tickte als gelte es, verlorene Zeit wettzumachen. Es war eine Taschenuhr, die in einem eigens konstruierten Halter stand, und deren Kette man entfernt hatte. Der Deckel war nach oben geklappt. Mit einem merkwürdigen Gefühl in der Magengrube suchte Leona nach Hebeln am oberen Rand. Es gab nur einen.

Sie drückte ihn mit dem Zeigefinger nach links und erschrak, als die Uhr daraufhin inne hielt. Hastig schob sie den Hebel in die ursprüngliche Stellung zurück. Besorgt musterte sie die Zeiger. Das Uhrwerk lief.

Vorsichtiger geworden betrachtete sie die Uhr unter dem Glassturz. Ihr Gesicht spiegelte sich darin, als sie sich darüber beugte. Goldene Kugeln drehten sich über der runden Bodenplatte. Das Zifferblatt trug eine Ätzgravur, die es äußerst schwierig machte, die Zeit abzulesen. Erst als Leona ganz dicht heranging, konnte sie erkennen, was die Gravur darstellte. Es war eine sitzende Gestalt in wallenden

Gewändern, die ein Stundenglas hielt. Leona fuhr herum, als sich die Tür öffnete. Einen Stapel Bücher auf dem Arm, kam ihr Vater herein.

„Was machst du hier, Leonie?", fragte er.

„Ich habe dich gesucht", behauptete sie.

Er betrachtete sie kopfschüttelnd.

„Wie oft habe ich dir gesagt, dass eine junge Frau nicht barfuß und im Nachtgewand durchs Haus laufen kann? Ich hoffe, dass du im Hause Berling solche nächtlichen Eskapaden unterlässt!"

„Natürlich", sagte Leonie. „Und nun spiele nicht den gestrengen Herrn Papa! Ich muss etwas mit dir bereden."

Er lud die Bücher auf dem Schreibtisch ab.

„Was ist es diesmal?"

„Eine Uhr", sagte Leonie. „Ich habe mir aus einer Laune heraus eine silberne Taschenuhr gekauft – in einem kleinen, drolligen Uhrmachergeschäft – und nun stellt Alexander merkwürdige Fragen, weil sie einmal einem Mann gehört haben muss. Da habe ich einfach behauptet, du hättest sie mir gegeben und du wiederum hättest sie von Onkel Friedrich."

Ihr Vater schob die Bücher mit der Handkante hin und her, bis sie einen sauberen Stapel bildeten.

„Ganz offen gesagt, hätte ich gehofft, dass deine Probleme mit Alexander nicht schon so früh beginnen würden. Du weißt, wie wichtig es deiner Mutter war und… mein Gott, ja, Alexander war mein brillantester Student. Ich wäre der Letzte, der seine überdurchschnittliche Begabung leugnen würde. Aber ich hatte immer schon den Verdacht, dass Mathematiker schwierige Ehemänner abgeben."

Leona errötete.

„Es ist… nichts. Nur, dass er im Augenblick ein wenig angespannt wirkt."

Ihr Vater blies die Luft durch gespitzte Lippen.

„Ich kann dir nur einen Rat geben, mein Kind", sagte er. „Weglaufen taugt nichts. Du musst es durchfechten. Der Herrgott hat den Frauen den Charme und das gute Aussehen nicht grundlos mitgegeben. Mache es deinem Mann nicht zu schwer, aber auch nicht zu leicht. Wenn er dann bei einer Meinungsverschiedenheit zu dir hält und nicht zu seinen Eltern, hast du gewonnen. Doch nur wenige Frauen kommen so weit."

„Hat Mama diese Ratschläge umgesetzt?", fragte Leona.

„Niemand hat sie ihr wohl gegeben", erwiderte ihr Vater. „Aber deine Mutter hat ja ihre Wohltätigkeitskränzchen und ihren Rotweinpunsch."

Leona starrte ihren Vater an. Niemals war in diesem Haus so schonungslos gesprochen worden und das Gesagte hätte gewiss ausgereicht, um ihrer Mutter einen ihrer vielen Migräneanfälle zu bescheren.

Ihr Vater zuckte die Achseln.

„Ich möchte, dass du glücklich wirst, mein Kind, oder wenigstens nicht unglücklich. Ich gestehe, dass ich Zweifel hatte, aber du schienst ja durchaus angetan von Alexanders klugen grauen Augen und seinem Ernst. Nur fürchte ich, dass dieser Ernst der Grund sein wird, weshalb er den ganz großen Durchbruch nicht schaffen wird. Große Entdeckungen entspringen der Phantasie und die Phantasie ist die Schwester des Humors. Aber sei´s drum! Alles, was ich sagen wollte war, dass die ersten Wochen deiner Ehe über die kommenden dreißig Jahre entscheiden werden. Mache also das Beste daraus. Und nun geh schlafen!"

„Aber die Uhr..."

„Es wäre nicht das erste Mal, dass ich für dich lügen müsste", sagte er. „Erinnerst du dich an die tote Ratte? Ich musste behaupten, ich hätte sie ins Haus gebracht, und deine Mutter kam drei Tage lang nicht einmal zu den Mahlzeiten herunter. Und der Froschlaich.... aber lassen wir das! Du bist nun eine verheiratete Frau. Da verbietet es sich, mit offenem Haar im Haus herum zu streifen und noch nicht einmal ein Übergewand zu tragen."

„Ja, Papa", sagte Leona.

Als sie nach oben kam, und ihr Leutnant Teck die Tür öffnete, errötete sie, denn nach dem Gespräch mit ihrem Vater wurde ihr bewusst, dass sie sich Leutnant Teck nicht zum ersten Mal unfrisiert und nur wenig schicklich bekleidet zeigte, so als sei ein Mann, der einer Uhr entsprang, deswegen weniger ein Mann. Schnell ging sie an ihm vorbei und legte sich einen Hausmantel um.

„Es ist nun dunkel", sagte sie schroff. „Aber es sind noch Leute im Haus unterwegs. Sie müssen sehr vorsichtig sein."

„Das werde ich, Madame", versprach er, verneigte sich und verließ das Zimmer.

Als sie am nächsten Morgen aufwachte, kam er ihr nicht gleich in den Sinn, dann hörte sie unten die große Pendeluhr schlagen und erschrak. Es war bereits acht Uhr und die Sonne längst aufgegangen. Hastig stand sie auf und lief zum Fenster.

Nichts.

Die Uhr lag offen auf dem Nachkasten. Im ersten Augenblick wollte Leona sie einfach zuklappen, dann kamen ihr Zweifel, ob sie ihm damit nicht Schaden zufügen würde. Hatte er nicht gesagt, er würde zum Sonnenaufgang *an ihrer Seite* sein? Bedeutete das, dass er in ihrer Nähe sein musste, wenn sie den Deckel schloss? Da die Tür verriegelt war, hatte er nicht zu ihr gelangen können und befand sich jetzt vielleicht schon in den schlimmsten Schwierigkeiten.

Sie zog den Hausmantel über, schob den Riegel zurück und lief ins Erdgeschoss. Als Erstes durchstöberte sie den Garten, dann das Haus und wollte schon verzweifeln, da fand sie Leutnant Teck in ihrem Ankleidezimmer auf dem Teppich, tief im Schlaf. Er erwachte erst, als sie seinen Namen nannte. Mit einem Satz war er auf den Beinen.

„Einen wunderschönen Morgen wünsche ich, Madame! Ich hoffe, Sie haben wohl geruht."

„Danke, ja", sagte sie. „Sie dürfen mich nicht noch einmal so in Schrecken versetzen. Ich wusste nicht, wo ich Sie suchen sollte."

„Ich kam nicht in Ihr Zimmer", erwiderte er. „Da schien es mir nahe liegend, hier zu warten und Ihren Schlaf nicht durch Klopfen zu verkürzen."

„Wenn Thea hereingekommen wäre! Und sagen Sie nun bitte nicht, Sie gäben acht! Sie haben so fest geschlafen, dass ich Sie kaum wach bekommen konnte."

„Wenn Sie so lange nicht geschlafen hätten, wie ich…", sagte er.

„Können Sie… dort nicht schlafen?"

„Zum Schlafen bedarf es des Körpers. Im Uhrwerk bin ich allezeit wach und die Räder treiben mich um, dass es kaum zum Aushalten ist. Daher bitte ich, mir meinen Schlummer nachzusehen."

Leona hörte plötzlich, wie ihre Zimmertür geöffnet wurde. Und die Uhr lag noch auf dem Nachkasten. Leutnant Teck begriff sofort. Er tauchte unter den tief hängenden Säumen der Kleider hinweg und war im nächsten Augenblick von Tüll und Rüschen verborgen. Thea kam mit den Kannen, in denen heißes Wasser dampfte.

„Ein wundervoller Morgen, nicht wahr?", fragte sie.

„Ja, wundervoll", sagte Leona und dachte darüber nach, wonach sie Thea schicken konnte, damit sie das Ankleidezimmer wieder verließ. Ehe ihr etwas eingefallen war, hatte Thea die Kannen abgestellt. Ihre Hände fuhren zwischen die aufgehängten Kleider und Leonas Magen verkrampfte sich, als kurz Leutnant Tecks schwarze Stiefel sichtbar wurden. Thea zog ein Kleid mit sonnengelben Besätzen zwischen den anderen hervor und präsentierte es auf beiden Händen.

„Wäre das nicht etwas für einen solch hübschen Tag?"

Leona nickte. Hinter Theas Rücken bewegten sich die Kleider, als Leutnant Teck sich weiter nach links zurückzog. Die Amme bemerkte Leonas Blick.

„Zu eng?", fragte sie. „Das könnte sein. Ich habe das Gefühl, du hast ein wenig zugenommen, mein Herzchen. Ist das Essen im Hause Bering so viel besser als daheim?"

„Es ist passabel", sagte Leona mit angestrengtem Lächeln.

„Frauen sollten keinesfalls stärker zulangen, wenn sie Kummer haben", belehrte sie die Amme. „Man wird so schnell pummelig. Und Kummer hast du, Kind. Nein, nein – erzähle mir nichts anderes! Der junge Herr mag ja gut aussehend sein, aber ich wette jeden Heller, dass er zur Pedanterie neigt."

„Äh, ein wenig", sagte Leona, der dieses Gespräch vor Leutnant Tecks Ohren allzu peinlich war. Doch je mehr sie über einen Vorwand nachsann, Thea nach unten schicken zu können, desto weniger wollte ihr einfallen. Die Amme redete längst weiter.

„Und man weiß ja, was solch ein Mann im ehelichen Schlafzimmer vorstellt! Einfühlungsvermögen darf man nicht erwarten. Von Männern mit guter Erziehung kann sich eine Frau ohnehin keine Zärtlichkeit erhoffen. Sonderbar eigentlich, dass die Männer der unteren Stände doch so viel eher meinen, sich Mühe geben zu sollen, als Herren, die weiß Gott viel Zeit mit ihrer Ausbildung verbracht haben."

„Ich glaube, mir wird übel!", brachte Leona heraus. „Bitte, hole mir etwas, das dagegen helfen könnte!"

Thea bugsierte sie bis zum Bett, brachte sie dazu, sich hinzulegen und als sie nach draußen ging, hörte Leona sie noch murmeln: „Wie ich es mir gedacht habe!"

Kaum hatte Thea den Raum verlassen, sprang Leona auf, packte die Uhr, hastete damit ins Ankleidezimmer, sah noch Leutnant Tecks verbindliche Verneigung, und hatte den Uhrdeckel schon zu gedrückt, ehe er den Kopf wieder heben konnte. Heftig atmend kehrte sie zu ihrem Bett zurück und verblüffte ihre Amme mit einer schnellen Besserung der angeblichen Übelkeit, indem sie darauf bestand, zum Frühstück nach unten zu gehen.

Dort saß ihr Vater schon bei der Lektüre der Morgenzeitung. Sie hörte ihn schnalzen, während er nach der Tasse griff und sie beinahe umgeworfen hätte.

„Politische Wirrnisse?", fragte Leona.

Er senkte die Zeitung und nahm einen Schluck Kaffee.

„Nicht mehr als üblich", sagte er. „Aber wie ich eben lesen musste, ist einer meiner Studenten gestern Abend von einer Kutsche erfasst worden, die viel zu schnell an dem Weinlokal vorbei fuhr, aus dem er gerade kam. Dabei warne ich meine Studenten immer vor dem übermäßigen Konsum geistiger Getränke."

„Ist er wohlauf?", fragte Leona.

Ihr Vater schüttelte den Kopf.

„Es ist von schweren Kopfverletzungen die Rede. Ich werde hinfahren müssen. Die Familie gilt als empfindlich, was die Bezeigung von Aufmerksamkeiten angeht. Und der junge Glenser ist unbestreitbar einer meiner begabtesten Studenten."

„Schreiben sie etwas über die Kutsche?", erkundigte sich Leona.

Ihr Vater sah auf.

„Du denkst natürlich an eure Hochzeit", sagte er. „Aber wahrscheinlich hat das eine mit dem anderen nicht das Geringste zu tun. Hier heißt es, es sei ein Zweispänner gewesen, der Glenser erfasst habe, anscheinend, ohne dass der Kutscher den Unfall bemerkte. Das Geschrei der jungen Leute, die hinter dem Verletzten aus dem Lokal drängten, schrieb er wohl dem Alkohol zu. Schade, sehr schade! Glenser arbeitete gerade an einer Abhandlung über die Rückstellkraft von Federn, die eigentlich erst meine Aufmerksamkeit auf diesen eher stillen jungen Burschen gezogen hat."

„Federn? Uhrfedern?", fragte Leona.

„Unter anderem. Federn werden zu vielen Zwecken eingesetzt. Aber ich muss mich wundern, dass du dich für ein solches Thema zu erwärmen vermagst."

Leona ignorierte diese Bemerkung.

„Was ist Rückstellkraft?", fragte sie.

Ihr Vater legte die Zeitung beiseite.

„Rückstellkraft beschreibt die Verformung der Feder. Sie wird wieder freigesetzt, wenn die Feder in den Ausgangszustand zurückkehrt. Doch ich kann mir nicht vorstellen, dass du plötzlich eine Neigung für physikalische Probleme entwickelst."

Leona sah auf ihre Serviette.

„Alexander beschäftigt sich mit etwas Ähnlichem", sagte sie. „Er sagt, das Sonnensystem sei letztlich nichts anderes als eine Uhr…"

Ehe sie ihrem Vater einen Kommentar entlocken konnte, kam ihre Mutter, setzte sich, fächelte sich mit der Hand Luft zu und klagte, der Morgen sei unerträglich schwül. Leonas Vater erzählte ihr vom Unfall des jungen Glenser. Sie erblasste.

„Wie furchtbar! Wie kannst du solche Geschichten nur am Frühstückstisch erzählen, wo du doch weißt, welch zarte Konstitution unsere Leonie hat!"

„Sie hat die Konstitution eines Pferdes", sagte Leonas Vater unbedacht.

„Heinrich! Wie herzlos von dir! Unsere kleine Leonie kommt nach Hause, um sich von den unerträglichen Ereignissen der vergangenen Tage zu erholen, und du erlaubst dir wieder einmal jede Gefühllosigkeit."

„Ich habe es nicht so gemeint", sagte Heinrich Kreisler, doch es war zu spät. Seine Frau drehte die Serviette mit fahrigen Händen zu einem schmalen Schlauch und dieses Zeichen kannte er nur zu gut.

„Du musst dich nicht aufregen, Liebes!", sagte er.

Sie machte wringende Bewegungen, die an das Erdrosseln eines Huhnes denken ließen, und starrte ihren Mann über den Tisch weg an.

„Ich habe es so satt, dass du niemals Rücksicht nehmen kannst! Du weißt, wie sehr mich das alles quält und lässt doch keine Gelegenheit aus…, ach, es ist einfach unerträglich!" Sie warf die Serviette zu Boden, stieß ihren Stuhl zurück, und ihre Röcke rauschten Unheil verkündend, als sie das Zimmer verließ.

Leonas Vater seufzte.

„Besser, du gehst, und versuchst, sie zu beruhigen!", sagte er. „Sonst sitzen wir die kommenden Tage allein am Esstisch."

Leonie verbrachte zwei Stunden im Schlafzimmer ihrer Mutter, reichte ihr Riechfläschchen, Essigkaraffen, feuchte Tücher und Migränepulver, lauschte den Klagen, die sich alle darum drehten, dass Männer einfach Berserker waren, die nie Takt lernen würden, und wäre darüber beinahe eingenickt. Nachdem ihre Mutter verkündet hatte, dass sie nicht gedachte, zum Mittagessen hinunter zu gehen, verabschiedete sich Leona.

„Ich brauche ein wenig frische Luft, Mama."

Sie bat Karl, den Einspänner aus dem Schuppen zu holen, zog sich um, weil ihr das Kleid mit den sonnengelben Besätzen für den beabsichtigten Besuch unpassend vorkam, und fuhr dann zu der kleinen Gasse, in der sie die Uhrmacherwerkstatt entdeckt hatte.

Meister Fabrizius hielt ihr gastfreundlich die Tür auf.

„Guten Tag, junge Dame!", sagte er. „Treten Sie näher und bringen Sie ein wenig Licht in meinen dunklen Laden!"

Leona trug ihren Beutel zur Theke. Dort schlug sie den Samt auseinander.

„Ich kenne nun die Namen der Teile und habe ein wenig über ihre Funktion gelernt", sagte sie. „Doch eigentlich verstehe ich die Uhren darum nicht besser."

Er klemmte sich eine Lupe ins Auge.

„Dann wollen wir sehen!", sagte er. Er hob eins der Rädchen hoch.

„Was ist das?"

„Äh, zehn Zähne – das Minutenrad."

Er nickte und zeigte ihr die Feder.

„Die Feder", sagte Leona. „Sie nimmt die Kraft auf, die wir ihr beim Aufziehen der Uhr verleihen. Man nennt sie auch Rückstellkraft. Gibt die Feder die Kraft frei, läuft die Uhr."

Er nahm die Lupe herab und sah Leona aufmerksam an.

„Nicht übel", sagte er. „Gar nicht übel!"

Er wählte ein anderes Teil.

„Und das hier?"

„Es ist die Unruh", sagte Leona. „Ich habe nicht herausfinden können, was sie bewirkt, doch muss sie wichtig sein."

„Das ist sie wohl", sagte Meister Fabrizius. Er schlug den Samt über den Bestandteilen der Uhr zusammen und legte alles in ein Fach unter seiner Theke. Jetzt fiel Leona erst auf, dass der Kanarienvogel nicht in seinem hölzernen Bauer saß.

„Wo ist der kunstvolle Sänger geblieben?", erkundigte sie sich.

„Er ruht", sagte Meister Fabrizius. Unter seiner Theke brachte er ein anderes Tablett hervor. Darauf lagen kleine Edelsteine. Einen davon nahm er mit einer Pinzette auf. „Dies, meine liebe junge Dame, ist ein Smaragd. Ich nehme an, Sie können mir sagen, welche Steine hier noch versammelt sind."

Leona beugte sich vor.

„Rubine hauptsächlich", sagte sie, „aber auch weitere Smaragde, einige Saphire und dies könnte wohl ein Diamant sein. Was jener ist, vermag ich nicht zu sagen."

Es war ein lavendelfarbener Stein von der Größe eines Stecknadelkopfes.

„Es ist ein Topas", erklärte Meister Fabrizius. Er holte einen bestickten Beutel hervor, legte den Topas mit Hilfe der Pinzette hinein und zog die Schnüre zu. „Dringen wir nun ein wenig weiter vor!", sagte er. „Wenn Sie wieder einmal so gütig sein sollten, in meiner bescheidenen Werkstatt vorbei zu sehen, möchten Sie mir vielleicht erzählen, was Sie über Edelsteine herausgefunden haben, sowie über ihre Bedeutung für die Langlebigkeit einer Uhr."

„Sie sind robust", sagte Leona.

„Das sind sie auf ihre Art", bestätigte Meister Fabrizius. „Aber auch andere Materialien sind robust. Das kann nicht der einzige Grund sein, weshalb man sich edler Steine bedient, wenn man eine gute Uhr machen will."

Er reichte Leona das bestickte Beutelchen.

„Sie wollen mir auch heute nicht erklären, wie Uhren konstruiert sind?", fragte sie.

Er blinzelte.

„Bis ich das vermag, meine junge Dame, müssen Sie weit mehr wissen als im Augenblick."

„Und wie viele Besuche wird es mich wohl kosten, ehe Sie meine Kenntnisse für hinreichend halten?", fragte Leona.

„Sechs", sagte er prompt.

Leona begann sich zu amüsieren.

„Weil alles in der Uhr auf der Teilbarkeit durch sechs beruht?", fragte sie.

Meister Fabrizius lächelte.

„Die sechs ist eine weithin unterschätzte Zahl. Die Hälfte der Zwölf, ein Viertel von vierundzwanzig und die Wurzel aus sechsunddreißig. Zweimal waren Sie nun schon bei mir, bleiben noch vier Mal. Vier, wie die Anzahl der Evangelisten, der Himmelsrichtungen und der Elemente. Und nun werden Sie mir hoffentlich verzeihen, wenn ich schließe, um mich zu meinem Mittagsmahl zu begeben!"

Donnergrollen

Am Abend traf unerwartet Leonas Cousine Amalie im Hause Kreisler ein. Ein Gästezimmer wurde vorbereitet, die Köchin verwarf das schon zubereitete Abendessen zugunsten einer festlicheren Version, und Leonas Mutter entschied, dass sie sich doch zumuten konnte, der Mahlzeit beizuwohnen.

Amalie erinnerte in ihrem himmelblauen Kleid mit den violetten Besätzen an eine zu üppig geratene Festtagstorte, aber Aussehen war ihr nie wichtig gewesen, genauso wenig wie die Einhaltung korrekter Umgangsformen. Andernfalls wäre sie nicht unangekündigt angereist und hätte einen ganzen Haushalt in Aufruhr versetzt. Die Dienstboten liefen dutzende von Malen die Treppen hinauf und hinunter, um die vielen Koffer, Hutschachteln und Pakete nach oben zu schaffen. Hastig wurde noch einmal das Silber poliert, im Garten Rosen geschnitten und zu einem Strauß arrangiert, der Hausherr stieg selbst in den Keller hinab, um einen erlesenen Wein heraufzuholen und die Hausherrin erschien leibhaftig in der Küche, um daran zu erinnern, dass Amalie Kreisler Erbsen auf den Tod nicht ausstehen konnte.

Amalie saß derweil mit Leona im Salon, trank heiße Schokolade und ließ sich von der Hochzeit erzählen. Das Thema beherrschte dann auch das Tischgespräch.

„Du bist zu beneiden, Leona", sagte Amalie. „An deine Hochzeit wird man sich noch lange erinnern."

Leonas Mutter, die solch eine Bemerkung von jedem anderen wenig wohlwollend aufgenommen hätte, lachte, während sie sich mit der Serviette Luft zufächelte. Sie hakte sich nach dem Essen bei Amalie unter, um mit ihr durch den Garten zu spazieren. Dann, obwohl es schon spät war, und man sich an anderen Tagen auf sein Zimmer zurückgezogen hätte, brachte Leona für alle anderen die Frage vor, auf die Amalie schon zu warten schien.

„Hast du etwas Neues mitgebracht?"

Amalie gab sich keine Mühe, ihr Grinsen zu verbergen.

„Ich habe, mein Schatz", sagte sie. „Eine absolute Kuriosität, von der ich gar nicht zu erzählen wage, was es mich gekostet hat, sie zu beschaffen. List, Lug und Trug waren nichts im Gegensatz zu dem, was mir abverlangt wurde, um an diese Noten heranzukommen."

„Was ist es?", fragte Leonas Mutter atemlos.

„Schumann!", sagte Amalie triumphierend.

„Wundervoll!", sagte Leonas Mutter.

„Ah, du weißt nicht, wie wahrhaft wundervoll", sagte Amalie. „Es ist eine Sonate, die bisher niemals aufgeführt wurde und enthält ein Andantino von Schumanns Frau. Ich hörte gerüchteweise, Brahms wolle es noch in diesem Jahr spielen, doch Clara Schumann scheint durchaus dagegen. Meine Notenabschrift ist beinahe schon ein Diebstahl zu nennen. Ihr werdet natürlich niemandem davon erzählen!"

„Niemandem!", beteuerte Leonas Mutter.

Die Familie versammelte sich um das Klavier im Salon, Amalie stülpte die Spitzenverzierung ihrer Ärmel nach oben, streckte ihre bestürzend großen Hände aus, und wie Donnergrollen begann das Allegro.

Leonas Mutter krampfte die Hände ineinander. Leonas Vater lauschte mit geschlossenen Augen. Leona saß vorne auf der Stuhlkante. Ihre Gedanken kreisten um die ergreifende Lebensgeschichte, die sie in dieser Musik so genau zu spüren meinte, die heimliche Liebe, das Paar, das seine Ehe vor Gericht gegen den Vater erstreiten musste, und schließlich Schumanns viel zu früher Tod, versunken in Wahnsinn... Leona seufzte. Eine Musik wie Herzklopfen und Gewittersturm, dann wieder wie Tanz und heiteres Lachen! Einmal so zu lieben!

Der Gedanke an Alexander war wie ein kalter Regenguss.

Leona sank gegen die Stuhllehne zurück. Szenen der Hochzeitsnacht gingen ihr durch den Kopf. Dann sah sie wieder die schnell hin geworfenen Skizzen vor sich. Das Planetensystem. Amalies Finger eilten über die Tasten, und auf einmal schien Leona die Melodie wie das gemeinschaftliche Ticken vieler kleiner und größerer Uhren, das Drehen von Rädern und das majestätische Weiterspringen großer Kirchturmuhrzeiger.

Beim Andantino wandten sich ihre Überlegungen fast zwangsläufig der Vergänglichkeit zu, dem Vergehen der Zeit und dem Tod. Die Musik schien zerfahren, melancholisch und doch getrieben, ja bedrohlich. Im letzten Satz steigerte sich das Tempo schier unerträglich und Leona wusste die ungeheuren Anforderungen zu würdigen, die das Stück stellte, und die Amalie doch so scheinbar mühelos zu erfüllen wusste, als sei sie eine zweite Clara Schumann.

Am Ende war Leona vollkommen aufgewühlt. Glücklicherweise erwartete Amalie keinen Lobpreis, sondern ging fast unmittelbar in ihr Zimmer. Auch Leonas Eltern zogen es vor, dem Erlebnis jeder still für sich allein nachzufühlen und wünschten Leona eine Gute Nacht.

Sie fühlte sich viel zu ruhelos, um ins Bett zu gehen, schlüpfte in den Garten hinaus und wanderte im Dunkeln über die Wege. Sie tauchte ihre Nase in die Rosenblüten und stellte fest, dass Leutnant Teck Recht hatte – in der Nacht veränderten sich der Duft, wurde kühler, feiner und fast betörender als bei Tag. Das Gras schien unter Leonas Füßen mehr Sprungkraft zu besitzen. Als bestünde es aus zahllosen angezogenen Federn.

Sie nahm die Uhr heraus, die sie in einer der wohl verborgenen Taschen ihrer ausladenden Röcke bei sich trug. Der Deckel sprang unter dem Druck ihrer Finger auf.

Ein wenig zitternd und unscharf erschien Leutnant Teck. Hier, im dunklen Garten, fühlte sie sich plötzlich an eine Geistererscheinung erinnert und musste sich zwingen, den Hebel nach innen zu bewegen. Noch unheimlicher war es ihr, als er leibhaftig vor ihr stand. In seiner weißen Uniform mit den gekreuzten Waffengurten schien ein fahles Leuchten von ihm auszugehen. Er begrüßte Leona mit der üblichen Verneigung.

„Sie hätten sich nicht der Mühe unterziehen müssen, mich persönlich in den Garten zu bringen", sagte er. „Das ist äußerst entgegenkommend."

„Ich wollte nur selbst ein wenig an die frische Luft", erwiderte Leona.

„Nach dieser höllischen Musik wundert mich das nicht!"

„Haben Sie die Musik gehört?"

„Gewiss. Ich höre, was in unmittelbarer Umgebung vorgeht."

„Weshalb nennen sie diese wundervolle Musik höllisch?", fragte Leona.

Leutnant Teck zuckte die Achseln.

„Geben Sie mir ein Spinett oder wegen mir eine Flöte, geben Sie mir die zauberhaften, eleganten Töne meiner Jugendzeit, nicht dieses Grollen, Flüstern, Wispern, Augenrollen…"

„Es ist die Musik einer großen Liebe!", sagte Leona hitzig, nur um heftig zu erröten, was er im Dunkeln glücklicherweise wohl kaum sehen konnte.

„Liebe?", fragte Leutnant Teck. „Liebe ist zartes Kosen, das Flattern beschwingter Falter und ein schneller Blick über die Kante eines Fächers hinweg. In dieser Musik habe ich Leidenschaft gehört, dann Verzweiflung und schließlich Irrsinn."

„Sie haben recht gehört und doch so falsch", sagte Leona und ertappte sich dabei, Schumanns Lebensgeschichte zu erzählen, wie man sie ihr vor wenigen Jahren hinter vorgehaltener Hand zugeflüstert hatte, da Leonas Mutter solche Skandalgeschichten von ihr fern zu halten versuchte.

Leutnant Teck schien ein wenig befremdet.

„Und das nennen Sie Liebe, Madame?", fragte er vorwurfsvoll. „Es ist eine traurige Geschichte mit einem noch traurigeren Ende, ausgelöst von dem unvernünftigen Beharren dieses Mannes, eine Frau zu heiraten, die ihm der Vater aus gutem Grunde nicht zu geben bereit war."

„Sie meinen, er hätte großmütig Verzicht üben sollen?"

„Gewisslich nicht", erwiderte Leutnant Teck. „Aber eine Ehe vor Gericht zu erzwingen, scheint wenig galant."

„Anders war die Zustimmung des Vaters nicht zu erlangen."

Leutnant Teck seufzte.

„Das gehört zu jenen Unbegreiflichkeiten dieser neuen Zeit, die mir zu schaffen machen. Ohne ein Gefühl der Scham begegnet man seinem künftigen Schwiegervater vor Gericht und legt Liebenden doch andererseits so viele Hindernisse in den Weg. Jener Schumann hätte sich als gewitzter und weniger plump erweisen sollen. Dann hätte er eine passende Ehe für seine geliebte Clara zu arrangieren gewusst, sich diesem Mann als Freund genähert und es verstanden, sich als Gast unentbehrlich zu machen. Er hätte kleine Brieflein an sorgsam bedachten Stellen platziert, mit Clara Menuett getanzt und sich mir ihr abends im Garten so manches verschwiegene Stelldichein gegeben…"

„Ich muss doch bitten, Leutnant!", unterbrach ihn Leona kalt. „Wenn Sie mit solch losen Reden fortfahren möchten, schließe ich den Deckel der Uhr!"

Er seufzte.

„Genau das meinte ich. Das Leben ist so schwierig geworden. Nichts läge mir ferner, als Sie in Zorn zu versetzen! Ich fürchte, diese Musik hat Sie beunruhigt, während ein Flötenkonzert von Quantz Sie in vollendeten Einklang mit sich selbst gebracht, und ein Johann Christian Bach Ihnen die Leichtigkeit geschenkt hätte, der es diesem Jahrhundert so empfindlich mangelt."

„Mir scheint, Ihre Leichtigkeit ist allzu eng mit Leichtsinn und Leichtlebigkeit verwandt!", sagte Leona. „Sie werden nun Ihren Spaziergang alleine fortsetzen müssen, Leutnant Teck. Ich gehe zu Bett!"

In ihrem Ärger hatte sie wieder keine Verabredung darüber getroffen, wo sie ihn am folgenden Morgen finden würde und war erleichtert, als er vor ihr stand, kaum dass sie ihre Tür geöffnet hatte. Er wirkte ausgeruht und zuversichtlich, grüßte höflich und ließ sich ohne Widerspruch in seine Uhr verbannen.

In entsprechend gehobener Laune erschien Leona zum Frühstück. Amalie kam kurz nach ihr, ihre rundlichen Formen in ein kanariengelbes Kleid gezwängt und das Haar in Korkenzieherlocken gelegt, die zartgrüne Schleifen schmückten.

Nachdem auch Leonas Vater Platz genommen hatte, fragte Amalie: „Wer ist eigentlich dieser erstaunlich gut aussehende Mann, den ich heute morgen im Garten gesehen habe?"

Leonas Vater hob die Augenbrauen.

„Ein Mann? Ich nehme nicht an, dass du Jenning erwähnen würdest, und sonst wüsste ich nicht, welcher Mann sich sonst in unserem Garten aufhalten sollte."

„Ich rede nicht vom Gärtner", sagte Amalie. „Es war ein schmucker Bursche ganz in Weiß und mit schwarzen Stiefeln, wie ein Offizier irgendeines kuriosen Regiments."

Leona lief rot an. Glücklicherweise hatte sich ihr Vater Amalie zugewandt.

„Ich kann mir nicht vorstellen, wen du da gesehen haben willst. War der Mann jung?"

„Jung?", überlegte Amalie. „In seinen Dreißigern vielleicht. Er trug einen Hut in der Hand, der mir auf die Entfernung fast wie ein Dreispitz erschien. Und er war unglaublich blond, fast wirkte er auf den ersten Blick weißhaarig."

„Wann war das?", fragte Leona, die sich bereits vorgenommen hatte, Leutnant Teck für seinen Leichtsinn empfindlich zurechtzuweisen.

„Oh, es mag gegen fünf Uhr gewesen sein", sagte Amalie. „Mein Kopf war so voller Musik, dass ich nicht schlafen konnte. Also atmete ich die wunderbare Morgenluft und beobachtete dieses gut geratene Mannsbild bei seinem Spaziergang."

„Ich fürchte", sagte Leona, „du hast diesen Mann geträumt."

Leonas Vater stimmte dieser Einschätzung zu und bat Amalie schnell, den Unbekannten nicht mehr zu erwähnen, denn Leonas Mutter kam zum Frühstück herunter.

„Ich sage kein Sterbenswort!", versprach Amalie.

Als Leona später in ihr Zimmer ging, hörte sie Jennings Stimme im Garten. Sie öffnete das Fenster. Ihr Vater lief mit dem Gärtner die Wege ab und suchte augenscheinlich nach Spuren des frühmorgendlichen Besuchers. Also nahm er Amalies Geschichte doch ernster als Leona gehofft hatte.

Sie schob den Riegel vor und nahm die Uhr heraus.

Kaum war Leutnant Teck vor ihr erschienen, herrschte sie ihn an: „Was ist Ihnen nur eingefallen? Wollen Sie mich um jeden Preis kompromittieren? Hatten Sie nicht versprochen acht zu geben?"

Er verbeugte sich tief.

„Was habe ich denn getan, Madame?"

„Sie sind morgens im Garten herumgelaufen und meine Cousine hat Sie gesehen!"

„Potzblitz! Das war in der Tat unachtsam von mir. Ich bitte um Verzeihung. Ich dachte nicht, dass so früh schon jemand im Hause wach sein würde."

„Die Dienstboten stehen auch um diese Zeit auf. Ich muss Sie wirklich bitten, Schwierigkeiten nicht offen herauszufordern!"

Leutnant Teck gelobte, künftig jede Nachlässigkeit zu vermeiden und kehrte sichtlich zerknirscht in seine Uhr zurück.

Trotzdem blieb Leona den Tag über nervös. Vielleicht lag es daran, dass sie das herannahende Gewitter spürte. Ihre Mutter hatte sich schon kurz nach dem Frühstück mit einem bösartigen Anfall von Migräne zurückgezogen.

Gegen Nachmittag kam Wind auf, und kurz vor der Kaffeezeit begann es in der Ferne zu grollen. Davon ließ sich Amalie nicht abhalten, sich ans Klavier zu setzen. Sie übte sich an einer weiteren Schumannschen Sonate. Ihre Finger tanzten so leichthin wie Ballettmädchen über die Tasten und konnten dann wieder mit einer Wucht herab donnern, die dem heranziehenden Gewitter kaum nachstand. Leona seufzte in einer Mischung aus Neid und Bewunderung. Obwohl sie genau so viel Klavierunterricht erhalten hatte, gab es Stücke, an die sie sich nicht heranwagen durfte.

Noch ehe Amalie die Sonate beendet hatte, begann draußen der Regen zu prasseln. Der Himmel hatte sich blauschwarz gefärbt, im Salon mussten die Kerzen angezündet werden. Donner mischte sich mit dem Grollen der tiefen Dur-Töne. Gleichzeitig mit dem Schlussakkord gab es ein unerträglich reißendes Geräusch. Sekundenlang war der Garten in blauweißes Licht gehüllt. Das ganze Haus bebte. Leona sprang auf.

Sie lief nach ins Zimmer ihrer Mutter und fand sie in tiefem Schlaf. Auf dem Nachtkästchen stand ein leeres Glas, das nach süßem Rotweinpunsch roch. Erleichtert ging Leona wieder nach unten.

Als der Regen nachgelassen hatte, ging Leona mit ihrem Vater in den Garten. Zuerst sah es aus, als sei alles unbeschadet geblieben, doch dann packte Leona ihren Vater am Arm und zeigte nach links. Der Blitz hatte in die Sonnenuhr eingeschlagen. Der Marmorsockel war gespalten, die bronzene Sonnenuhr lag im Gras.

„Die ist hin!", sagte Leonas Vater. „Schade um das schöne Stück."

Leona sah auf das verbogene Halbrund aus Metall und fühlte ein Flattern im Magen.

Sie kehrte ins Haus zurück. Amalie saß immer noch am Klavier und improvisierte ein düsteres Stück in Moll.

„Der Blitz hat die Sonnenuhr getroffen", sagte Leona.

Amalies Finger hielten nicht inne und sie sah sich nicht um.

„Die schöne bronzene, die meine Eltern deinen anlässlich deiner Geburt geschenkt haben?"

„Genau jene!", sagte Leona mit dramatischer Betonung.

„Nun, rund zwanzig Jahre hat sie unbeschadet dort gestanden", sagte Amalie. „Vielleicht kann man sie außerdem wiederherrichten."

„Vielleicht", sagte Leona und kam sich unangemessen deprimiert vor.

Eine halbe Stunde später setzte wieder Regen ein. Er war so heftig, dass Erde bis zu den unteren Fenstern hinauf gespritzt wurde, doch der Donner grollte nur noch in der Ferne.

Leona, die sich auf ihr Zimmer zurückgezogen hatte, öffnete die Uhr.

Leutnant Teck begab sich nach der üblichen höflichen Begrüßung erst einmal ins Ankleidezimmer, steckte nach rund zwanzig Minuten den Kopf aus der Tür und fragte, ob es wohl möglich sein würde, Kleider für ihn aufzutreiben, damit er seine eigenen waschen könne. Leona holte ihm daraufhin Sachen aus der Mansarde, wo kistenweise Kleider darauf warteten, beim nächsten Kirchenfest an Bedürftige verteilt zu werden. So würden sich die Wohltätigkeitsbestrebungen ihrer Mutter auch einmal im Haus selbst auszahlen.

Leona reichte die Kleider durch die Tür des Ankleidezimmers und wartete weitere zwanzig Minuten, bis Leutnant Teck erschien. Er wirkte, als wisse er nicht recht, wie er sich in den eng geschnittenen Sachen bewegen solle.

Leona ging ins Ankleidezimmer, um sich zu vergewissern, dass nichts Unerwünschtes zurückgeblieben war und musste feststellen, dass sie wieder einmal nicht gründlich nachgedacht hatte. Über dem Rand der Wanne hingen eine triefende Uniformjacke, die Kniebundhose, die seidenen Strümpfe, ein reich berüschtes Hemd und ein Halstuch. Nichts davon war blütenrein sauber geworden. Sie spähte aus ihrer Zimmertür und trug dann alles auf die Mansarde hinauf, wo es hoffentlich niemand entdecken würde. Es war ein sonderbares, intimes Gefühl, seine nassen Kleider auszustreichen und ordentlich aufzuhängen, die Risse und gestopften Stellen zu bemerken, die Flecken, die sich der Seife widersetzt hatten, und darüber hinaus die Abwesenheit jeglicher Unterwäsche.

Als sie wieder in ihr Zimmer kam, saß Leutnant Teck mit hochroten Wangen und einigen blutenden Kratzern im Ankleidezimmer vor dem Spiegel, nachdem er versucht hatte, sich mit einem Blatt ihrer

Nähschere zu rasieren. Er machte einen so bestürzten Eindruck, dass sie lachen musste. Sie holte den Alaunstift aus dem Ankleidezimmer ihres Vaters, um die Blutungen zu stillen.

„Wir müssen wirklich irgendeinen Weg finden, Ihre Angelegenheiten zu ordnen", sagte sie und tupfte ihm die Kratzer ab.

Leutnant Teck seufzte.

„Ich bin mir bewusst, dass ich im Augenblick eher eine Last, denn eine Unterstützung für Sie bin, Madame. Wenn es etwas gibt, womit ich Ihnen dienen kann, so zögern Sie bitte nicht, es mir mitzuteilen!"

Leona bezweifelte, dass es irgendetwas gab, womit er ihr nutzen würde. Nur schien es unnötig hart, ihm das unverblümt zu sagen. Daher nickte sie und brachte den Alaunstift fort. Danach zog sie die Uhr auf und überlegte, wo Leutnant Teck diesmal die Nacht verbringen sollte, da es weiterhin heftig regnete. Es gab ein unbenutztes Gästezimmer. Man würde niemanden dort vermuten, so lange er sich leise verhielt, und die Dienstboten hatten besseres zu tun, als nicht benötigte Zimmer aufzusuchen. Also sah Leona auf den Gang hinaus, eilte mit Leutnant Teck an drei geschlossenen Türen vorbei und er verschwand in dem dunklen Zimmer mit dem abgezogenen Bett.

„Ich komme morgen früh. Bleiben Sie, wo Sie sind!", flüsterte ihm Leona noch zu und ging wesentlich beruhigter schlafen. Doch gegen Mitternacht war sie schon wieder wach. Sie hatte das Gefühl, nachsehen zu müssen, ob Leutnant Teck noch im Gästezimmer war. Doch das ging nicht an! Sie konnte nicht zu nachtschlafender Zeit bei ihm anklopfen.

Unruhig lief sie hin und her, zog dann den Morgenmantel über und lief ins Erdgeschoss. Nach kurzem Zögern ging sie ins Arbeitszimmer ihre Vaters und setzte sich an den Schreibtisch.

Ihr Blick fiel auf ein abgerissenes und teilweise geschwärztes Blatt, das aussah, als habe man es im letzten Augenblick aus dem Kamin gerettet. Darauf waren schwingende Pendel und mathematische Formeln zu sehen. Leona kannte die Schrift. Alexander hatte diese Berechnungen gemacht und die Kommentare an den Rand geschrieben, die vom Feuer weitgehend zerstört worden waren.

Leona las: „... *daher für den gewünschten Zweck ungeeignet. ... muss dieselbe Amplitude besitzen wie... Die Größe der Uhr scheint nicht von Belang.*"

In der Handschrift ihres Vater stand daneben: *„Ableitung fehlerhaft. Bitte überarbeiten!"*

Anscheinend beschäftigte sich Alexander intensiv mit Uhren aller Art. Und offensichtlich unterliefen selbst ihm Fehler. Diese Erkenntnis ließ Leona lächeln. Man konnte sich Alexander wahrlich nicht dabei vorstellen, sich zu verrechnen.

Leona ging in die dunkle Halle hinaus. Sie erschrak, als sie oben im Gang Stimmen hörte. Matt sah sie den Schein einer Lampe. Schnell lief sie die Treppe hinauf.

Ein nur sehr unvollkommen bekleideter Leutnant Teck wich eben vor Amalie zurück, deren Nachtgewand leuchtete wie ein ungeheurer Strauß frisch geschnittener Narzissen. Leona hielt Leutnant Teck mit dem ausgestreckten Arm auf, und er fuhr zu ihr herum.

„Was soll das bedeuten?", zischte Leona.

„Das wüsste ich auch gerne", sagte Amalie munter. „Anscheinend habe ich mir den Kavalier gestern Nacht nicht erträumt, sondern er existiert in Fleisch und Blut."

Leona packte Leutnant Teck an der Schulter.

„Wir können hier nicht stehen bleiben!"

Amalie öffnete einladend ihre Zimmertür.

„Dann herein!", sagte sie. „Nur herein, und ein wenig geplaudert!"

Leutnant Teck ließ sich über die Schwelle schieben.

Amalie betrachtete mit sichtlichem Interesse seine nackten Beine, die das Hemd nur bis zur Hälfte der Oberschenkel verdeckte, und Leona riss Amalies berüschten Morgenmantel vom Sessel. Sie hielt ihn Leutnant Teck hin, der das kanariengelbe Ding widerspruchslos umlegte. Mit seinem weiß gepuderten Haar sah er darin so wunderlich aus, dass Leona trotz ihrer Wut beinahe gelacht hätte.

„Und nun?", sagte sie zu ihm. „Sagen Sie mir nur, was wir jetzt tun sollen! Wie oft haben Sie geschworen, achtsam zu sein!"

„Ich wollte doch nur mal... hinaus", sagte er. „Im Hause war es vollkommen still. Der Gang lag im Dunkeln. Ich hatte noch keine fünf Schritte gemacht, da riss die Dame ihre Tür auf und ich stand im Lichtschein ihrer Lampe."

„Genau so war es", sagte Amalie gut gelaunt. „Und da das kleine Geheimnis nun heraus ist, möchte ich zu gerne wissen, wer der Herr denn nun eigentlich ist!"

Noch ehe Leona etwas sagen konnte, verneigte er sich.

„Leutnant Sebastian Teck. Meine Verehrung, junge Dame."

„Ein Offizier. Wie ich es mir dachte." Sie betrachtete sein streng zurückgenommenes Haar mit der schwarzen Schleife. „Und welch kurioser Wind weht Sie ins Haus meines Onkels, Leutnant Teck?"

„Ein recht kurioser", erwiderte er. „Ich hoffe, Sie werden mir verzeihen, wenn ich Sie durch mein unerwartetes Erscheinen molestiert haben sollte…"

„Es ist die Uhr!", sagte Leona, die es leid war, Umschweife zu machen. Unter allen Verwandten und Freunden war Amalie die einzige, von der man hoffen konnte, dass sie die Sache mit Humor aufnehmen würde. „Er hat sie mir auf der Hochzeit zugeworfen. Warte, ich hole sie!"

Sie schlupfte aus dem Zimmer und als sie mit der Uhr zurückkam, kicherte Amalie gerade über irgendein Kompliment, das ihr Leutnant Teck gezollt hatte. Leona klappte den Deckel der Uhr zu und Leutnant Teck verschwand, als habe er sich in Nichts aufgelöst.

„Huch!", sagte Amalie, wie jemand, der eine Maus gesehen hat. Sie blinzelte. „Wie hast du das gemacht?"

„Es ist die Uhr", wiederholte Leona. „Ich habe doch von den Kutschen und dem Mann mit der Pistole erzählt. Leutnant Teck kämpfte mit ihm, wurde angeschossen und warf mir diese Uhr zu." Sie öffnete den Deckel. „Daraufhin verschwand er. Und als ich die Uhr abends aufmachte… war er darin." Es hörte sich mehr als absurd an, und Leona war froh, dass Leutnant Tecks Bild zwischen ihnen aufgetaucht war. „Du siehst es ja!"

„Ich sehe es", bestätigte Amalie. Sie streckte resolut die Hand aus und schien doch betroffen, als sie nichts berührte.

Leutnant Teck verneigte sich in einem fort, als müsse er sich entschuldigen.

„Wie ist es gemacht?", erkundigte sich Amalie.

„Das weiß ich nicht", sagte Leona. „Aber ich versuche, es herauszufinden. Ich war schon bei einem Uhrmacher, um mehr über Uhren zu lernen."

Sie stellte den Hebel um. Leutnant Teck schien erleichtert. Amalie streckte noch einmal die Hand nach ihm aus und berührte seine Brust.

„Na, so was!", sagte sie.

Danach musste Leona in allen Einzelheiten erzählen, wie sie Leutnant Teck in der Uhr entdeckt hatte und was sie über ihn wusste. Dazu klappte sie allerdings den Deckel zu, versteckte die Taschenuhr unter ihrem Kopfkissen und schlich sich mit Amalie in die dunkle Küche, um heiße Schokolade zu machen, wie in ihren Jugendtagen, die ja noch gar nicht so lange zurück lagen.

„Und Alexander hast du die Uhr natürlich nicht gezeigt!"

Leona schüttelte den Kopf.

„Ich weiß nicht, wie er es aufnehmen würde. Er ist so…"

„Penibel", ergänzte Amalie. „Ja, das habe ich mir gedacht. An gut aussehenden Mannsbildern ist immer etwas faul. Was uns zu der Frage bringt, was mit unserem schmucken Offizier nicht stimmt. Er hat dir nicht eben viel erzählt. Wenn man es recht bedenkt, hat er dir *gar nichts* erzählt. Wenn mich jemand an eine Uhr hexen würde, und ich bekäme die Gelegenheit, jemanden haarklein auseinanderzusetzen, wie es dazu kam, so würde ich keine Sekunde verschwenden! Er hingegen richtet sich häuslich bei dir ein – ja, meine Liebe! Du musst gar nicht widersprechen. Er scheint weniger ein hilfsbreiter Flaschengeist zu sein als ein Gast, den man nicht mehr los wird."

„Nun, so schlimm ist er auch nicht", verteidigte ihn Leona.

„Von schlimm hat niemand etwas gesagt, mein Herz! Aber man weiß ja, wie Männer sind! Eine Frau braucht tausend Listen und viel Charme, um aus ihnen herauszubekommen, was sie verschweigen. Und alle Männer verschweigen irgendetwas. Glaube mir, ich weiß, wovon ich rede! Ich habe einen Vater, einen Bruder, zwei Onkel und einen ehemaligen Verlobten, gegen den nichts sprach, als die Tatsache, dass er meinen Eltern verschwieg, dass er sein Erbe längst durchgebracht hatte. Also, sei auf der Hut!"

Leona war es ein wenig peinlich, dass Amalie dieses unerfreuliche Ereignis so offen ansprach. Es wurde sonst in der Familie nicht als gesellschaftsfähiges Thema betrachtet, und zwang Amalie, sich immer wieder für ihr brillantes Klavierspiel einladen zu lassen, um ihre Lebenshaltungskosten auf das absolut Unvermeidliche zu drücken.

Unwillkürlich fragte sie sich, ob es etwas gab, das ihr Alexander verschwieg.

Undenkbar. Alexander hatte seine Fehler, aber sie konnte sich nicht vorstellen, wie er sein Geld am Spieltisch durchbrachte oder sich an gesellschaftlichen Regeln verging.

Amalie sah sie lächeln.

„Du glaubst mir nicht?"

„Doch", behauptete Leona. Sie gähnte hinter vorgehaltener Hand. „Nur kann ich kaum noch die Augen offen halten. Lass uns morgen früh weiterreden!"

Rückkehr

Am folgenden Morgen erschien Alexander zum Frühstück. Er war überrascht und sichtlich erfreut, Amalie zu sehen und fragte sofort, ob sie eventuell geneigt sein würde, im Hause Berling Klavier zu spielen.

Gut gelaunt stimmte Amalie der Einladung zu. Danach war es selbstverständlich, dass Leona nicht länger bei ihren Eltern bleiben, sondern mit Alexander zurückfahren würde, begleitet von Amalie, die so auf einige weitere Tage Unterkunft und Verpflegung hoffen durfte.

Leona fügte sich dem Unvermeidlichen ohne äußere Anzeichen von Anspannung, doch kaum saßen sie in der Kutsche, bekam sie Kopfweh. Übelkeit stellte sich ein. Bei Tisch konnte sie dann nichts herunterbringen und Alexander schien ein wenig enttäuscht, dass sie sich zu Hause offenbar so wenig erholt hatte.

Für Amalie wurde ein Zimmer hergerichtet und kurzfristig baten die Berlings Freunde zum Kaffee. Danach spielte Amalie für die Gäste einige weniger anspruchsvolle kleine Stücke. Leona verkrampfte sich und verstand auf einmal Leutnant Tecks Abneigung gegen Schumann. Die Musik gab ihr das Gefühl, in einem schaukelnden Ruderboot zu sitzen. Sie entschuldigte sich, schloss sich in ihr Zimmer ein und hätte am liebsten geheult.

Dann ärgerte sie sich über sich selbst und ließ die Kutsche vorfahren, um ein wenig an die frische Luft zu kommen. Unterwegs entschied sie sich, dem Uhrmacher einen Besuch abzustatten.

An der Einmündung der kleinen Gasse stieg sie aus und wusste zuerst nicht, was ihr sonderbar vorkam, dann bemerkte sie das Packpapier, mit dem das Ladenschild umwickelt worden war. Sie lief bis ans Fenster.

Es war zugehängt. Als sie die Klinke herabdrückte, gab die Tür nicht nach. Sie rüttelte am Hoftor und plötzlich gab der Riegel nach.

„Meister Fabrizius?"

Niemand antwortete. Leona fand die Seitentür. Nicht ohne Nervosität betrat sie den dunklen Raum dahinter und erschrak, als sie gegen den leeren Vogelbauer stieß, den jemand achtlos liegen gelassen hatte. Sie tastete sich weiter bis zur Ladentheke.

„Ist niemand hier?"

Ihre Stimme klang in dem kleinen, verhängten Raum erstickt. Sie zog den Samt vom Fenster herab, um wenigstens Licht zu haben. Als sie ihn auf die Theke legte, sah sie am Boden etwas glitzern. Sie hob das winzige Ding auf. Es war ein Smaragd. Als sie sich aufrichtete, knirschte etwas unter ihrem Schuh, als habe jemand kleine Steinchen verstreut. Es blitzte am Rand der Theke, unter dem einzigen Stuhl, am Fenster… Überall lagen die winzigen Edelsteine verstreut, die ihr Meister Fabrizius vor einigen Tagen gezeigt hatte. Leona sammelte sie auf. Ihre Hand um die Steine geschlossen, rief sie noch einmal nach dem Uhrmacher. Nichts rührte sich. Sie tastete sich durch den dunklen Gang nach draußen. An der Tür in den Hof prallte sie mit jemandem zusammen, der sie sofort packte und wieder nach drinnen stoßen wollte. Leona bekam vor Schreck keinen Ton heraus, da verfing sich der Angreifer in ihren ausladenden Röcken, stolperte und musste sie loslassen. Sie quetschte sich an ihm vorbei, riss die Tür zur Gasse auf und rannte, bis sie die Kutsche erreichte.

„Wir fahren!"

Der Kutscher sah sich zu ihr um.

„Ist alles in Ordnung, gnädige Frau?"

„Ja!", keuchte Leona, die Faust fest um die kleinen Edelsteine gekrampft. Einige Minuten lang rang sie nach Atem, ihr Herz klopfte, eingeengt von der Schnürung ihrer Korsage, aber ihre Neugier ließ sie dann doch die Hand öffnen, und die kleinen, funkelnden Steine betrachten. Es waren etwa drei Dutzend Smaragde. Sonderbar, dass Meister Fabrizius sie zurückgelassen hatte, wenn er fortzog. Vielleicht war er nicht fortgezogen. Vielleicht hatte der Fremde, der sie eben so grob gepackt hatte, seine Hände im Spiel. Ja, ganz gewiss hätte der Uhrmacher die wertvollen Steine nicht überall verstreut, wenn er nicht hätte fliehen müssen. Immer noch aufgeregt, langte sie im Hause Berling an. Alexander erwartete sie in der Halle.

„Wo warst du?", fragte er scharf.

Eben war Leona noch entschlossen gewesen, ihm von ihrem Besuch in der Werkstatt und dem ausgestandenen Schrecken zu erzählen, ihn zu bitten, die Polizei zu benachrichtigen, aber unter seinem Blick versiegte ihr Mitteilungsbedürfnis.

„Mir war nicht gut", sagte sie. „Deswegen habe ich mich ein wenig spazieren fahren lassen."

„Das wirkt unhöflich, wenn wir Gäste im Hause haben!"

„Es tut mir leid!", erwiderte sie wütend und stürmte an ihm vorbei zur Treppe.

„Leonie!"

Sie tat, als habe sie ihn nicht gehört, schlüpfte in ihr Zimmer und schloss sich ein. Alexander folgte ihr nicht. Wahrscheinlich hatte er sich noch um die Gäste zu kümmern.

Irgendjemandem wollte sie ihre Geschichte aber doch erzählen, und da Amalie unten Brahms spielte, blieb nur ein möglicher Gesprächspartner. Sie nahm die Uhr heraus.

Leutnant Teck erwies sich als Zuhörer nach ihrem Geschmack. Er unterbrach sie nicht ein einziges Mal und schien immer aufmerksamer zu werden, je weiter ihre Erzählung vorankam. Er betrachtete die Steine, die sie ihm auf der flachen Hand hinhielt, und bat dann darum, den fremden Angreifer genauer zu beschreiben.

„Er war jung", sagte Leona. „Kaum großjährig, aber erstaunlich kräftig. Sein Haar stand stoppelig ab. Sein Gesicht konnte ich nur ganz kurz sehen, doch schien es mir grob und fleischig."

Leutnant Teck nickte nachdenklich und zählte die Steine.

„Siebenunddreißig", sagte er.

„Bedeutet das etwas?" Er machte eine vage Geste.

„Mir scheint, es müssten sechzig sein, doch kann ich mich irren. Wie oft, sagten Sie, haben Sie Meister Fabrizius besucht?"

„Es wäre das dritte Mal gewesen."

„Und es gab keine… Spuren von Gewalt?"

„Nein. Nur, dass eben die Steine überall verstreut waren und der Vogelbauer leer und umgestürzt im Gang lag." Leona fasste Leutnant Teck am Ärmel. „Aber Sie scheinen sich dabei doch etwas zu denken! Was könnte geschehen sein? Und warum?"

Leutnant Teck betastete sein Haar, sah auf die Steine und konnte sich nicht zu einer Antwort entschließen.

„Sie müssen es mir sagen!", drängte Leona.

Er suchte in seinen Taschen herum.

„Oh, ich vergesse immer, dass ich meine Kleider nicht trage. Meine Schnupftabaksdose ist nicht irgendwo hier?"

„Die Kleider!" Leona starrte ihn an. „Die Kleider hängen noch auf der Mansarde!"

„Dann holen wir sie herab."

„Sie verstehen nicht! Ich bin wieder im Haus meiner Schwiegereltern. Und ich habe nicht daran gedacht, Ihre Kleider mitzunehmen." Leutnant Teck lächelte.

„Das ist kein Grund zur Besorgnis, Madame. Es ist ganz ohne Belang."

Leona fühlte, wie ihre Panik verebbte.

„Und der Uhrmacher?", fragte sie.

Leutnant Teck zögerte ein zweites Mal. Dann sagte er: „Es scheint, als sei er geflohen."

„Vor wem?"

„Nun, vielleicht vor jenem geheimnisvollen Angreifer."

„Aber weshalb sollte jemand einen harmlosen Uhrmacher überfallen?"

Leutnant Tecks Finger spielten mit den winzigen Juwelen.

„Wer sagt, Uhrmacher wären harmlos?", fragte er.

Leona ließ sich das durch den Kopf gehen.

„Sie meinen doch nicht, Meister Fabrizius könnte ebenfalls Menschen in Uhren bannen?" Sie wollte bei der Vorstellung lachen, dann sah sie den Blick aus schmalen Augen und die nervöse Bewegung der Finger, die dutzende kleiner Edelsteine auf der Tischplatte hin und her schoben. Leutnant Teck senkte den Kopf und tat, als sei er ganz davon in Anspruch genommen, die Steine nach Schattierungen zu sortieren.

„Amalie hat ganz Recht! Sie verschweigen mir einiges, Leutnant!"

Er sah auf.

„Keineswegs, Madame, keineswegs. Nur sind die Angelegenheiten verwickelt…"

Es klopfte. Leona drückte die Uhr zu und öffnete die Tür einen Spalt weit.

Alexander.

Seine Miene ließ sie einen winzigen Augenblick zögern und schon stand er in ihrem Schlafzimmer.

„Wirklich, Leonie!", sagte er gepresst. „So geht es nicht. Ich muss darauf bestehen, dass du deine Pflichten unseren Gästen gegenüber ernster nimmst."

„Ich fühle mich nicht wohl", schnappte Leona.

„Ich weiß, ich weiß!", sagte er. „Deine Mutter hat dir ihre zarte Konstitution vererbt. Aber in diesem Haus pflegt man ein wenig mehr Selbstdisziplin."

Leonas Wangen röteten sich.

„Du wirst es freundlichst unterlassen, auf meine Mutter anzuspielen!", sagte sie. „Und außerdem wäre ich dir sehr verbunden, wenn du in Zukunft *Leona* sagen würdest und nicht *Leonie*, als sei ich noch das Kind, als das du mich behandelst."

„Du bist ein Kind!", sagte Alexander. „Ein eigensinniges und ungehorsames Kind, dem man wohl einmal klar machen muss, dass die Zeiten vorüber sind, als man dich machen ließ, was immer dir gerade einfiel." Mit einer schnellen Bewegung zog er Leona die Uhr aus der Hand. „Und du hörst auf, mit diesem Ding herumzuspielen!"

„Gib sie mir wieder!"

Alexander ließ die Uhr in seine Hosentasche gleiten.

„Nein", sagte er. „Ich habe lange genug Geduld mit deinen Launen gezeigt."

„Alexander!"

Er ignorierte sie und ging zur Tür.

„Gib mir die Uhr zurück!"

„Nein!", sagte Alexander. „So leid es mir tut, wirst du jetzt lernen müssen, wessen Wille hier bestimmt."

Er zog die Tür hinter sich ins Schloss. Leona krampfte die Hände in ihre Röcke.

Sie musste die Uhr zurück bekommen!

Sie stürzte nach draußen, erreichte Alexander gerade, als er in sein Zimmer gehen wollte, und hielt ihn am Arm zurück.

„Bitte, es tut mir leid!", rief sie. „Ich wollte dich nicht zornig machen. Gib mir meine Uhr wieder. Ich werde mir ganz gewiss Mühe geben, mich um die Gäste zu kümmern…"

Er schüttelte sie ab.

„Nein, Leonie!", sagte er. „Genau das meine ich. Du benimmst dich wie ein Kind, das eben noch tobt, dann wieder bettelt, um zu ertrotzen, was es will. Du wirst deine geliebte Uhr zurück erhalten, wenn ich den Eindruck habe, dass du dieses Verhalten endlich abgelegt hast. Bis dahin wird sie in meinem Schreibtisch sicher verwahrt sein."

„Alexander! Bitte!"

Er schob sie zur Seite und schloss seine Tür. Sie hörte, wie er von innen den Schlüssel herumdrehte.

„Alexander!"

Sie stürmte in ihr Zimmer und rannte zur Zwischentür. Alexander hatte inzwischen auch hier abgeschlossen. Leona ballte die Hände zu Fäusten und hätte am liebsten auf irgendetwas eingeschlagen. Ihre Gedanken liefen wie wild gewordene Zahnrädchen.

Nun stand sie hier und musste sich demütigen lassen. Und wofür? Für Leutnant Teck, der ihr irgendetwas verschwieg. Der sie wahrscheinlich sogar in jeder Hinsicht belog. Sie schnaubte. Alexander sollte es nicht noch einmal wagen, sie so zu behandeln! Thea hatte Recht. Frauen waren furchtbar gestraft, Männer Scheusale...

„Ich muss die Uhr wieder haben!", sagte Leona laut.

Auf der anderen Seite der Tür rührte sich nichts.

Leona drückte die Klinke.

Wann hatte sie die Uhr zum letzten Mal aufgezogen? Wie viel Zeit blieb? Bei der Vorstellung, das Uhrwerk könne ablaufen und Leutnant Teck einfach... fort sein, wurde Leona übel. Hätte sie die Uhr doch weggelegt, ehe sie die Tür aufgemacht hätte. Hätte sie doch überhaupt nicht aufgemacht!

Sie musste die Uhr zurückholen!

Irgendwie.

Die erste Gelegenheit ergab sich am nächsten Morgen. Alexander hatte sich ein Bad bereiten lassen und würde für eine Weile im Ankleidezimmer festgehalten sein. Noch im Morgengewand schlich sich Leona in Alexanders Schlafzimmer. Der Sekretär war offen. Hastig suchte Leona zwischen den Papieren, sah in die Fächer und versuchte die oberste kleine Schublade aufzuziehen, doch war sie abgeschlossen.

Sie durchstöberte vergeblich das ganze Zimmer, das Verstecke genug bereit hielt, und schlüpfte gerade rechtzeitig in den Gang hinaus, ehe Heinrich mit einem Stapel Handtücher die Dienstboten-treppe heraufkam.

Am Frühstückstisch bemühte sie sich um ein Verhalten, das Alexander gefallen würde. Mehrmals warf er ihr einen prüfenden Blick zu. Dann zwang sie sich zu einem Lächeln. Sie vermied es, mit Amalie zu plaudern, um nicht oberflächlich zu erscheinen, dann fiel ihr ein, dass Amalie hier im Haus ja als Gast gelten musste, und hastig begann sie mit ihr über Nichtigkeiten zu reden, bis niemand am Tisch mehr ihre Nervosität übersehen konnte. Ihre Schwiegermutter erkundigte sich, wie sie geschlafen habe.

„Ausgezeichnet, danke. Ganz ausgezeichnet", beteuerte Leona.

„Du rührst ja kaum etwas an, mein Kind. Wenn du dich nicht wohl fühlst, solltest du dich vielleicht noch ein wenig hinlegen."

„Nein, keineswegs. Es geht mir wunderbar", behauptete Leona. Sie bediente sich an Platten und Schüsseln, um zu beweisen, wie wohl sie sich fühlte, dann kamen ihr Bedenken, Alexander könnte auch das als kindliches Benehmen beurteilen. Unglücklich starrte sie auf ihren Teller. Da sie nicht den geringsten Appetit hatte, kämpfte sie den Rest der Mahlzeit über mit dem, was sie sich aufgetan hatte.

Nach dem Frühstück stand Amalie auf und führte Leona resolut nach draußen in den Garten.

„Nun erzähl schon!", sagte sie.

Leona sprudelte mit ihrer Geschichte heraus.

„Oh, weh!", sagte Amalie.

„Was soll ich nur tun?", fragte Leona. „Ganz gleich, wie viel Mühe ich mir gebe – Alexander wird doch nicht zufrieden sein. Ich scheine es ihm einfach nicht Recht machen zu können."

Amalie nickte mitfühlend.

„Tja", sagte sie. „Da soll niemand sagen, Frauen seien in der Ehe auf Rosen gebettet."

„Von Rosen kann gar keine Rede sein!", erwiderte Leona. „Aber was sollen wir nun bloß wegen Leutnant Teck unternehmen? Es mag ja sein, dass er mit einigem zurückhält, aber deswegen kann ich doch nicht zulassen, dass er… vergeht."

„Es wäre sehr schade um das schmucke Mannsbild", gab ihr Amalie Recht. „Und dir stehen nur zweierlei Wege offen. Entweder du lässt deinen Charme spielen oder du brichst die Schublade auf."

„Amalie!"
Amalie zuckte die Achseln.
„Eine dritte Möglichkeit sehe ich nicht", sagte sie.

Das Verrinnen der Zeit

Den Tag über versuchte Leona immer wieder angestrengt, sich zu erinnern, wann genau sie die Uhr zum letzten Mal aufgezogen hatte. Schließlich war sie sicher, dass ihr noch etwa sechs Stunden blieben. Sie überwand sich dazu, Alexander in seinem Arbeitszimmer aufzusuchen und bat ihn, ihr die Uhr zurückzugeben, doch er reagierte abweisend. Ganz offensichtlich hatte sie ihn bei Berechnungen unterbrochen. Trotz ihrer Anspannung neugierig, sah sie auf das Blatt, auf dem etwas Spiralförmiges zu erkennen war. Links und rechts davon wimmelte es nur so von Formeln und Zahlen.

„Beschäftigst du dich auch mit Rückstellkraft?", fragte sie.

Alexander warf ihr einen misstrauischen Blick zu.

„Wie kommst du auf diesen Begriff?", fragte er.

„Papa hat mir von seinem Studenten erzählt, der von einer Kutsche erfasst wurde, und dass er interessante Berechnungen über die Rückstellkraft angestellt habe."

Alexander musterte sie stirnrunzelnd.

„Ja, eine dumme Sache", sagte er. „Ich werde wohl auf die Beerdigung gehen müssen."

„Ist er gestorben?", fragte Leona. „Papa meinte, er sei verletzt. Er wollte ihn besuchen…"

Alexander nickte ernst.

„Ja, er starb gestern Abend. Ein großer Verlust. Ein ungemein heller Kopf und sehr akkurat in all seinen Berechnungen."

„Wegen der Uhr, Alexander…"

„Nicht jetzt, Leonie. Ich habe anderes im Kopf."

„Wenn du sie mir einfach gibst, dann belästige ich dich gar nicht länger und…"

„Muss ich erst böse werden?", fragte Alexander. „Bitte sei einfach so gut, und lasse mich hier weiter kommen!"

Leona ging daraufhin nach oben, um es noch einmal mit dem Sekretär zu versuchen, doch Heinrich war damit beschäftigt, Wäsche ins Ankleidezimmer zu tragen. Während er hin und herlief, konnte sie nicht in Alexanders Zimmer herum suchen.

Während der Vormittag unbarmherzig vorbei ging, begann sie sich zu fragen, ob Heinrich denn gar nichts anderes zu tun hatte, als sich um Alexanders Kleidung zu kümmern. Als sie ihn unter einem Vorwand nach unten schicken wollte, klingelte er für sie nach dem Dienstmädchen und setzte seine Arbeit unbeirrt fort.

Dann war es schon Zeit zum Mittagessen.

Bei Tisch wurde über das Wetter und den Garten geredet. Schließlich lenkte die Hausherrin das Gespräch geschickt auf Musik und schien selbst überrascht, wie schnell es ihr gelang, Amalie zu einer weiteren Darbietung ihrer Kunst zu überreden.

„Mir scheint, es ist genau der richtige Tag für Brahms."

„Wie entzückend! Wir sind so froh, meine Liebe, dass Sie uns die Freude machen."

„Mit dem größten Vergnügen", erwiderte Amalie, die sonst eher ein wenig gebeten sein wollte. Sie blinzelte Leona kurz zu. „Ich fühle mich recht in der Stimmung, gleich nach der Mahlzeit ein wenig zu spielen."

Das entsprach nicht dem üblichen Tagesablauf im Hause Berling, aber wenn Amalie Kreisler von sich aus den Wunsch äußerte, sich an den Flügel zu setzen, galt es, die Gunst der Stunde zu nutzen. Nicht einmal Alexander bestand darauf, zu seinen Berechnungen zurückzukehren. Leona spähte zu der großen Uhr, die auf der Anrichte stand. Noch zwei Stunden etwa.

Nach Alexanders Vorwürfen vom Vortag konnte sie es nicht wagen, sich wegen Unpässlichkeit zu entschuldigen. Also nahm sie zusammen mit allen anderen im Wohnzimmer Platz. Nach einer halben Stunde war ihr Brahms richtiggehend verleidet. Sie musste an Leutnant Tecks Klagen über Schumann denken. Auf einmal schien sich ihr selbst in den harmlosesten Ungarischen Tänzen Unheil anzukündigen. Sie griff sich an die Stirn, als befiele sie plötzlicher Kopfschmerz, drückte sich vom Sofa hoch und verließ das Zimmer. Im Gang wäre sie beinahe in die Versammlung der Dienstboten hinein geprallt, die vor der Tür standen, wie Kinder, die auf die weihnachtliche Bescherung warten. Hastig wurde ihr Platz gemacht.

Leona eilte die Treppe hinauf, stürzte in Alexanders Schlafzimmer und fand den Sekretär offen, die Schublade aber immer noch abgeschlossen. Sie rüttelte daran.

„Ich versuche, Sie da herauszuholen, Leutnant Teck!", sagte sie und kam sich überspannt vor.

Verzweifelt sah sie sich nach etwas um, womit sie die Schublade aufbekommen konnte. Den Schlüssel trug Alexander natürlich an seiner Uhrkette. Und diese Uhrkette hatte am Morgen auf dem Nachttisch gelegen, wie ihr jetzt plötzlich einfiel. Sie ärgerte sich über sich selbst, aber das half ihr nun auch nicht weiter. Fieberhaft suchte sie nach einem Gegenstand, der sowohl schmal als auch stabil genug war, um ihn in den Spalt zwischen Schublade und Holz zu schieben.

Sie lief in ihr Zimmer. Vielleicht eine Hutnadel? Sie hob eine ihrer Hutschachteln vom Schrank und kehrte bewaffnet mit einer zwanzig Zentimeter langen Nadel in Alexanders Schlafzimmer zurück. Entschlossen ging sie damit der Schublade zu Leibe und sofort war an der Kante eine Einkerbung zu sehen. Der Riegel blieb jedoch an seinem Platz.

Die Nadel war zu dick.

Hektisch stürmte Leona in ihr Zimmer zurück. Sie suchte in ihrer Kommode nach etwas Brauchbarem, da erschien plötzlich das Mädchen.

„Der gnädige Herr lässt fragen, ob Sie nicht wieder herunterkommen wollen."

„Ich... ich komme gleich. Ich bin gleich zurück", sagte Leona.

Kaum war das Mädchen fort, lief Leona ins Schlafzimmer zurück, rüttelte an der Schublade und wäre beinahe in Tränen ausgebrochen. Dann hetzte sie wieder in ihr eigenes Zimmer, riss das kleine Schlüsselchen ihres Toilettenköfferchens von der Ablage, rannte damit zum Sekretär, stocherte im Schloss und war verblüfft, als es leise klickte und sich die Schublade öffnen ließ. Manschettenknöpfe und andere kleine Gegenstände lagen darin. Sie öffnete die darunter liegende Schublade.

Die Uhr.

Leona schnaufte vor Erleichterung. Hastig ließ sie den Deckel aufspringen. Sie erhaschte einen Blick auf Leutnant Tecks besorgtes Gesicht, drückte den Deckel wieder zu, zog die Uhr auf, legte sie zurück, schloss die Schublade, schob sich das Schlüsselchen ins Schnürmieder und kehrte ins Wohnzimmer zurück. Dort saß sie mit heftig klopfendem Herzen neben Alexander auf dem Sofa, tat, als bemerke sie seine Seitenblicke nicht, und versuchte, ihren Atem wieder zu beruhigen.

Nachdem Amalie ihr Spiel beendet hatte, nahm sie Leona gleich mit in den Garten hinaus.

„Und?", fragte sie. „Hast du die Uhr?"

„Ich habe die Schublade schließlich aufbekommen und die Uhr aufgezogen, aber ich habe sie nicht herausgenommen. Alexander wäre sehr ungehalten."

Amalie nickte anerkennend.

„Gar nicht dumm!", sagte sie. „Lasse einen Mann immer im Glauben, er habe die Lage im Griff. Aber so wird es nicht einfach werden, mit Leutnant Teck zu plaudern. Und wenn er uns kein Licht aufsteckt, wie bringen wir dann etwas über ihn und seine Uhr in Erfahrung?"

„Ich müsste Meister Fabrizius wiederfinden", sagte Leona und erzählte von dem Uhrmacher in der kleinen Seitengasse, seinem plötzlichen Verschwinden und den kleinen Edelsteinen.

„Eines ist klar", sagte Amalie. „Dieser Mann weiß mehr! Nur fragt sich, ob man ihn ausfindig machen kann."

„Nun, wenigstens kann ich in deiner Gesellschaft ausfahren, so viel ich will", erwiderte Leona. „Morgen gleich nach dem Frühstück machen wir uns auf die Suche nach dem Uhrmacher."

Über Leutnant Tecks Schicksal beruhigt, schlief Leona hervorragend und träumte von einem festlichem Ball, bei dem sie Amalies kanariengelbes Kleid trug und mit einer Großvateruhr tanzte, wobei sie sehr darauf achten musste, nicht über das lange Pendel zu stolpern.

Gut gelaunt und mit Appetit erschien sie überpünktlich zum Frühstück. Der Hausherr kam wenige Minuten später und ließ sich von Heinrich die Morgenzeitung reichen. Leona träufelte sich Honig auf eine Scheibe Rosinenbrot. Sie sah auf, als der Hausherr bei seiner Lektüre schnalzte.

„Politische Wirrnisse?", fragte sie.

„Damit leben wir alle Tage", erwiderte er. „Aber mir ist eben etwas anderes ins Auge gefallen. Dein lieber Vater muss ja in letzter Zeit herbe Verluste in den Reihen seiner meist geliebten Studenten hinnehmen. Alfons Hübner. Wir hatten ihn vor noch nicht drei Wochen zum Abendessen hier."

„Was ist mit ihm?", fragte Leona beunruhigt.

„Tot", sagte ihr Schwiegervater. „Gestern morgen am kleinen Waldsee ertrunken. Freunde, die ihn treffen wollen, fanden ihn in einem Schilffeld treiben, holten ihn heraus und mussten feststellen, dass ihre Hilfe zu spät kam. Das wird Alexander sehr treffen. Er hat in letzter Zeit viel mit Hübner zusammen gearbeitet."

„Das ist ja furchtbar!", sagte Leona. Ihr lief Honig über die Finger und sie hantierte mit der viel zu steif gestärkten Serviette. „Hat Herr Hübner auch über Planetenbahnen gearbeitet?"

„Planetenbahnen? Nicht das ich wüsste. Ich kümmere mich nicht um Alexanders Steckenpferde, aber wenn ich mich recht erinnere, ging es um irgendetwas ganz Banales. Die Spannung einer Feder, oder dergleichen. Ich fürchte, davon verstehe ich kaum mehr als du. Aber ich würde mich nicht wundern, wenn dein Vater sein neues Buch nun nicht pünktlich fertig bekäme, wo er doch nach und nach der Hilfe seiner Studenten beraubt wird."

„Vater schreibt ein Buch?"

Heinrich Berling lächelte nachsichtig.

„Der Herr Papa ist ein angesehener Mann, dessen Ausführungen von einem interessierten Publikum sehnlichst erwartet werden, wie man hört. Natürlich sind Mathematiker merkwürdige Leute. Ich muss es wissen, habe ich schließlich einen Sohn, der sich in diesen luftigen Höhen bewegt. Ich meinerseits bin über Schulbuchrechnen nie hinausgekommen. Aber anscheinend gibt es genügend Menschen mit ähnlichen Neigungen, denn der Verleger deines Vaters ist immer begierig, ein neues Büchlein von Professor Kreisler in die Hand zu bekommen."

Bevor Leona mehr herausfinden konnte, kam Alexander von oben. Er schien erfreut, sie schon bei Tisch vorzufinden und wünschte ihr freundlich einen Guten Morgen.

Dann las ihm sein Vater den Bericht über den Tod des jungen Hübner vor. Alexander sagte lange Sekunden gar nichts und drückte seinen Zeigefinger gegen den Augenwinkel, wo es krampfhaft zu zucken begonnen hatte.

„Hübner?", fragte er dann, als sei er nicht sicher, richtig gehört zu haben.

„Ja, Alfons Hübner, der ein wenig schlaksige junge Mathematiker, den du uns vor drei Wochen zum Essen mitgebracht hast. Ich erinnere mich, dass er eine recht sonderliche Art hatte, die Gabel zu fassen..."

„Entschuldigt mich bitte!", sagte Alexander, warf die Serviette auf seinen Stuhl, und verließ das Esszimmer.

Sein Vater sah ihm nach.

„Hätte gar nicht gedacht, dass er ihn mochte", sagte er.

„Vielleicht regt sich Alexander auf, weil es schon der zweite Todesfall innerhalb weniger Tage ist", sagte Leona, die ihren Schwiegervater nun doch ein wenig zu gefühllos fand.

Als Amalie herunter kam, verzichtete der Hausherr darauf, den Artikel ein zweites Mal vorzulesen, wahrscheinlich, weil er befürchtete, Amalie mit Nachrichten über Todesfälle so zu beunruhigen, dass sie am Nachmittag nicht spielen würde. Leona hatte da weniger Bedenken. Nach der Mahlzeit nahm sie Amalie mit nach oben, um ihr die Neuigkeit zu erzählen.

„Sieh an!", bemerkte Amalie daraufhin. „Es scheint ja recht gefährlich, sich mit dem Innenleben von Uhren zu beschäftigen."

„Es war gewiss ein Unfall", sagte Leona. „Jedenfalls hoffe ich das. Alles andere wäre einfach zu grässlich! Aber natürlich ist das Zusammentreffen sonderbar. Und ich habe Alexander zum ersten Mal in all den Jahren wirklich erschrocken gesehen."

Amalie drehte eine ihrer sorgsam gelegten Schillerlocken auf den Finger.

„Hast du mal darüber nachgedacht, ob dein lieber Alexander dir die Uhr nicht vielleicht aus gutem Grund abgenommen haben könnte?"

„Ich denke seit einer halben Stunde an nichts anderes", sagte Leona. „Aber wenn es so wäre... was würde es bedeuten?"

„Es wird uns nichts anderes übrig bleiben, als den hübschen Kavalier aus seiner Uhr hervorzuzaubern und ihn Rede und Antwort stehen zu lassen. Oder wir finden deinen Uhrmacher."

„An Leutnant Teck kommen wir im Augenblick nicht heran", sagte Leona. „Fahren wir also aus, um Uhren anzusehen!"

Es war ein weit größeres Vergnügen, mit Amalie zusammen unterwegs zu sein, aber leider hatte Amalie auch die Angewohnheit, den Kutscher alle paar Augenblicke halten zu lassen, weil ein Hut in einer Auslage betrachtet sein wollte, oder um an den Rosen zu schnuppern, die in einem Garten an der Schwanengasse blühten, weil irgendwoher ein verführerischer Duft nach Gebäck heran wehte...

So dauerte es beinahe eine geschlagene Stunde, ehe sie die kleine Werkstatt erreichten. Nicht ohne Herzklopfen führte Leona ihre Begleiterin in den Hof und von dort in den dunklen Gang, in dem der Fremde sie angegriffen hatte. Sie durchstöberten den leer geräumten Laden. Niemand war hier. Nichts hatte sich verändert, seitdem Leona zum letzten Mal hier gewesen war.

„Vielleicht ist er fort, weil die Geschäfte nicht gut gingen", sagte Amalie und wischte sich eine Spinnenwebe aus dem Haar. „Nur eines macht mich stutzig. Weshalb hätte er den Vogel mitnehmen und den Käfig hier lassen sollen?"

„Und weshalb hätte er seine Edelsteine verstreuen sollen?", ergänzte Leona. „Er wurde ganz sicher vertrieben. Wenn nicht sogar..."

„... ermordet?", fragte Amalie ohne das geringste Zeichen von Aufregung. „Dann hätten wir seine Leiche entdeckt oder jemand anderer wäre längst darauf gestoßen." Sie bückte sich und hob einen kleinen Smaragd auf. Außer Atem kam sie wieder hoch. „Hat Leutnant Teck nicht gemeint, es müssten sechzig Steine sein? Lass uns noch einmal gründlich suchen!"

Sie tasteten im Halbdunkel herum und hatten schließlich elf weitere Steine gefunden.

„Anscheinend wollte er sie mitnehmen, sie fielen ihm herunter und er hatte keine Zeit, sie aufzusammeln", sagte Leona.

„Offenkundig", sagte Amalie. „Andernfalls würde kein Mensch mit gesundem Verstand Juwelen für seinen Nachfolger verstreuen. War Meister Fabrizius eigentlich schon recht gebrechlich?"

„Keineswegs", sagte Leona. „Ich schätze ihn auf vielleicht fünfzig Jahre. Weshalb?"

„Oh", sagte Amalie, „ich dachte nur, dass ein Uhrmachermeister in bestem Alter wahrscheinlich nicht vor einem jungen Burschen davon laufen würde, wie du ihn beschrieben hast."

„Er war stark und... äußerst unerfreulich!", sagte Leona.

„Für dich, mein Herz, aber nicht unbedingt für einen fünfzigjährigen Handwerker."

„Und wenn er eine Pistole hatte?"

„Hätte der Uhrmacher dann überhaupt fliehen können?"

„Wir wissen zu wenig!", sagte Leona. „Wir wissen viel zu wenig. Und dann hat mir mein Schwiegervater heute Morgen noch eröffnet, dass Papa ein Buch über Uhren veröffentlichen will. Was soll man unter diesen Umständen denken?"

Amalie verstaute die kleinen Edelsteine in ihrem bestickten, kanariengelben Beutel.

„Bringen wir Licht in die Angelegenheit!", sagte sie.

„Aber wie, Amalie?"

„Fahren wir heute Nachmittag auf ein Tässchen Kaffee bei deinen Eltern vorbei. Ich habe noch etwas Neues im Repertoire, das eine Einladung an mehrere Gäste rechtfertigen würde. Das gibt Gelegenheit über dieses und jenes zu plaudern. Ich übe meinen Charme an deinem lieben Alexander und du entringst deinem Vater mehr über dieses Buch. Danach spiele ich ein bisschen Liszt und alle werden zufrieden sein."

„Gut", sagte Leona. „Wir müssen nur rechtzeitig zurück sein, damit ich die Uhr aufziehen kann."

„Oh", sagte Amalie, „vielleicht nimmt sie Alexander ja mit."

Mathematiker

Im Hause Kreisler wurden sie erfreut begrüßt. Die Gastgeberin trug das zart lila Kleid mit den haselbraunen Besätzen, was auf ungewöhnlich heitere Laune schließen ließ, und im Wohnzimmer saßen schon drei junge Herrn, die sich bei Amalies Anblick eilig erhoben.

„Herrn Görres kennt ihr bereits", sagte Professor Kreisler. „Hier zu meiner Rechten mein jüngster Student, Herr Albert und zu meiner Linken Peter Stenzl, der Cousin des unglücklichen Glenser, der neulich von der Kutsche angefahren wurde."

Die drei jungen Herren bemühten sich sichtlich, einen guten Eindruck zu machen, doch zeigte keiner von ihnen Alexanders Selbstbewusstsein. Eher wirkten sie unsicher und, zumindest was Stenzl und Albert anging, noch schlaksig.

Helene Kreisler ließ Kaffee einschenken und Platten mit Canapees herumreichen. Ihr schien es vor allem der junge Stenzl angetan zu haben, denn sie fragte ihn über seine Familie aus, als habe sie eine zweite Tochter, die es zu verheiraten galt. Alexander hingegen schien überrascht und nur mäßig erfreut, bei den Kreislers Kommilitonen zu treffen. Er blieb einsilbig und sah gelegentlich zu Stenzl, als erwarte er eine Erklärung, doch der junge Mann hatte offenbar genügend damit zu tun, sich all der Fragen über seine Verwandtschaft zu erwehren.

Nach dem Kaffee bot die Gastgeberin einen kleinen Spaziergang durch den Garten an. Dabei konnte sich Leona neben ihren Vater schieben. Sie hängte sich bei ihm unter.

„Ich habe gehört, du schreibst ein Buch", sagte sie.

Er runzelte die Stirn.

„Ein Buch?"

„Ja, über Uhren."

Er lachte.

„Ich schreibe nicht über Uhren, mein Kind, sondern über spezielle Aspekte der Mechanik, genau genommen über Kraft."

„Kraft?", fragte Leona. „Rückstellkraft?"

„Unter anderem. Interessierst du dich immer noch für Alexanders Arbeit?"

„Alexander würde es vielleicht gefallen, wenn ich wenigstens ganz oberflächlich etwas über die Dinge wüsste, mit denen er sich beschäftigt."

Ihr Vater blinzelte amüsiert.

„Gar keine schlechte Idee", sagte er. „Nur fürchte ich, habe ich deiner mathematischen Ausbildung nie Aufmerksamkeit geschenkt, weil, nun…"

„… ich ein Mädchen war?"

Er lachte.

„Es gibt begabte Mathematikerinnen", sagte er. „Nicht viele, aber es gibt sie. Ich meinte wohl eher, dass ich damals überhaupt zu beschäftigt war, um mit deiner Mutter über deinen Unterricht zu sprechen. Ganz offen gestanden haben wir damals gar nicht miteinander geredet, außer dem Nötigsten. Und sie war nicht der Ansicht, dass ich mich für deine Erziehung zu interessieren habe."

„Warum habt ihr nicht miteinander geredet?"

Er wirkte sekundenlang verlegen.

„Deine Mutter hatte sich in den Kopf gesetzt, ich hätte eine Bekanntschaft. Nichts kann das Vertrauen zwischen Eheleuten mehr vergiften. Und du kennst ja deine Mutter. Aber hüte dich, sie darauf anzusprechen. Sie würde sich wieder tagelang einschließen."

Über dieser Neuigkeit hätte es Leona beinahe versäumt, ihrem Vater weitere Fragen über das Buch zu stellen. Erst als sie den Brunnen erreichten, sagte sie: „Die Herrn studieren doch alle bei dir, nicht wahr? Helfen sie dir bei deinen Berechnungen?"

Ihr Vater zwinkerte.

„Genau das fragt sich Alexander schon die ganze Zeit. Ich fürchte, ich werde ihn beruhigen müssen. Er mag es überhaupt nicht, übergangen zu werden. Aber er kann sich selber sagen, dass alle drei noch gar nicht so weit sind, um sie an einem so anspruchsvollen Projekt zu beteiligen."

„Wann wird dein Buch denn herauskommen?", fragte Leona.

Ihr Vater lachte.

„Oh, das kann noch ein Weilchen dauern. Der mechanische Teil ist nur ganz nebenbei entstanden. Das eigentliche Werk wird vielleicht niemals fertig sein. Es beschäftigt sich mit dem Wesen der Zeit und dergleichen. Aber das sind nun wirklich zu hochfliegende Themen für dich, mein Schatz. Alexander wird keinesfalls von dir erwarten, dass du seinen Beweisführungen folgen kannst. Und nun hole ihn mir her, ehe er sich noch wirklich einredet, es würde etwas bedeuten, wenn ich drei junge Mathematiker einlade, ohne ihn dazu zu bitten."

„Bedeutet es denn etwas?", fragte Leona.

„Ich habe nur einen Vorwand gesucht, um den jungen Stenzl wegen seines Cousins ausfragen zu können. Glenser war schon vor seinem Unfall merkwürdig geworden und es gab Gerüchte..., aber das wollte ich gar nicht erzählen. Sei so lieb, und hole mir Alexander, damit ich seine empfindsame Seele befrieden kann!"

Alexander wollte sich jedoch anscheinend gar nicht so leicht befrieden lassen. Leona sah ihn mit eisiger Miene bei ihrem Vater stehen. Kurz darauf bat ihre Mutter die Gäste wieder nach drinnen und kündigte mit sichtlichem Stolz an, Amalie Kreisler werde nun ein äußerst rares Stück spielen, dessen Noten fast nicht zu beschaffen seien.

Diesmal blieb Leona während des Vortrags brav neben Alexander sitzen und betrachtete aus den Augenwinkeln seine fest aufeinander gepressten Lippen, die sich auch bei Amalies gefühlvollem Spiel nicht entspannten. Sie versuchte seinen Blick auf sich zu ziehen, doch er schien sie gar nicht zu bemerken.

Nachdem Amalie vom Flügel aufgestanden war, drängte er zum Aufbruch, doch musste er feststellen, dass seine Schwiegermutter nicht vor hatte, ihn gehen zu lassen. Sie war immer noch eine gut aussehende Frau, die ihren Charme spielen lassen konnte, wenn sie nur wollte.

„Du musst mir helfen, mein Lieber!", sagte sie. „Dein Schwiegervater ermüdet mich immer wieder mit Beteuerungen, denen er keine Taten folgen lässt. Du weißt doch, dass die Sonnenuhr bei diesem furchtbaren Gewitter umgestürzt ist. Sie muss wieder aufgestellt werden. Aber unser Gärtner versteht selbstverständlich nichts davon. So wie er sie befestigen wollte, zeigt sie nicht die richtige Zeit."

Alexander atmete mühsam beherrscht ein, nickte dann aber gehorsam.

„Gewiss, Schwiegermama", sagte er. „Sonnenuhren müssen korrekt ausgerichtet werden. Das ist eine Kleinigkeit, die wir sofort in Angriff nehmen können."

Die Angelegenheit erwies sich dann komplizierter als gedacht und Professor Kreisler bestand zu guter Letzt darauf, dass Leona, Alexander und Amalie über Nacht blieben.

Leona hatte heimlich Leutnant Tecks Kleider vom Dachboden geholt, erleichtert, dass sie offensichtlich nicht entdeckt worden waren. Nun suchte sie verzweifelt nach einer Möglichkeit, sie in einer Tasche unterzubringen, in der sie Theas wachsamen Augen entgehen würden. Schließlich ging sie damit zu Amalie, die aus Gründen der Sparsamkeit ohne Mädchen reiste.

„Thea hat schon dreimal alles neu gepackt, was ich bereit gelegt habe", sagte sie. „Du musst die Sachen nehmen!"

Amalie breitete die Kleider sofort interessiert auf dem Tisch aus. Sie schnalzte mitfühlend, als sie die vielen geflickten Stellen sah.

„Die Leutnants sind ja bekannt für knappe Einkünfte", sagte sie. „Und unserem braven Freund zahlt wahrscheinlich niemand mehr einen Sold. Aber so kann er nicht herumlaufen. Die Hose ist ja eine Schande! Wir müssen Stoff beschaffen. Ist nichts Passendes unter den milden Gaben, die deine Mutter gesammelt hat?"

„Ich sehe nach", sagte Leona und stieg wieder zum Dachboden hinauf.

Sie durchstöberte die sorgfältig in Schränken verwahrten Sachen und fand dabei weiße Seidenstrümpfe, die Leutnant Teck wahrscheinlich passen würden. Sie mussten mindestens auf Metternichs Zeiten zurückgehen und trugen sogar kleine Zierschleifchen an den Bündchen. Leona lächelte, als sie sich Alexander damit vorzustellen versuchte. In einer Truhe entdeckte sie ein geeignetes Hemd und als sie den Stapel darunter durchsah, klackte etwas gegen die Truhenwand. Sie fischte danach.

Es war eine stark angelaufene silberne Taschenuhr. Der Deckel trug eine Inschrift.

Alieni iuris. Unter fremdem Recht.

Leona spürte, wie ihr Atem stockte. Sie ließ den Deckel aufspringen. Das Innenleben war vollkommen entfernt worden. Was sie in der Hand hielt, war nur noch das Gehäuse. Das Uhrwerk fehlte ebenso wie Zifferblatt und Glas.

Leona ging zum Dachfenster, um die feine Gravur auf dem Innendeckel lesen zu können.

Uhrmachermeister Georg Michaelis, Nr. XVII, anno 1846 stand dort in verschnörkelten Lettern.

Leona schob ihre Hand zwischen Hemden und Truhenboden.

Nichts.

Sie hob die Hemden einzeln heraus. Zwischen den untersten beiden fand sie ein flaches Päckchen aus Seidenpapier. Sie fühlte kleine, harte Gegenstände und schlug das Papier auseinander. Hier lagen die Bestandteile des Uhrwerks. Das Zifferblatt schimmerte in makellos weißem Email, doch die Zeiger waren verbogen, als sei die Uhr mit Gewalt auseinander genommen worden.

Aufgeregt breitete Leona ihre Funde vor Amalie aus.

Amalie betrachtete die Gravur.

„Zwei Jahre vor deiner Geburt gefertigt", sagte sie. „Sie mag schon lange dort liegen."

Leona konnte Amalies Gelassenheit nicht teilen.

„Aber was bedeutet das? Wer ist Meister Michaelis? Wem hat sie gehört? Warum wurde sie auseinander genommen? Und war jemand... darin? Dieser Sinnspruch steht auch auf dem Gehäuse meiner Uhr. *Unter fremden Recht*. Das kann nur bedeuten, dass es ebenfalls eine... solche Uhr war! Und die Person, die dazu gehörte, ist..."

„Fort", ergänzte Amalie. „Ist bei deiner Uhr auch der Name des Uhrmachers im Deckel zu lesen?"

„Da sofort Leutnant Teck erscheint, wenn man die Uhr öffnet, habe ich niemals auf den inneren Deckel geachtet."

„Sehr verständlich", sagte Amalie. „Aber wir sollten das nachholen, sobald du sie wieder in Händen hältst."

Leona schob die kleinen Teile auf dem Seidenpapier hin und her.

„Meinst du, ich sollte versuchen, sie zusammenzusetzen?"

„Wozu?", fragte Amalie. „Wenn ich dich richtig verstanden habe, kann niemand mehr daraus zum Vorschein kommen, nachdem die Uhr einmal stehen geblieben ist. Zeige das Gehäuse doch deiner Mutter. Vielleicht erinnert sie sich, wem die Uhr gehört hat."

Leonas Mutter öffnete nur widerstrebend. Sie hatte sich schon fürs Bett zurechtgemacht und auf der Bettdecke lag ein aufgeschlagenes Buch.

„Ich wollte dich nicht stören. Ich habe nur etwas auf den Dachboden gebracht und dabei etwas Merkwürdiges gefunden", sagte Leona. „Weißt du, wem diese Uhr einmal gehört haben mag?"

Ihre Mutter starrte das Uhrgehäuse an. Dann fiel sie in Ohnmacht. Leona zog die Klingel, ließ die Uhr in der Innentasche ihrer Röcke verschwinden und betupfte ihrer Mutter die Stirn mit Veilchenessig. Kurz darauf kam Thea, hievte die Hausherrin aufs Bett und sprühte ihr aus einem Flakon Wasser ins Gesicht.

Leonas Mutter schlug die Augen auf.

„Was… ist denn geschehen?", fragte sie benommen.

„Dir war schwindlig und du bist in Ohnmacht gefallen", sagte Leona. „Das muss die Hitze sein."

„Mir war den Tag über schon gar nicht gut", sagte ihre Mutter und schickte Thea, einen heißen Eierpunsch machen zu lassen.

Leona blieb bei ihr, bis Thea mit dem Punsch zurückkam, dann kehrte sie in Amalies Zimmer zurück.

„Mama kennt diese Uhr", sagte sie. „Aber wenn wir mehr wissen wollen, müssen wir uns wohl an jemand anderen wenden."

Sie klopfte kurz darauf bei Alexander, der sie ebenso zögernd einließ wie ihre Mutter. Er machte keinen gut gelaunten Eindruck.

„Ich bin müde, Leonie", sagte er. „Kann ich etwas für dich tun? Wenn nicht…"

„Ich wollte nur nach dir sehen", behauptete Leona.

Er schien überrascht.

„Das ist lieb von dir", sagte er. „Tatsächlich hat mir das schwüle Wetter anscheinend zugesetzt."

„Mama war auch unwohl." Leona sah sich unauffällig nach ihrer Uhr um, musste sich aber gar nicht sonderlich bemühen, denn sie lag mitten auf dem Tisch. „Soll ich dir noch etwas aus der Küche bringen lassen? Die Köchin kann dir eine Limonade machen. Das erfrischt dich gewiss."

„Nein, danke. Ich gehe einfach schlafen."

Leona machte einen schnellen Schritt, erreichte den Tisch, nahm die Uhr und sagte: „Ah, da ist sie ja. Hast du sie regelmäßig aufgezogen, Alexander?"

Er nickte.

„Natürlich. Nimm sie mit, wenn du magst. Ich möchte nun wirklich nur in mein Bett. Der Tag war lang."

„Ja, Alexander", sagte Leona gehorsam. „Und gute Nacht!"

Sie hastete über den Gang, konnte kaum abwarten, dass Amalie ihr öffnete, und ließ den Uhrdeckel aufspringen, kaum dass die Tür hinter ihr geschlossen war. Zu ihrer unendlichen Erleichterung erschien Leutnant Tecks unscharfes Abbild. Sie drückte den Hebel nach rechts und er wurde fest und greifbar.

„Guter Gott!", sagte er. „Ich hatte schon beinahe jede Hoffnung aufgegeben." Dann erst schien er sich Amalies Anwesenheit bewusst zu werden. Er verneigte sich vor ihr. „Meine Verehrung, Fräulein Kreisler!"

„Nun, man sieht Sie unversehrt!", sagte Amalie, nicht ohne einen Blick auf seine nackten Beine. „Das ist sehr erfreulich."

„In der Tat", sagte er und wischte sich die Stirn. „Das ist nur einer Folge glücklicher Zufälle zu verdanken. Und dem beherzten Eingreifen Ihrerseits, Madame!" Er neigte sich über Leonas Hand. „Ihr Herr Gemahl hat den Deckel schon zweimal aufspringen lassen und beide Male kam jemand und er drückte ihn wieder zu. Das zweite Mal gerade eben. Sie sollten den mittleren Hebel unbedingt verstellen, damit ich nicht sofort sichtbar werde, wenn der Deckel geöffnet wird."

Leona nickte. Sie drehte die Uhr ins Licht.

In zarten, schon etwas abgegriffenen Lettern stand im Deckel: *Georgius Michaelis, anno 1759, Nr. II.*

Leona zog das Uhrgehäuse aus der Innentasche ihrer Röcke und präsentierte es Leutnant Teck auf der flachen Hand.

„Was ist wohl das?", fragte sie. „Können Sie mir mehr dazu sagen?"

Nach einem kurzen, flachen Atemzug nahm er es und ließ den Deckel aufspringen.

Leona sah, wie sich seine Augen weiteten, dann ging sein Blick ins Leere. Er stand reglos, das leere Gehäuse in der Hand, dann sank sein Kopf und er drückte den Deckel zu. Behutsam legte er das Gehäuse auf den Tisch und ging zum Fenster. Seine Stirn gegen den Fensterrahmen gelegt stand er dort, bis Leona zu ihm ging.

„Es tut mir, Leutnant. Das war sehr gefühllos von mir. In meiner Neugier habe ich nicht genügend nachgedacht."

„Es macht nichts", sagte er. Er drehte sich zu ihr um. „Ich war nur nicht darauf gefasst."

„Wem hat sie gehört?"

Er ging zum Tisch zurück, nahm die Uhr und polierte sie an seinem Ärmel, ohne Rücksicht auf sein ohnehin schon äußerst mitgenommenes Hemd zu nehmen. Ein spinnenwebfeiner Schriftzug rund um den Rand wurde sichtbar.

Mea magistra Francisca Naegeler

„Franziska?", fragte Leona. „Wer… war sie?"

Leutnant Teck setzte zu einer Erklärung an, bekam sie nicht heraus, wandte sich jäh ab und kehrte zum Fenster zurück. Amalie schüttelte den Kopf, als Leona ihm folgen wollte.

„Der braucht jetzt mal ein wenig Ruhe", sagte sie.

Sie betrachtete Leutnant Tecks Uhr und fand den Namenszug, der Leona bisher entgangen war. Genau wie bei dem anderen Uhrgehäuse zog er sich in kaum erkennbar feinen Buchstaben am äußeren Rand entlang.

artificis contineri: Sebastianus Teck

„Dein Latein ist besser als meins", sagte sie zu Leona. „Hilf mir mal! Akkusativ von *Artifex*, wenn ich mich nicht irre. Der Künstler oder Handwerker. Und *contineri*?"

„Gebunden", sagte Leona. „Gebunden an den Hersteller der Uhr."

Amalie betrachtete den Schriftzug.

„Mir scheint, dieser Uhrmacher nimmt seine Macht äußerst wichtig. Er verziert seine Uhren an jeder erdenklichen Stelle mit Beschwörungen seiner Herrschaft."

„Beschwörungen", sagte Leona. „Genau das scheinen sie zu sein. Beschwörungen, mit denen er die Seelen an die Uhren bindet! Es ist…"

Unheimlich, wollte sie sagen, aber Amalie ergänzte für sie: „In hohem Maße faszinierend, ja. Wie macht er das bloß? Es muss ja eine Erklärung dafür geben."

Leutnant Teck war vom Fenster gekommen und betrachtete seine Uhr mit ausdrucksloser Miene.

„Es ist Uhrmacherkunst", sagte er.

„Ich hoffe nicht!", erwiderte Amalie. „Sonst beginne ich mich vor der Zunft der Uhrmacher fast zu fürchten."

Leutnant Teck lachte widerstrebend.

„Kunst und Handwerk werden überwiegend von Menschen mit gewöhnlichen Fähigkeiten ausgeübt. Doch gibt es stets einige wenige, die tiefer vordringen und größeres Wissen besitzen. Mein Herr und Meister soll bei bedeutenden Alchemisten in die Lehre gegangen sein." Er lächelte melancholisch. „Er lernte nicht, wie man Gold macht, aber er erwarb andere Fähigkeiten."

„Böse Fähigkeiten!", sagte Leona.

Leutnant Teck liebkoste seine Uhr mit den Fingerspitzen.

„Damals schienen es mir gesegnete Fähigkeiten."

„Bitte Leutnant, sagen Sie uns, wer Franziska Nägeler war! Ich habe dir Uhr hier im Haus meiner Eltern gefunden und ich muss wissen, was das bedeutet!"

Er wich ihrem Blick aus.

„Franziska war ausgeschickt, um meinem Herrn zu dienen. Sie kehrte nicht wieder. Wir hofften, sie sei ihm entkommen, die Uhr sei in guten Händen…" Er griff nach dem Gehäuse, öffnete es und zeigte das leere Innere. „Doch wir irrten uns. Franziska wurde vernichtet."

„Ist das sicher?", fragte Amalie. „Könnte es nicht sein, dass sie aus der Uhr befreit wurde?"

Leutnant Teck lachte bitter.

„So kann man es auch nennen, gnädiges Fräulein. Eine Befreiung."

„Nun, ich wollte nicht ironisch werden, Leutnant. Ist es denn unmöglich, eine solche unglückselige Person wieder von der Uhr zu lösen?"

Er schüttelte den Kopf.

„Wird die Seele gelöst, kehrt sie heim – dorthin, wohin auch immer sie gehören mag." Ein wenig trotzig zuckte er die Achseln. „In meinem Falle womöglich ein anderer Ort als bei einem jungen Mädchen, wie Franziska."

„Wer war sie?", drängte Leona.

„Ich weiß nichts über sie, außer, dass sie an Schwindsucht gestorben wäre, hätte unser Meister ihr nicht angeboten, sich unter den Bann von Feder und Unruh zu begeben. Sie war kein halbes Jahr im Haus, als er sie für den Auftrag auswählte, und von diesem Auftrag kehrte sie nicht mehr zurück."

„Ich habe die Teile...", begann Leona und brach ab, als sie seinen Blick sah.

„Rädchen, Federn und kleine Steine", sagte er. „Vielleicht ließe sich daraus wieder eine Uhr machen und sie würde ticken. Geschäftig würden die Rädchen umlaufen und die Zeiger über das Zifferblatt wandern. Mehr nicht."

„Was tun wir nur?", fragte Leona. „Man muss doch irgendetwas tun!"

„Man muss vor allem schlafen und Kraft schöpfen", sagte Amalie. „Und dann muss man Fragen stellen, seine Nase in Dinge stecken, die einen nichts angehen, und ertragen, was man dabei herausfindet."

Unverhofftes Wiedersehen

Am nächsten Morgen kehrten sie in Haus Berling zurück. Alexander hatte Amalie sehr förmlich gebeten, der Familie doch noch eine Weile Gesellschaft zu leisten und sie hatte gut gelaunt zugestimmt. Da sie haltbaren Seidenzwirn für Leutnant Tecks Hose kaufen wollte, fuhr sie nach dem Mittagessen mit Leona zusammen aus, nutzte den Ausflug, um dem Konditor einen Besuch abzustatten und erstand im Kurzwarenladen neben dem Zwirn auch lavendelblaues Band für neue Haarschleifen. Arm in Arm liefen sie dann die Schwanengasse hinauf, da fiel Leona ein Mann in lederner Handwerkerschürze auf. Er schob eine kleine Karre vor sich her, in dem ein Vogelbauer stand. Und in dem Vogelbauer sang munter ein gelber Kanarienvogel.

„Meister Fabrizius!"

Er blieb stehen.

„Geht es Ihnen gut? In Ihrem Laden war ein fremder Mann und der Käfig lag am Boden..." Der kleine Sänger tirilierte munter weiter und Leona musste lächeln. „Immerhin scheint ihm nichts geschehen zu sein."

„Das ist aber freundlich, dass sich die junge Dame um uns Gedanken gemacht hat", sagte Meister Fabrizius. Er verneigte sich vor Amalie. „Und da haben wir sogar noch ein junges Fräulein."

„Meine Cousine, Fräulein Kreisler."

„Welch unerwartete Freude, zwei so reizenden Damen über den Weg zu laufen", sagte Meister Fabrizius.

Leona fasste unwillkürlich nach ihrem Täschchen.

„Ich habe Ihre Steine!", sagte sie. „Oder wenigstens die meisten davon. Wir haben sie aufgelesen. Nur liegen sie daheim in der Schublade."

Er lächelte.

„Sie haben meinetwegen Mühe auf sich genommen. Ich hoffe, ich kann mich dafür irgendwann erkenntlich zeigen. Sie hatten doch keine unerfreuliche Begegnung, als sie die Steine aufsammelten?"

„Doch!", sagte Leona und erzählte von dem jungen, muskulösen Burschen und der beängstigenden Umklammerung.

Meister Fabrizius schnalzte mitfühlend.

„Ich bin sehr zuversichtlich, dass dergleichen nicht mehr vorkommen wird", sagte er.

„Wer ist der Mann?", fragte Leona. „Und weshalb sind Sie fortgezogen?"

„Die Nachbarschaft gefiel mir nicht mehr recht", erwiderte Meister Fabrizius. „Doch habe ich mich neu eingerichtet. Wenn die Damen meinem neuen Domizil einen Besuch abzustatten wünschen, so finden Sie mich in der Schäfergasse 8."

„Wir kommen!", sagte Leona. „Ich muss Ihnen doch die Steine geben. Und außerdem schulden Sie mir noch die Erklärung über die Zeit, die Sie mir versprochen haben."

„Wissen Sie denn nun, weshalb man als Widerlager Edelsteine verwendet?", fragte er.

„Nein", sagte Leona. „Aber ich habe ein Uhrgehäuse und die dazu gehörigen Teile. Darf ich es Ihnen bringen?"

„Ich freue mich über alles, womit Sie meinen kleinen Laden ein wenig heller machen", sagte er, verneigte sich noch einmal, und schob seinen Handwagen weiter.

„Das ist also Meister Fabrizius!", sagte Amalie. „Ein würdiger Mann mit einem äußerst tiefsinnigen Lächeln."

„Das ist er wohl", sagte Leona. „Und ich bin ziemlich sicher, dass er uns alles erklären könnte, wenn er nur wollte."

„Er scheint kein Mann, der Wissen vor Fremden ausbreitet."

„Das nicht", sagte Leona. „Aber vielleicht lockt der Anblick unseres Uhrgehäuses ja doch etwas aus ihm heraus!"

Am folgenden Tag fuhren bis zum Marktplatz, und gaben dem Kutscher den Auftrag, sie zwei Stunden später wieder abzuholen. Kichernd und aufgeregt suchten sie in der Schäfergasse nach dem Eingang, bis Amalie rief: „Sieh doch!"

Auf einem kleinen, unscheinbaren Fenster im zweiten Stock stand in goldenen Lettern *Uhrmachermeister, Sonderanfertigungen*. Amalie drückte gegen die Haustür und erschrak, als sie nachgab und sie sich unversehens einem schlanken Mohrenknaben gegenüber sah, der nicht weniger als fünf goldene Uhren um den Hals trug. Auf seinem Haar saß eine rote Samtkappe und seine Kleider waren ebenfalls aus rotem Samt gefertigt und mit lateinischen Worten bestickt.

„Herzlich willkommen, gnädige Dame, gnädiges Fräulein!", sagte er und verneigte sich tief. „Darf ich den Weg weisen?"

Sie folgten dem Knaben eine Stiege hinauf, durchquerten einen niedrigen Torbogen und nach einem Klopfsignal öffnete sich vor ihnen eine Tür.

„Meister Fabrizius wird gleich bei Ihnen sein", sagte der Knabe. „Er lässt fragen, ob Sie unterdessen wohl ein Tässchen Schokolade wünschen würden."

„Gerne", sagte Leona.

Amalie stand schon vor dem nächsten Schaukasten und betrachtete die Uhr darin. Sie lag auf dunkelblauen Samt. Der Deckel war fein ziseliert, trug aber keinerlei Aufschrift. Im benachbarten Kasten stand eine Tischuhr. Unter dem Glassturz drehten sich farbige Kugeln um eine silberne Achse.

„Wie allerliebst!", sagte sie.

„Ein teures Stück", sagte Meister Fabrizius, der unvermittelt hinter einem Vorhang hervorkam, ihn beiseite schlug und damit den Ausblick auf einen weitläufigen Raum öffnete, in dem unzählige Uhren tickten. „Ich freue mich, dass Sie Ihren Besuch schon so bald möglich machen konnten."

Der Knabe kam mit einem zweistöckigen Servierwagen, auf dem Geschirr und Kanne bereitstanden. Er schenkte von der dampfenden Schokolade ein und reichte Leona die Tasse auf beiden Händen. Sie betrachtet fasziniert seine rosigen Handflächen und das unerwartet fein geschnittene Gesicht. Dann errötete sie ob ihrer Neugier.

„Vielen Dank!", sagte sie und wandte sich schnell dem nächsten Schaukasten zu. Darin lag eine zierliche Taschenuhr, in deren Deckel ein Medaillon gemalt war. Es zeigte eine junge Frau mit braunem Haar und dunklen Augen.

Leona stellte ihre Tasse ab und öffnete das Glaskabinett. Da Meister Fabrizius sie nur beobachtete, nahm sie die Uhr heraus und stellte den mittleren Hebel um. Kein zittriges Abbild erschien, wie sie halbwegs erwartet hatte, sondern es erklang eine getragene Melodie von solcher Traurigkeit, dass Leona Tränen in die Augen traten. Sie musste mehrmals blinzeln, bis sie die Inschrift auf dem Deckel entziffern konnte.

Was sind wir anderes als ein flüchtiges Flimmern im Tanz der Zeit? Und im Mittelpunkt des Deckels stand frisch und glänzend eingraviert: *Nun bist du heimgekehrt*

„Das ist eine traurige Uhr!", sagte Leona und spürte eine unerklärliche Wut.

„Das ist sie wohl", sagte Meister Fabrizius. „Wollten Sie mir nicht Ihrerseits eine Uhr zeigen?" Leona nahm sie aus ihrem Beutel und legte das Päckchen aus Seidenpapier daneben. Meister Fabrizius betrachtete das Gehäuse, zog eine Unterlage aus einer Tasche, rollte sie auf, brachte eine silberne Greifzange zum Vorschein und bettete das Gehäuse mit Hilfe der Zange auf den Samt. Mit zwei Pinzetten, die in kleinen Schlaufen auf seiner Lederschürze gesessen hatten, öffnete er dann den Deckel.

„Sie fassen sie nicht an?", fragte Leona.

„Was man irgendwo findet, sollte man nicht leichtfertig berühren, ehe man weiß, womit man es zu tun hat", erwiderte er. Er wischte das Gehäuse mit einem feinen Tupfer aus, klemmte sich eine Lupe ins Auge und unterzog jede Gravur einer genauen Musterung. Dann breitete er das Seidenpapier auseinander. Seine Pinzette fasste einen kleinen Smaragd.

„Warum Smaragde?", fragte Leona. „Haben... männliche Uhren Rubine und weibliche Smaragde?"

Sie sah ihn grinsen.

„Also hat die junge Dame sehr wohl ihre Theorien", sagte er.

„Ich habe vor allem Fragen", erwiderte sie.

„Verständlich", sagte er. „Vorerst wüsste ich gerne, woher das hier stammt."

„Aus einer Truhe", sagte Leona, die nicht zugeben mochte, dass sie die Uhr in ihrem Elternhaus gefunden hatte.

„Einer Truhe. Aha. Und da hat das gute Stück wohl schon eine Weile gelegen", sagte er. Er hielt mit der Pinzette eine Feder ins Licht und schnalzte. „Hier war eine unkundige Hand am Werk. Man sieht Werkzeugspuren, Kratzer, ja mir will sogar scheinen, als habe jemand ein Schmiermittel ins Innere eingebracht. Offenbar hat sich jemand mit unzureichenden Kenntnissen bemüht, die Uhr wieder zusammenzubauen, doch für die Mechanik eines solch empfindlichen Gegenstandes war die Hand zu schwer, die sich an dieser Aufgabe versuchte."

„Können Sie die Uhr richten?", fragte Leona.

„Gewiss", sagte Meister Fabrizius. „Doch ist sie alt und nicht sonderlich kostbar. Wenn sie natürlich ein Erbstück wäre…"

„Das ist sie", sagte Leona. „Wenn Sie können, dann bringen Sie diese Uhr wieder zum Laufen!"

„Lassen Sie mir das gute Stück hier und ich baue sie wieder zusammen. Aber versprechen Sie sich nicht zu viel davon."

Leona nahm ein Beutelchen heraus.

„Hier sind die Steine, die wir aufgelesen haben. Es sind 57 Stück."

Meister Fabrizius schüttete die Steinchen auf seine Handfläche.

„Da seid ihr ja, meine Lieben!", sagte er. „Seien wir der jungen Dame äußerst dankbar für so viel Hilfsbereitschaft."

„Es sind wahrscheinlich nicht alle", sagte Leona.

„Nein. Aber mehr, als ich gehofft hatte, wieder zu finden. Bitte, lassen Sie sich doch noch Schokolade nachschenken!"

Der Knabe kam sofort, doch Leona lehnte ab.

„Hier ist so vieles andere, das meine Aufmerksamkeit fesselt", sagte sie. „Und außerdem möchte ich nun doch zu gerne wissen, was das ist – die Zeit!"

Meister Fabrizius führte sie zu einer Schiefertafel. Es quietschte ein wenig, als er einen Strich zog. „Das ist die Zeit", sagte er. „Oder vielleicht auch das." Er malte einen Kreis.

„Wieso ein Kreis?", fragte Amalie, die mit einer frischen, dampfenden Tasse Schokolade vom Servierwagen kam.

„Nun, es mag sein, die Zeit kehrt am Ende in ihren Ursprung zurück", sagte Meister Fabrizius. Er fuhr rückläufig am Kreis entlang. „Besonders kühne Geister haben erwogen, am Ende werde alles noch einmal geschehen, nur in umgekehrter Reihenfolge. Oder sogar wieder und wieder in derselben Reihenfolge." Er tupfte ein winziges Pünktchen auf die Tafel. „Oder die Zeit ist dieses hier. Vergangenheit, Gegenwart und Zukunft, die nicht getrennt voneinander bestehen, sondern nur in unserer Wahrnehmung so erscheinen."

„Ja, aber was ist *Zeit?*", beharrte Leona.

Meister Fabrizius lächelte.

„*Am Anfang*", sagte er, „*schuf Gott Himmel und Erde*. Vielleicht missdeuten wir diese Worte. Gott konnte gar nichts außerhalb seiner selbst hervorbringen, *ist* er doch alles. Vielmehr ging er ein in seine Schöpfung, verlor sich darin, verlor die Erinnerung daran, ein Schöpfer zu sein. Als er dies tat, entstand Zeit. Er sprach, *es werde Licht*! Wozu dieses Licht, wenn es doch noch nichts gab, das es bescheinen konnte? Licht, meine verehrten jungen Damen, ist der Grundstoff der Zeit. Licht dehnt sich aus. Licht legt Strecken zurück. Mit dem Licht dehnte sich der Raum aus und aller Stoff nahm daraus seine Entstehung."

Amalie hüstelte.

„Ich gestehe, dass ich nicht zu folgen vermag", sagte sie.

Meister Fabrizius lächelte.

„Da geht es Ihnen nicht anders als berühmten Professoren und Gelehrten. Das Wesen der Zeit ist nicht leicht zu erfassen. Wir können sie nicht von außen studieren, verweilen wir doch darin. Stellen wir uns fürs Erste eine Uhr vor, die zu laufen beginnt, in jenem Augenblick, als Gott die Welt erschafft und eins mit ihr wird."

„Das Sonnensystem!", sagte Leona.

„Das Universum", verbesserte Meister Fabrizius nachsichtig. „Die größte aller Uhren. Unsere Sonne ist darin nur eins der vielen Steinchen, unsere Milchstraße eine der vielen Federn."

„Ist das Philosophie oder Uhrmacherkunst?", fragte Amalie.

Er blinzelte.

„Es ist eine Erklärung neben anderen Erklärungen", sagte er.

„*Er* ist an eine Uhr gebunden?", fragte Leona beklommen. „Gott ist an das Universum gebunden?"

Meister Fabrizius nickte.

„Das ist die Idee. Die Geschichte von Jesus steht genau für diese Erkenntnis. Gott ist Fleisch geworden. Man kann auch sagen, er ist Materie geworden."

„Unser Pfarrer würde diese Unterhaltung nicht mögen", sagte Amalie, und Meister Fabrizius nickte ungerührt.

„Man kann die Geschichte so oder so erzählen", sagte er. „Das muss uns nicht bekümmern. Es genügt, wenn wir uns das Universum als eine Uhr vorstellen, die einst aufgezogen wurde und die nun unbarmherzig abläuft. So lange sie läuft, kann niemand der Zeit entkommen. Alles, was im Universum existiert, bleibt darin, auch wenn es Zustand und Gestalt ändern mag. Dann, eines Tages, endet das Ticken. Zeit endet. Stoff vergeht. Und Gott ist der, der er ist und der er war. Unwandelbar, bis er es sich einfallen lässt, eine neue Schöpfung hervorzubringen."

„Das scheint mir ein großer Entwurf, Meister Fabrizius", sagte Leona. „Aber verstehe ich die Zeit nun besser?"

Diesmal grinste er ganz offen.

„Wer das verstanden hat, ist ein Meister der Zeit!", sagte er. „*Licht. Raum. Zeit.* Mehr als das gibt es nicht. Wer begriffen hat, was diese drei bedeuten, der transzendiert seine Lebenszeit, überwindet den Tod und gewinnt Macht – in der Theorie." Er tippte gegen das leere Uhrgehäuse. „Bisher hat niemand das ganze Geheimnis zu enthüllen vermocht. Daher wäre es äußerst bemerkenswert, wenn die beiden jungen Damen nach meinen laienhaften Ausführungen wüssten, was Zeit ist. Ich weiß es nicht. Niemand weiß es."

„Und Meister Michaelis?"

Die Pinzette fuhr die Schrift im Deckel des Uhrengehäuses nach.

„Oh, Meister Michaelis. Er ist ein ganz großer unter den Uhrmachern. Seine Finger beben niemals. Seinen Augen entgeht nicht der kleinste Fehler einer Konstruktion." Die Pinzette hob die Unruh auf. „Meister Michaelis hat sich in seiner Kunst so weit vervollkommnet, dass er den Bau einer großen Uhr in Angriff genommen hat. Keine Kirchturmuhr, sondern gewissermaßen eine ungewöhnlich proportionierte Standuhr. Eine Meisteruhr."

„Wo will er so etwas bauen?"

„Das, meine junge Dame, wüssten wir alle gerne." Meister Fabrizius legte die Pinzette auf eine der Vitrinen. „Wir könnten sogar jemanden fragen, der es wahrscheinlich weiß."

„Wen denn?"

„Nun, Leutnant Teck beispielsweise. Ich nehme an, er ist gewissermaßen… greifbar."

Leona krampfte die Hände in ihre Röcke. Amalie schien weniger bestürzt.

„Ist der Vorschlag denn so dumm?", fragte sie.

Leona stand sekundenlang reglos, überlegte sogar, davon zu rennen, dann zog sie in einem plötzlichen Entschluss die Uhr heraus, klappte sie auf und drückte den Hebel nach rechts.

Leutnant Teck stand plötzlich zwischen den Schaukästen wie ein zum Sprung angespanntes Raubtier.

„Willkommen, Sebastian", sagte Meister Fabrizius. „Wir haben einander lange nicht gesehen. Mir will scheinen, es sind dreizehn Jahre."

Leutnant Teck tastete nach den Pistolen, die er nicht trug. Meister Fabrizius schüttelte nur den Kopf.

„Was würden sie dir nutzen?", fragte er.

„Viel", erwiderte Leutnant Teck. „Stehe ich doch in Eurem Uhrenkabinett!"

Meister Fabrizius schnalzte.

„Michaelis hat deinen aufrechten Charakter über die Jahre zu beugen gewusst. Doch ich bezweifle, dass du fähig wärst, kalten Blutes eine der Uhren in diesem Raum zu zerstören."

„Es passt mir nicht", sagte Leutnant Teck. „Es passt mir nicht, dass Ihr die beiden jungen Damen mit Eurem unsinnigen Gerede zu umgarnen sucht."

„Und du, Sebastian?", fragte Meister Fabrizius. „Was bezweckt dein Aufenthalt im Hause Berling? Soll ich mir vorstellen, dass du den Damen reinen Wein über deine Absichten eingeschenkt hast?"

„Es war ein Unfall, der mich dorthin führte!"

„Ein Unfall!", spottete Meister Fabrizius. „Ein bemerkenswerter Unfall, aber sei es drum! Ich will gar nicht mit dir streiten. Es wäre nur an der Zeit, dass du deinem Herrn hinterbringst, dass ich Bescheid weiß."

Leutnant Teck zuckte die Achseln.

„Worüber?", fragte er. „Über den Bau einer Meisteruhr? Welch hanebüchener Unsinn!"

„Unsinn?", fragte Meister Fabrizius. „Wurden die drei Gebäude gekauft, um die umfangreiche Uhrensammlung darin unterzubringen? War es ein zufälliges Zusammentreffen, dass vergangenen Monat die zwölf berühmten Rubine der Gräfin Aljetzka von einem Mann in weißer Uniform und Dreispitz aus ihrem Gepäck gestohlen wurden? Ist es nur ein Gerücht, dass zwei junge Mathematiker aus dem Kreise um Professor Kreisler unter ungeklärten Umständen zu Tode kamen?"

„Ich war in meiner Uhr", sagte Leutnant Teck mürrisch.

„Du warst in deiner Uhr", sagte Meister Fabrizius. „Und dort solltest du bleiben, wenn du nicht möchtest, dass man dich mit Diebstahl, Lüge und Mord in Verbindung bringt."

„Ich ermorde niemanden!", sagte Leutnant Teck. „So viel sollten Sie inzwischen wissen."

„Ja. Noch hat er dich nicht soweit."

Leutnant Teck funkelte ihn über die Vitrine hinweg an.

„Drehen wir den Spieß doch einmal herum!", sagte er. „Warum bemühen Sie sich, den Damen den Begriff der Zeit nahe zu bringen? Was wurde aus Kilian? Und wo sind die fehlenden Steine? Ich will sie haben!"

Meister Fabrizius lachte.

„So leid es mir tut, wirst du deinem Herrn ohne die Steine gegenübertreten müssen."

Ein Glöckchen begann zu läuten. Meister Fabrizius verbeugte sich vor Leona und Amalie.

„Ich bitte, mich nun zu entschuldigen. Weiterer Besuch kündigt sich an und es wäre wenig wünschenswert, wenn man sich über den Weg liefe."

Leutnant Teck war schon ans Fenster gestürmt.

„Da ist er!", kreischte er. „Jetzt werden wir ja sehen!"

„Sebastian!", sagte Meister Fabrizius. „Bringe die Damen umgehend hier weg!"

Leutnant Teck starrte ihn an, dann fasste er Leonas Hand, legte Amalie den Arm um die Schulter und drängte beide durch eine schmale Tür, auf die Meister Fabrizius wies.

„Einen schönen Tag noch!", sagte Meister Fabrizius und schloss die Tür hinter ihnen.

Kirchgang

Leutnant Teck bugsierte seine Begleiterinnen durch die Hintertür, fasste eine links und die andere rechts an der Hand und eilte mit ihnen das Gässchen zum Markt hinauf.

„Wohin wollen wir?", fragte Leona atemlos.

„Weg", erwiderte Leutnant Teck.

„Warum nur?"

Leutnant Teck gab vor, die Frage nicht gehört zu haben. Er hielt erst inne, als sie den Markt erreicht hatten und man die Kutsche der Berlings sehen konnte. Amalie fächelte sich mit der Hand Luft zu. Sie hatte rote Bäckchen bekommen und ihr Busen hob und senkte sich unter den lindgrünen Rüschensäumen.

„Ist der Mann denn so gefährlich?", fragte sie.

„Beide sind gefährlich", sagte Leutnant Teck. „Das umso mehr, wenn sie aufeinander treffen. Ich wäre den Damen sehr verbunden, wenn Sie nun ohne Umschweife nach Hause zurückkehren würden."

„Sollte man nicht Hilfe holen?"

Leutnant Teck zuckte die Achseln.

„Wer würde schon kommen, wenn wir berichten, zwei Uhrmachermeister hätten eine Unterredung? Und wessen Anwesenheit würde auch nur den kleinsten Unterschied ausmachen? Vorerst gilt es, Ihre Sicherheit zu bedenken."

„Fahren wir also!", sagte Leona. „Und zu Hause werden Sie einiges zu erklären haben!"

Sie klappte den Deckel ihrer Uhr zu.

Er war so jäh verschwunden, dass ein Straßenhändler sich mehrfach die Augen rieb, blinzelnd zur Sonne aufsah, und in seiner Jackentasche nach den tröstlichen Formen seiner Taschenflasche tastete, ehe er sich abwandte.

Leona und Amalie hatten bereits die Kutsche erreicht und nach einem leichten Klatschen der Peitsche zogen die Pferde an.

Zu Hause war die Kaffeestunde zu absolvieren, dann spielte Amalie Mozart, man saß im Salon zusammen und unversehens war es Zeit zum Abendessen. Uhren schlugen überall im Haus und Heinrich verkündete, es werde jeden Augenblick aufgetragen. Während der Mahlzeit war Leona nervös. Amalie erzählte inzwischen in leichtem Plauderton von ihren Einkäufen. Dann begann die Hausherrin unvermittelt von Kindern zu reden. In einer befreundeten Familie hatte sich Nachwuchs angekündigt und das gab Anlass, von Alexanders ersten Schritten und den Koliken zu erzählen, die er bekommen hatte, als die Amme krank geworden war.

„Kinder machen ein Haus erst heimelig", sagte sie mit einem Blick zu Leona, aber es war Alexander, der errötete und von etwas anderem zu sprechen begann.

„Ich frage mich doch, weshalb dein Vater sich in letzter Zeit mit lauter jungen Studenten umgibt", sagte er zu Leona. „Keiner von ihnen ist bisher durch besondere Leistungen hervorgetreten."

„Papa hat gesagt, dass er sie eingeladen hat, um mehr über den Tod des Herrn Glenser zu erfahren."

Alexander sog ungeduldig den Atem ein.

„Ja, ja, natürlich. Glenser ist ein schmerzlicher Verlust. Aber was gibt es da noch zu fragen? Andere müssen nun die Stafette in die Hand nehmen…"

„Arbeitest du mit an Papas Buch über die Zeit?", fragte Leona.

„Am Rande, ganz am Rande", sagte Alexander. „Mir liegen die metaphysischen Spekulationen nicht, und es schiene mir offen gesagt angemessener, wenn dein Vater diesen Teil seines Buches zurückhalten würde. Man wird so schnell missverstanden, macht sich so schnell Feinde…"

„Feinde?", fragte sein Vater. „Mit einem Buch über die Zeit?"

Alexander lachte gezwungen.

„Du weißt doch, wie es an Universitäten zugeht", sagte er. „Es bilden sich Grüppchen um diesen oder jenen Professor. Letztlich benötigt eine Universität auch Gönner und mit einem Buch, wie diesem könnte der hochwohllöbliche Geldgeber verschreckt werden, der uns eben erst mit dieser prächtigen Bibliothek beschenkt hat."

„Was schreibt er denn nun?", fragte Heinrich Berling. „Etwas, das ihn mit der Kirche in Konflikt bringen müsste?"

Alexander wiegte den Kopf hin und her.

„Das wäre möglich", sagte er. „Er spielt auf den zyklischen Charakter der Zeit an – eine Vorstellung, die ich für einen grundsätzlichen falschen Weg halte. Kurz gesagt geht es darum, dass Gott seine Schöpfung nicht mehr anhalten kann, nachdem er sie einmal in Gang gesetzt hat."

„Das scheint mir Blasphemie", sagte Alexanders Mutter.

„Mir erscheint es vielmehr Unsinn", erwiderte Alexander. „Bloß weil Uhren rund sind, dreht sich die Zeit noch lange nicht im Kreis. Es ist nicht mehr als eine mechanische Notwendigkeit in der Konstruktion von zuverlässigen Zeitmessern."

„Aber die Planeten drehen sich auch im Kreis", sagte Leona.

Alexander seufzte.

„Ja, mein Liebes. Aber das bedeutet nicht, dass sich die Zeit mit ihnen dreht."

„Zeit hängt mit dem Licht zusammen, nicht wahr?"

Er starrte sie an.

„Wie bitte?"

„Wenn Licht sich ausdehnt, entsteht die Zeit. War es nicht so?

„Wie kommst du nur auf so etwas?"

Leona hob ein wenig die Schultern, da sagte ihre Schwiegermutter: „Meinst du, es wäre gut für deine Frau, wenn sie sich mit solchen Dingen beschäftigt? Das beeinträchtigt den Appetit und führt zu Unwohlsein, das eine junge Ehe belasten muss. Leona hat den Braten nicht einmal angerührt!"

„Du hast Recht, Mama", sagte er gehorsam und warf Leona einen Blick zu, der weniger Ärger als Verblüffung auszudrücken schien.

Nach dem Essen schloss sich Leona mit Amalie ein und holte die Uhr hervor.

Leutnant Teck verneigte sich tiefer als sonst.

„Ich bitte, mir mein forsches Zupacken von vorhin zu verzeihen. Mir läge nichts ferner, als die jungen Damen zu inkommodieren."

„Ihnen läge ebenfalls nichts ferner, als ihnen den reinen Wein einzuschenken, von dem Meister Fabrizius sprach", sagte Amalie. „Ich fürchte, Leutnant, Sie sind ein ganz Schlimmer!"

Er verbeugte sich noch einmal, wahrscheinlich, um seinen Gesichtsausdruck zu verbergen.

„Ein Heiliger bin ich ganz gewiss nicht, Fräulein Kreisler, aber doch hoffentlich auch kein Schuft."

„Haben Sie die Rubine dieser Gräfin gestohlen?", fragte sie streng.

Er kniff sich in die Nase.

„Gestohlen, nun, nicht gestohlen, sondern vielmehr…" Er sah zu Leona und straffte sich. „Nun, wegen mir gestohlen, ja."

„Warum?"

„Weil mein Herr es so wollte."

„Ja, aber wozu?", fragte Amalie.

„Es sind die Steine für die Meisteruhr!", sagte Leona. „Nicht wahr? Sind sie groß? Müssen sie groß sein, um in diese Uhr zu passen?"

Leutnant Teck tastete seine Taschen nach der Schnupftabaksdose ab und bewegte unbehaglich die Finger, als er nichts fand.

„Wozu sollte Meister Michaelis denn eine solche Uhr bauen?", fragte er.

„Das müssen Sie uns sagen, Leutnant! Was bezweckt Meister Michaelis?"

„Er… erforscht die Zeit."

„Weshalb muss die Uhr dazu groß sein?"

„Ich bin kein Handwerker!", wehrte er ab.

„Kommen wir doch noch einmal zu Meister Fabrizius zurück", sagte Amalie. „Bindet er auch Menschen an Uhren?"

„Seelen, ja", sagte Leutnant Teck schaudernd. „Kunstreich ist er und hat zahlreiche besondere Geheimnisse an sich gebracht, die Meister Michaelis nicht zugänglich sind. Beide haben ihre eigenen Wege, Uhren zu bauen und die Seelen an die Unruh zu binden…"

„Also dazu dient die Unruh!", sagte Leona.

„Äh, eigentlich dient sie dazu, den Lauf der Uhr gleichmäßig zu machen."

„Aber die beiden Uhrmeister binden dort die Seele in der Uhr?"

Er nickte.

„Leutnant!", sagte Amalie. „Man muss Sie von dieser Uhr lösen!"

Er wurde blass.

„Wollen Sie meinen Tod, Fräulein Kreisler?"

„Gewiss nicht. Aber was man binden kann, muss man doch auch lösen können!"

„Lösen bedeutet Auflösen", sagte er düster. „Das ist die einzige Befreiung."

„Das sagen die Uhrmeister, die anscheinend jedes Interesse daran haben, Ihnen andere Möglichkeiten zu verschweigen. Besitzen diese Männer Bücher über ihre Kunst?"

Er nickte zögernd.

„Aber ich kann sie nicht lesen", sagte er. „Mein Französisch ist besser als mein Latein und diese Bücher sind in geheimen Zeichen der Alchemisten verfasst. Sie stecken voller Zahlenrätsel und unverständlicher Symbole."

„Umso mehr muss es einen Weg geben! Meister Michaelis hat doch anscheinend noch andere… Uhren gemacht. Kann keiner von Ihren Leidensgenossen diese Schriften entziffern?"

Leutnant Teck schüttelte den Kopf.

„Meister Michaelis umgibt sich nicht eben mit Gelehrten. Er bevorzugt eher Menschen, die ihm in anderer Weise nützlich sein können."

„Man müsste sich ein solches Buch beschaffen!", sagte Amalie.

„Dazu würde ich nicht raten!", erwiderte Leutnant Teck. „Nein, dazu würde ich ganz gewiss nicht raten!"

Der folgende Morgen war ein Sonntag, und so brach die ganze Familie gemeinsam zum Kirchgang auf. Leona trug dunkles Grün und Amelie ein tiefes Violett, zu dem die beiden lavendelfarbenen Haarschleifen wunderbar harmonierten.

Alexanders Kragen wirkte noch steifer als sonst, als er neben seiner Frau zu einer der vorderen Bankreihen schritt. Ernst neigte er den Kopf vor seinen Schwiegereltern und den zahlreichen Bekannten und schien froh, mit niemanden reden zu müssen.

Leona fühlte in der Stille der Kirche ihren Herzschlag wie Hufgetrappel und versuchte vergebens, ihn zu verlangsamen. Dann entdeckte sie über sich das Bild eines Engels, der im Flug die Arme ausgestreckt hatte wie die Zeiger einer Uhr, die zehn Uhr zeigt. Der Pfarrer predigte über die Vergeblichkeit alles menschlichen Strebens. Selten hatte Leona sich vom Gottesdienst zu wenig erhoben gefühlt. Das ewige Licht funkelte sie vorwurfsvoll an, während der Pfarrer von Ewigkeit sprach.

Sie war erleichtert, als sie die Kirche an Alexanders Arm verlassen konnte. Draußen zog er sie sofort zu einer Gruppe streng gekleideter Männer. Dort stand schon Leonas Vater und sagte: „Darf ich dich mit Herrn Michaelis bekannt machen? Er zählt zu den großmütigen Förderern unserer Fakultät und hat sich soeben bereit erklärt, die Schriften des jungen Glenser herausgeben zu lassen, um den armen Eltern eine Freude zu machen."

Leona sah in zwei freundliche blaue Augen in einem ganz und gar nicht alten Gesicht. Verdattert konnte sie den Blick gar nicht gleich lösen.

„Was interessiert Sie denn an den Schriften des Herrn Glenser?", fragte sie.

Er lächelte.

„Sie sind kleine Kuriositäten, voller Einfälle und ungewohnter Rechenwege. Und natürlich wird es den Eltern eine Genugtuung sein, dass er uns etwas hinterlässt, das dazu beitragen wird, seinen Namen in Erinnerung zu behalten."

„Worüber arbeitete er?", fragte Leona. „Über Uhren?"

Ein jüngerer Mann, den Leona nicht kannte, sagte: „Er arbeitete über Kraft und deren Speicherung", dann errötete er, weil er mit ihr gesprochen hatte, ohne ihr vorgestellt worden zu sein, und zog sich schnell hinter Herrn Michaelis zurück, dessen Lächeln sich noch vertiefte.

„Wie erfrischend, wenn sich eine junge Dame sich kundig zu schwierigen Themen zu äußern vermag", sagte er. „Das macht ohne Zweifel die gelehrte Atmosphäre des Elternhauses." Er warf Alexander einen Blick zu. „Und Sie haben ja auch einen Mann von Begabung geheelicht, wie ich hörte. Herr Berling schreckt vor vertrackten Problemen nicht zurück."

„Das ist wahr", sagte Leona. „Nur wünschte man, es würden in letzter Zeit nicht so viele Mathematiker sterben."

Herr Michaelis nickte.

„So ist es!", sagte er. „Aber wessen Stunde gekommen ist, der verlässt uns. Das ist der Gang der Welt."

„Ja, wenn man den aufhalten könnte...", sagte Leona mit einem unschuldigen Augenaufschlag.

Herr Michaelis neigte den Kopf.

„Dann wäre man Gott ähnlich", sagte er. „Kirche und Wissenschaft versichern uns einhellig, dass dies nicht möglich ist. Wir müssen uns also bescheiden, das zu tun, was in unserer Macht steht, und den Menschen nach unserem Vermögen dienen."

„Ich bin sicher, dass Sie nichts anderes im Sinn haben", erwiderte Leona, dann schob Alexander seinen Arm unter den ihren und erinnerte daran, dass man zu Hause erwartet werde.

Erst nach dem Kaffee konnte sie von ihrer Begegnung erzählen, die Amalie nicht einmal bemerkt hatte, da sie am Seitenportal der Kirche mir Bekannten ein Schwätzchen gehalten hatte.

„Er sieht anders aus, als ich ihn mir vorgestellt hätte. Er kann kaum über Mitte vierzig sein. Was mich empört, ist die Impertinenz, mit der er sich als Gönner der Fakultät präsentiert, nur um an die Aufzeichnungen von Herr Glenser zu gelangen. Er hat den Eltern offensichtlich versprochen, diese Aufzeichnungen verlegen zu lassen."

„Dann hat er wohl Geld", sagte Amalie.

„Kein Wunder, wenn er andere ausschickt, um Juwelen zu stehlen!"

Sie öffnete die Uhr und stellte den Hebel um.

„Was will Meister Michaelis mit den Berechnungen?", fragte sie, während Leutnant Teck sich noch verbeugte.

„Das hat er mir nicht mitgeteilt, Madame."

„Schnickschnack!", sagte Amalie. „Sie können es sich doch gewiss denken."

Leutnant Teck betastete sein Kinn, dann die Wangen, denn ihm war schon längst wieder ein Stoppelbart gesprossen. Er wollte bitten, sich rasieren zu dürfen, doch Leona sagte: „Keine Ausflüchte, Leutnant! Jetzt und hier wollen wir alles wissen!"

„Alles?", fragte er. „Sie unterziehen den falschen Mann einem Verhör. Meister Michaelis pflegt mir seine Absichten nicht mitzuteilen, oder doch nur soweit, wie es nötig ist, damit ich seinen Willen zu erfüllen vermag."

„Und womit sollen Sie soeben seinen Willen erfüllen?", fragte Amalie.

„Nun, ich bin ihm ja in gewisser Weise abhanden gekommen…"

Leona nahm die Uhr vom Tisch.

„Leutnant Teck!", sagte sie. „Sie schulden uns Offenheit! Entweder Sie sagen uns, was das alles bedeuten soll, oder ich klappe diesen Deckel zu und gebe Ihnen ausgiebig Gelegenheit, nachzudenken."

Da er sie nur Verständnis heischend ansah, schloss sie die Uhr und er war im Handumdrehen verschwunden.

„War das nicht ein wenig hart?", fragte Amalie.

„Vielleicht", erwiderte Leona ungeduldig. „Aber so kommen wir nicht weiter. Wir müssen Pläne schmieden und nach allem, was wir inzwischen herausgefunden haben, können wir Leutnant Teck nicht einweihen."

„Nun, das stimmt", sagte Amalie. „Aber gibt es denn Pläne, die wir schmieden könnten?"

Besuche

Leona setzte ihre Tasse ab und nickte mitfühlend, als Giselle Glenser unter Tränen von der aussichtsreichen Zukunft sprach, die ihren Sohn erwartet hätte, wäre das Schicksal nicht so hart, so ungerecht gewesen, dem kaum Dreiundzwanzigjährigen diese Zukunft unwiederbringlich zu rauben.

„Ich habe mir sagen lassen, Herr Michaelis habe in Aussicht gestellt, die mathematischen Arbeiten Ihres Sohnes herausbringen zu lassen."
„Ja, das ist… das hätte ihn…" Giselle Glenser schluchzte und Leona legte ihr die Hand auf den Arm. „Er ist ganz in seinen Berechnungen aufgegangen. Er saß beinahe jede Nacht an seinem Schreibtisch, ja oft wollte er nicht einmal zum Essen herunterkommen. Er war doch so schmal, mein Junge!"

Minutenlang brachte sie kein verständliches Wort mehr heraus und Leona kam sich hilflos vor. Nach einer Weile sagte sie: „Ich kann all diese Papiere mitnehmen und meinem Vater geben. Dann erhält sie Herr Michaelis schneller und Sie können schon bald das fertige Werk in Händen halten…"

Die Mutter schniefte.
„Würden Sie das tun? Das ist sehr einfühlsam, meine Liebe. Sehr, sehr einfühlsam."

Leona kam sich keineswegs einfühlsam vor, eher wie eine skrupellose Hochstaplerin. Trotzdem war es ein wunderbares Gefühl, als der Diener der Glensers ihr zwei umfangreiche Pakete mit Oktavheften und sorgsam verschnürten losen Blättern zur Kutsche trug.

„Kommen Sie doch recht bald wieder!", sagte Giselle Glenser und küsste sie zum Abschied auf die Wange. „Sie haben mich mit der Aussicht auf eine schnelle Veröffentlichung wunderbar getröstet."
„Danken Sie mir nicht zu viel! Ich bin ja nur die Botin", sagte Leona und stieg hastig ein.

Vom Hause Glenser fuhr sie direkt in die Schäfergasse. Dort fand sie die Tür zum Haus Nr. 8 fest verrammelt. Von einem nahe gelegenen Antiquariat kam Amalie herbei geschlendert. Sie drehte einen

Sonnenschirm über der Schulter und schien ganz von den Auslagen der Geschäfte in Beschlag genommen.

„Und?", fragte Leona.

Amalie zog sie unter den berüschten Schirm.

„Meister Fabrizius ist heute Morgen mit Sack und Pack ausgezogen. Er hinkte an einem Stock, wie mir der Inhaber des Antiquariats erzählt hat. Gehilfen trugen zahllose Kisten aus dem Haus. Es bedurfte zweier Pferdewagen um alles wegzuschaffen."

„Wohin ist er umgezogen?"

„Das konnte mir niemand sagen."

„Das ändert unsere Pläne", sagte Leona. „Ich muss meinem Vater die Aufzeichnungen geben, nachdem ich es Frau Glenser versprochen habe, und wir können sie nicht abschreiben. Das würde Tage dauern. Am besten fahren wir nach Hause und sehen sie wenigstens durch."

„Was werden zwei junge Frauen wie wir daran wohl bemerken?"

„Vielleicht nichts. Aber es mögen Skizzen darunter sein. Dann zeichnen wir sie ab."

„Du zeichnest sie ab", sagte Amalie, „Mir hat immer jegliches Geschick zum Zeichnen gefehlt."

Sie fanden tatsächlich eine ganze Reihe von Skizzen, die in der fast vollkommen unleserlichen Schrift des jungen Glenser mit Anmerkungen versehen waren. Dann flatterte Amalie aus einem weiteren Heft ein einzelnes Blatt entgegen.

„Hör dir das an!", sagte sie zu Leona.

Hoch verehrter Professor,
ich weiß nicht, ob ich es wagen kann, Sie mit der Angelegenheit zu belästigen, auf die ich bereits letzte Woche zu sprechen kommen wollte, wo es mir jedoch schien, als seien es Ihnen nicht Recht, mit einer solch undurchsichtigen Geschichte behelligt zu werden. Gestern Abend fand ich mein Fenster offen, das ich gewisslich am Morgen geschlossen hatte, und zwei Blätter mit Überlegungen zur Rückstellkraft waren von meinem Schreibtisch verschwunden. Ohne nun Beschuldigungen gegen irgendwen aussprechen zu wollen, muss es doch verwundern, wenn binnen weniger Tage mehrmals Aufzeichnungen entwendet werden, die sich alle mit dem Thema meiner Habilitationsschrift beschäftigen. Daher möchte ich Sie bitten, sehr geehrter Professor Kreisler, meine Berechnungen in Ihre Obhut zu

nehmen, sie zu lesen und notfalls zu bezeugen, dass ich diese Berechnungen und Überlegungen zum angegeben Zeitpunkt erstellt habe. Ich appelliere an Ihre Großmut und Hilfsbereitschaft, da ich andernfalls fürchten muss, von einem Unbekannten...

„Hier endet der Brief", sagte Amalie. „Es ist unzweifelhaft seine Schrift, auch wenn er sich alle Mühe gegeben hat, sein Schreiben leserlich zu verfassen."

„Es fragt sich, weshalb er ihn nicht vollendet und abgeschickt hat."

„Vielleicht war es ein Entwurf und er hat eine andere Version geschickt."

„Dann hätte er diese weggeworfen. Eher hat er sich nicht getraut, seinem Professor Anschuldigungen zu unterbreiten. Vielleicht war er schüchtern."

Leona nickte.

„Mein Vater mag es gar nicht, wenn Studenten einander vorwerfen, sich am geistigen Eigentum anderer vergriffen zu haben. Er hätte sich solche Beschuldigungen nicht gerne angehört."

„Was macht es so wünschenswert, Berechnungen über Rückstellkraft in die Hand zu bekommen?", fragte Amalie.

„Kraft!", sagte Leona. „Es hat mit der Speicherung von Kraft zu tun! Das hat ein Student meines Vaters gesagt, als ich mit Meister Michaelis sprach. Und Rückstellkraft ist anscheinend genau das. Man spannt die Feder, und sie nimmt dabei die Kraft auf, die man dafür verwenden muss. Dann gibt sie diese Kraft an die Zahnrädchen der Uhr weiter."

„Aber das weiß Meister Michaelis doch sicherlich schon länger als ein Herr Glenser."

„Bestimmt", sagte Leona. „Aber nun will Meister Michaelis doch anscheinend eine große Uhr bauen – eine Meisteruhr. Dazu muss er vielleicht ausrechnen, wie groß die Feder einer solch ungeheuren Uhr zu sein hat."

„Eine Meisteruhr", wiederholte Amalie. „Wessen Seele würde man an eine solche Uhr binden?"

„Vielleicht will er nicht eine Seele einfangen, sondern mehrere. Vielleicht... alle Seelen?" Leona erschrak vor ihrem eigenen Gedanken. „Er hat so etwas gesagt. Wenn man den Tod aufhalten könne, sei man Gott ähnlich. Wenn die Seele eines Leutnant Teck in eine solch kleine Taschenuhr passt, wie viele Seelen könnte Meister Michaelis wohl an eine sehr große Uhr binden?"

„Also, ich bin ganz offen, meine Liebe!", sagte Amalie. „Mir beginnt das ein winziges Bisschen unheimlich zu werden."

Am Abend öffnete Leona die Uhr.

Leutnant Teck hob gar nicht erst den Kopf. Seinen Dreispitz unter dem Arm stand er in tiefer Verbeugung, bis Leona sagte: „Es tut mir leid! Ich grause mich vor Meister Michaelis und sperre Sie dann selbst ein, weil mir die Uhr die Macht dazu gibt."

Er wollte abwehren, doch Leona sagte: „Nein, widersprechen Sie nicht, Leutnant! Ich habe beschlossen, Ihnen heute Nacht wieder Gelegenheit zu geben, sich die Beine zu vertreten. Nur bitte gehen Sie sorgfältig jeder Begegnung aus dem Weg!"

„Das werde ich tun", sagte er. „Danke, Madame."

Eine halbe Stunde später klopfte es an ihre Tür und sie öffnete in der Erwartung, Leutnant Teck zu sehen, doch es war Alexander.

„Ich wollte dich fragen, ob du nicht... herüberkommen willst."

Leona befingerten ihren Morgenmantel.

„Ähm, natürlich, wenn du meinst..." Sie fühlte sich überrumpelt und meinte gleichzeitig Theas Stimme zu hören, die von unvermeidlichen Pflichten und der Strafe für die Erbsünde des Weibes sprach.

„Dann komm!", sagte Alexander und machte eine einladenden Geste zu seinem Schlafzimmer hin.

Wenige Minuten später lag sie verkrampft neben ihm, die Decke bis fast zur Nase gezogen.

„Hör mal, Alexander! Ich war heute bei den Glensers..."

„Bei den Glensers? Mein Gott, ich hatte ganz vergessen, ihnen einen Kondolenzbesuch zu machen! Hast du mich entschuldigt?"

„Natürlich. Die Familie schien sehr erfreut, mich zu sehen. Und Frau Glenser hat eine Bemerkung gemacht... über das Verschwinden von Aufzeichnungen..."

Alexander schnalzte.

„Oh, das!", sagte er. „Glenser war besessen davon, jemand könne ihm seine Entdeckungen streitig machen. Zerstreut wie er war, verlor er ständig Dinge. Da konnte es nicht verwundern, wenn ihm

Papiere fehlten. Einmal blies der Wind sie durchs Fenster und er bestand darauf, jemand sei mit einer Leiter hinaufgestiegen, habe das geschlossene Fenster von außen geöffnet und Berechnungen gestohlen. Noch Tage später fanden Dienstboten der Familie in den Gärten ringsum Blätter mit Skizzen und unleserlichen Niederschriften."

„Du meinst, er bildete sich das nur ein? Hat er denn nicht wirklich wichtige Dinge herausgefunden?"

Alexander schien Gespräche über Uhren und Mathematik inzwischen als Überbrückung zu seinem eigentlichen Anliegen zu akzeptieren. Er sagte: „Laien haben oft überzogene Vorstellung davon, was Mathematiker in einer Lebenszeit herausfinden. Es gibt noch einige große Probleme zu lösen, doch Glenser war nicht von diesem Format, das darfst du mir glauben."

„Und du?", fragte Leona. „Wirst du etwas Großes entdecken?"

Alexander schien merkwürdig gerührt. Er drückte seine Lippen auf ihren Hals und murmelte etwas von den Freuden der reinen Mathematik. Dann nestelte er an ihren Knöpfen und sie schob seine Hand beiseite.

„Alexander? Ist das Universum eine Uhr?"

Er lachte und sie spürte seinen Atem warm an ihrem Schlüsselbein.

„Etwas, da Gott an der Uhrkette trägt?", fragte er. „Wohl kaum. Uhren sind Zeitmesser, mein Schatz. Wem sollte das Universum wohl die Zeit anzeigen?"

„Nun, vielleicht ist es aber doch wie etwas, das man aufgezogen hat..."

Seine Lippen glitten von ihrem Schlüsselbein abwärts. Sie fühlte seine Zungenspitze und fand die Berührung unangenehm obszön.

„Aber du hast gesagt, unser Sonnensystem sei eine Uhr!"

„Haben denn wirklich alle in meinem Umkreis einen Uhrentick?", fragte er gereizt und schob sich höher. Sein Gewicht lastete auf ihr und sie musste sich zusammen nehmen, um ihn nicht herabzustoßen.

„Wer hat denn noch mit Uhren zu tun?", fragte sie.

„Leonie! Es ist doch jetzt genug!"

Sie tastete im Dunkeln nach der Bettdecke und krampfte die Hand um kühlen Stoff, während sich Alexanders Atem beschleunigte und sie weit mehr unbedeckte Haut spürte, als ihr lieb war. Nachdem er herab gerutscht war, stand sie auf.

„Ähm, gehst du?", fragte er außer Atem.

„Ja", sagte sie und schloss sich in ihrem Zimmer ein.

Sie stand lange am Fenster und starrte in die Dunkelheit. Bisher hatte sie wenig über ihre Zukunft nachgedacht. Ihre Kinder. Alexander wünschte sich ein Mädchen und einen Jungen. Und diese nächtlichen Strapazen würden sich hinziehen, bis sie alt, hässlich und pummelig genug war. Sie fühlte einen heißen Stich der Schuld, als ihr aufging, dass sie sich für Kinder nicht bereit fühlte. Sie öffnete das Fenster und atmete die laue Nachtluft.

Dann entdeckte sie Leutnant Teck. Er saß auf dem steinernen Tisch und hatte den Korsaren auf dem Schoß, der sich an ihn schmiegte, wie an einen alten Freund.

Sie schloss das Fenster und lief barfuß und im Nachtgewand in den Garten hinaus.

Als sie den Steintisch erreichte, war Leutnant Teck fort. Leona ging ein Stück den Weg hinauf, fand es auf einmal unheimlich und kehrte ins Haus zurück. Dann sah sie etwas Weißes in Alexanders Arbeitszimmer schlüpfen. Sie zögerte, stand lange unschlüssig vor der Tür, dann drückte sie die Klinke.

Von den Kerzen im Leuchter war nur eine entzündet. Leutnant Teck hatte ein Knie auf den Stuhl gestützt und kopierte konzentriert Skizzen von einem Blatt. Seine Zunge betastete seine Lippen, als nötige ihm die Aufgabe höchste Aufmerksamkeit ab.

„Leutnant Teck!", sagte Leona empört.

Er fuhr herum, riss den Stuhl hoch, erkannte Leona und stellte ihn sachte wieder ab.

„Guten Abend, Madame."

„Wie können Sie es wagen?", zischte Leona. „Ich habe Sie in Vertrauen aufgenommen und Sie? Sie spionieren in den Aufzeichnungen meines Mannes?"

Er rieb sich den Nasenrücken.

„Ja, Madame", sagte er.

„Warten Sie hier! Und lassen Sie die Finger von den Sachen meines Mannes!"

Leona stürmte die Treppe hinauf, riss das erstbeste Kleid aus dem Schrank, stülpte einen Schutenhut über ihr ungekämmtes Haar, schlüpfte in Schuhe, die farblich nicht zum Kleid passten, nahm die Uhr und lief damit nach unten.

Leutnant Teck sah ihr zerknirscht entgegen. Leona packte ihn am Arm, wie ein ungehorsames Kind, zog ihn zur Haustür und stellte dann fest, dass abgeschlossen war.

„Was haben Sie denn vor?", protestierte Leutnant Teck.

„Ich werde die Uhr ihrem Besitzer zurückerstatten!", erwiderte Leona. „Es war ungehörig, sie zu behalten, da ich doch nun wusste, wem sie gehört."

Sie rüttelte am Türknopf.

„Ich bitte Sie, Madame! Ich habe einen Fehler gemacht..."

„Nein!", sagte Leona. „Ich habe einen Fehler gemacht. Den Fehler, Ihnen zu vertrauen. Meister Michaelis hat Sie einfallsreich ins Haus geschmuggelt, damit Sie hier in seinem Auftrag stehlen. Das sind Sie ja gewöhnt."

Leutnant Teck richtete sich auf, die linke Hand auf einem Pistolen-knauf, der jedoch nicht an Ort und Stelle war. Dann senkte er den Kopf.

„Inzwischen ja", sagte er. „Und Sie haben ganz Recht, wenn Sie böse auf mich sind, ja, wenn Sie mich verabscheuen, aber Sie können nicht jetzt, mitten in der Nacht auf die Straße hinaus, und noch weniger zu *Ihm*!"

„Ich kann!", fauchte Leona, rannte zur Anrichte und riss den Schlüs-sel aus der Zinnschale. „Sie bleiben keine Sekunde länger in diesem Haus und ich kann ja Ihre Uhr nicht gut auf die Straße werfen. Also werde ich Sie Meister Michaelis persönlich in die Hand drücken!"

Leutnant Teck stellte sich mit dem Rücke zur Tür, so dass es ihr nicht gelang, sie zu öffnen, obwohl sie den Schlüssel gedreht hatte.

„Das ist Wahnsinn!", sagte er beschwörend.

„Ich wüsste nicht, weshalb!"

„Aber ich. Leona! Sie wollen doch kein Unheil anrichten!"

„Erinnere ich mich, Ihnen eine vertrauliche Anrede angeboten zu haben?"

Er errötete ärgerlich.

„Ich bitte tausendfach um Verzeihung, aber Sie können Meister Michaelis nicht gegenübertreten!"

„Ich habe ihm erst gegenübergestanden und ich fürchte mich nicht im Geringsten vor ihm."

„Das sollten Sie aber!"

Jemand lief schnell die Treppe hinunter. Leona klappte die Uhr zu, riss die Eingangstür auf, schleuderte die Uhr von sich und schlug die Tür wieder zu.

Alexander kam durch die dunkle Halle.

„Wer war das? Wo ist er hin?"

Nur im Morgenmantel stürzte er nach draußen.

„Niemand war hier", rief Leona, aber er hörte nicht auf sie, denn er hatte vor sich am Boden etwas silbrig Blinkendes entdeckt. Er hob es auf. Die Uhr anklagend auf der offenen Hand, kam er die Eingangsstufen hinauf.

„Uhren!", sagte grimmig. „Ich habe genug von ihnen."

Er warf sie auf den Teppich, hob den Fuß und trat zweimal fest darauf.

Leona sah den Deckel schief in seinen Angeln stehen, starrte auf die Glassplitter und fiel in Ohnmacht.

Als sie erwachte, betupfte ihr das Hausmädchen die Wangen mit Kölnisch Wasser. Heinrich kehrte feine Scherben auf. Alexander war fort und die Uhr ebenfalls. Leona befreite sich mühsam von den Händen des Hausmädchens, kam auf die Füße und taumelte ins Arbeitszimmer. Dort stand Alexander am Schreibtisch und hebelte mit einem Holzlineal den Deckel aus dem Scharnier.

Kein Leutnant Teck erschien.

„Gib mir die Uhr!", sagte Leona.

„Zuerst werde ich der Sache auf den Grund gehen", erwiderte Alexander. Er schüttelte Glassplitter auf seine Papiere. Dann las er den Namen auf dem Deckel.

„Wer ist Sebastianus Teck?"

„Die Uhr ist alt. Wer weiß, wem sie schon gehört hat. Gib sie mir wieder!"

„Warum bist du so eigen damit? Und wer war der Mann, den du nach draußen gelassen hast?"

„Ich habe keinen Mann nach draußen gelassen."

„Und warum bist du angekleidet?"

„Ich wollte ein wenig frische Luft."

„Warum bist du dann nicht in den Garten gegangen?"

„Der Garten war im Mondlicht so unheimlich. Und jetzt gib mir meine Uhr!"

„Erst will ich die Wahrheit wissen!"

„Die Wahrheit ist, dass ich einen Grobian geheiratet habe!", sagte Leona und brach in Tränen aus.

Alexander sah ihr krampfhaftes Schluchzen und schien nicht zu wissen, wie er damit umgehen sollte. Er legte Leona die Uhr auf die Handfläche, schloss ihre Hand darum und verließ das Zimmer. Leona starrte mit tränenblinden Augen auf die Hebel. Der Mittlere war verstellt. Deshalb hatte sich Leutnant Teck nicht gezeigt. Sie drückte den Hebel nach links. Nichts geschah.

Nacheinander bewegte sie vergeblich alle drei Hebel.

Verzweifelt lief sie nach oben und klopfte Amalie heraus.

„Ich habe ihn umgebracht!", sagte sie und warf sich aufs Bett, wo sie weinte, bis ihr Amalie das Kölnisch Wasser nicht ins Gesicht tupfte, sondern einen kräftigen Schluck davon einflößte.

Leona keuchte, würgte und ihre Tränen versiegten. Wirr und kaum verständlich stammelte sie ihre Geschichte heraus.

„Und jetzt ist er weg!", sagte sie. „Es ist nur meine Schuld!"

„Na, eines ist sicher", sagte Amalie. „Sie tickt. Man kann den Schlüssel nicht mehr hineinbekommen, um sie aufzuziehen, aber sie müsste noch gut sieben Stunden laufen. In dieser Frist sollten wir unbedingt einen guten Uhrmacher auftreiben."

Das Ticken der Sekunden

Amalie ließ sich aufs Polster der Kutschenbank sinken.

„Was hast du gesagt, warum du vor dem Frühstück das Haus verlässt?"

„Nichts", erwiderte Leona. „Wir fahren zur Kirche und lassen uns dort absetzen. Soll Alexander denken, was er will!"

„Weshalb zur Kirche?"

„Weil wir von dort aus alle Uhrmachergeschäfte der Stadt schnell erreichen können."

Amalie ließ sich das durch den Kopf gehen.

„Aber wir können keinen beliebigen Uhrmacher aufsuchen. So ein armer Bursche würde uns ja ohnmächtig umfallen, wenn ihm plötzlich ein Offizier mit gepudertem Haar aus der Uhr entgegen springt!"

„Vorerst will ich nach Meister Fabrizius suchen. Wenn ich nur wüsste, wo ich anfangen soll!"

„Haben wir denn keinen Anhaltspunkt?"

„Wir können fragen, wem die Wagen gehören, mit denen er all seine Schaukästen hat fortbringen lassen!"

Mit mehr Zuversicht nahm Leona die Uhr heraus und hielt sie ans Ohr. Ohne Deckel und Uhrglas war das Ticken lauter als gewohnt und hatte etwas Rastloses, das ihr trotz aller Hoffnung den Atem abdrückte. Als die Kutsche hielt, zog sie ihre Cousine mit sich zu den Kirchentreppen. Der Kutscher lief ihnen nach.

„Soll ich warten, Madame?"

„Ja. Nein. Oder doch, warten Sie!"

Leona betrat mit Amalie die Kirche. Sie bekreuzigten sich flüchtig, liefen an der dunklen Front der Beichtstühle entlang und verließen das Gotteshaus durch die Seitenpforte.

Die folgende Stunde suchten sie gemeinsam jedes kleine Gässchen, jede Straße ab, spähten zu den Fenstern hinauf, für den Fall, dass Meister Fabrizius sich wieder weiter oben einquartiert haben sollte, lugten in Hinterhöfe und fragten Hausierer und Straßenjungen nach dem Verbleib des Uhrmachers. Ihnen wurden andere Uhrmacherwerkstätten gewiesen, doch von Meister Fabrizius hatte keiner auch nur gehört. Selbst in dem Haus in der Schäfergasse wollte sich niemand daran erinnern, dass für wenige Tage dort ein Uhrmacher seine Werkstatt betrieben hatte.

Leona horchte alle paar Minuten, ob die Uhr noch lief.

Dann hastete sie wieder hinter Amalie her, der es weniger ausmachte, Fremde anzusprechen, ganz gleich, ob sie Inhaber blühender Ladengeschäfte waren oder ärmliche Straßenverkäufer, die nichts außer Zündhölzchen feilhielten. Ein alter Mann, der ein Wägelchen mit Lumpen vor sich her schob, sagte auf die Frage nach Meister Fabrizius: „Ich weiß nicht, wie der Meister hieß, junges Fräulein, aber da war ein Uhrmacher, ein sonderbarer Uhrmacher, der soll die alte Mühle unten am Weigelbach gekauft haben. Und ich dachte mir noch, was ein Uhrmacher wohl mit einer Mühle anfangen will. Er hat dort allerlei Sachen hinschaffen lassen. Kupferstangen. Es musste Kupfer sein, das weiß ich genau. Und Ketten und Räder und Kisten mit Werkzeug. Ist das der Mann, den sie suchen?"

„Das klingt unwahrscheinlich, aber trotzdem danke für die Auskunft!", sagte Amalie und drückte dem Alten eine kleine Münze in die Hand.

„Das würde passen!", zischte Amalie. „Meister Fabrizius war es in der Stadt nicht mehr sicher genug, nachdem er zweimal in so kurzer Zeit aus seinem Domizil vertrieben wurde. Also hat er sich einen verschwiegenen Ort außerhalb gesucht, wo er sich mit seinen Uhren notfalls verbarrikadieren kann. Wir sollten es dort versuchen. Das nimmt keine halbe Stunde in Anspruch."

Leona umklammerte die Uhr.

„Wenn wir uns irren, verlieren wir eine ganze Stunde. Sehr viel mehr Zeit haben wir überhaupt nicht mehr!"

„Und?", fragte Amalie. „Wagen wir es?"

„Wir wagen es!", sagte Leona.

In aller Eile ratterte die Kutsche den Feldweg entlang.

Zur Linken war bereits die alte Mühle zu sehen, die hinter mächtigen alten Erlen aufragte. Leona musste sich zurückhalten, um den Kutscher nicht ein weiteres Mal anzutreiben.

Endlich bog der Weg nach Westen. Alte Karren und ein Mühlrad lagen in der Wiese und schon von weitem konnte man sehen, dass die Eingangstür vernagelt worden war. Doch daneben stand mit zurückgeschlagener Plane ein großer Wagen. Oben stapelten sich einige Kisten, andere türmten sich zu beiden Seiten der Tür. Leona ließ halten. Sie lief mit Amalie über frisch niedergetretenes Gras.

„Da ist noch eine Tür!"

Doch der Türknopf ließ sich nicht bewegen. Leona klopfte energisch gegen das raue Holz.

Nichts rührte sich.

„Ist jemand hier?", rief sie.

Da niemand antwortete, umrundeten sie das Gebäude. Unterhalb der Mühle plätscherte freundlich der Bach, der früher einmal das Mühlrad angetrieben hatte. Es lag umgestürzt, vom Wasser überspült und schon halb zerfallen.

Nah am Wasser stand ein verrosteter Amboss und darauf lag eine Uhr. Ein schwerer Schlag musste sie zertrümmert haben. Glassplitter glitzerten im Licht. Das Gehäuse war vollkommen zerstört, vom Zifferblatt Email abgesprungen.

„Oh, weh!", sagte Amalie. „Früher hätte mir das gar nichts ausgemacht, aber nun ist mir der Anblick einer so grob verwüsteten Uhr alles andere als angenehm."

Leona nickte. Ihre Kehle war so zugeschnürt, dass sie sich räuspern musste, ehe sie ein Wort herausbekam.

„Du meinst doch nicht, Meister Fabrizius… vernichtet Uhren?"

„Nun, irgendwer hat jedenfalls seine Laune daran ausgelassen", erwiderte Amalie.

„Trotzdem müssen wir ihn finden!" Leona sah an der trutzig wirkenden alten Mühle empor. „Irgendwie muss man ja hinein kommen."

Sie erschrak furchtbar, als es hinter ihr leise zischte.

„Sst, Madame!"

Sie fuhr herum.

Hinter dem umgestürzten Mühlrad kroch der Mohrenknabe Josef hervor. Er war dunkel gekleidet, trug eine Schirmmütze und sah so sehr viel merkwürdiger aus, als in dem prächtigen, bestickten Samt, in dem sie ihn bei Meister Fabrizius gesehen hatten.

„Sie sollten schnell hier fort gehen!"

„Aber wir suchen Meister Fabrizius!"

„Er ist nicht hier. Und es ist gefährlich, sich hier aufzuhalten."
„Wir müssen ihn finden!"
„Ja, meine Damen, aber nicht hier. Dies ist ein böser Ort."
„Dann sag uns, wo wir ihn finden!"
„Ich werde Sie führen", sagte Josef. „Aber wenn uns hier jemand entdeckt, sind wir verloren." Ganz selbstverständlich nahm er die beiden Frauen an den Händen. „Kommen Sie doch!", drängte er.

Leona war froh, dass sie von hinten an die Kutsche herankamen, denn der Kutscher wäre gewiss nicht schlecht erschrocken, hätte er sich plötzlich dem jungen Mohren gegenübergesehen. Sie stiegen ein, die Pferde zogen an und sie holperten über niedergetretenes Gras, bis sie den Feldweg erreichten. Kaum waren sie um das kleine Erlenwäldchen herum, kam ihnen ein Wagen entgegen.

„Das ist er!", kreischte der Knabe. „Lassen Sie schneller fahren! Sehr viel schneller!"

Doch Leona hatte Mühe, dem Kutscher verständlich zu machen, weshalb er die Achsen aufs Spiel setzen sollte. Ehe sie richtig Fahrt aufgenommen hatten, stellte der andere Kutscher sein Gefährt quer. Ein Wagenschlag wurde geöffnet. Josef drückte sich ängstlich gegen Leona, die ihn schnell unter die Sitzbank schob, ehe sie die Kutschentür öffnete.

Sie sah sich Meister Michaelis gegenüber.

„Weshalb halten Sie uns auf?", fragte sie kühl.

„Ich halte Sie nicht auf, Madame", sagte er. „Doch wollte ich nicht versäumen, Ihnen einen Guten Tag zu wünschen. Sie haben eine kleine Ausfahrt aufs Land unternommen?"

„Ja, in der Stadt ist es recht drückend. Doch nun werden wir zum Essen erwartet. Sie wollen uns also entschuldigen!"

Leona schlug die Kutschentür zu und klopfte gegen das Fenster zum Kutscher, damit er anfuhr, doch immer noch blockierte der andere Wagen den Weg.

„Weiterfahren!", brüllte sie.

Ebenso verwirrt wie gekränkt schlug der Kutscher mit den Zügeln über die Kehrseiten der beiden Falben, sie zogen an, und schlingernd umrundete die Kutsche das Hindernis. Als sie über Maulwurfshügel auf den Feldweg zurückholperten, legten sie sich ein wenig zur Seite, dann bekamen die Räder wieder Halt in der ausgefahrenen Spur und sie eilten auf die Stadt zu, als sei ein Unwetter hinter ihnen her.

„Puh!", sagte Amalie und zog den Knaben unter der Bank hervor. „Keine Angst. Er folgt uns nicht."

„Er darf es nicht wissen! Er darf nicht wissen, dass ich dort war!"

„Er weiß es nicht und wird es wohl kaum herausfinden", sagte Leona. „Aber nun müssen wir so schnell wie möglich zu Meister Fabrizius!" Sie holte die Uhr heraus und drückte das Ohr dagegen. Fest und gleichmäßig wie ein Herzschlag hörte sie das Uhrwerk ticken. „Wir haben vielleicht noch eine halbe Stunde."

Der Knabe streckte die Hand aus und nicht ohne Zweifel legte ihm Leona die Uhr auf die rosige Handfläche.

„Oh!", sagte er. „Der Herr Offizier. In keinem guten Zustande, wie ich sehen muss."

„Der Schlüssel lässt sich nicht hineinstecken, um die Uhr aufzuziehen", sagte Leona. „Und uns bleibt kaum noch Zeit. Werden wir Meister Fabrizius rechtzeitig erreichen? Und wird er die Uhr richten können?"

Der Knabe nahm das Schlüsselchen und probierte, wie weit es sich in die Aussparung schieben ließ. Dann öffnete er den hinteren Deckel.

„Nicht!", sagte Leona.

„Ich sehe nur nach, wie viel Spannung die Feder noch besitzt." Er begutachtete den Lauf der kleinen Rädchen. „Das dürften rund zwanzig Minuten sein."

Leona ballte die Hände zu Fäusten.

„Finden wir Meister Fabrizius innerhalb von zwanzig Minuten?"

„Vielleicht", erwiderte der Knabe. „Doch es nutzt wenig, wenn er die Uhr in die Hand nimmt und sie just dann innehält." Er griff unter seine Jacke und brachte die fünf goldenen Uhren zum Vorschein, die er auch in der Uhrmacherwerkstatt getragen hatte. Jede von ihnen zeigte eine andere Zeit. Leona sah ihn die Lippen bewegen, während er etwas berechnete.

„Sollte es zum Ärgsten kommen, könnte ich seine Zeit um wenige Sekunden verlängern."

„Wie das?", fragte Amalie. „Die Feder lässt sich doch wahrscheinlich von außen nicht beeinflussen?"

Er schob die Uhren wieder unter seine Jacke.

„Nein, Madame. Aber ich bin ermächtigt, in dringenden Fällen Überschusszeit zu vergeben. Dazu trage ich die Augustäischen Uhren."

„Überschusszeit?", fragte Amalie. „Kann Zeit überschüssig sein? Ist nicht alle Zeit die, die immer schon da war?"

„Zeit war niemals da", sagte er und zeigte beim Lachen die Zähne. „Sie ist nur eine Vereinbarung der Menschen. Aber das ist Philosophie. Für Leutnant Teck ist nur von Bedeutung, dass ich ihm einen Überschuss aus den Kalenderreformen auszahlen kann."

„Ich verstehe immer weniger", beklagte sich Amalie. „Sage mir doch, junger Mann, woher du eigentlich kommst, wer du bist und was für Kalenderreformen du meinst!"

„Ich bin Josef. Mein Geburtsort ist unbekannt. Ich diene meinem Meister nun seit 127 Jahren und hatte mehr Muße als mancher erwachsene Mann, Wissen zu erwerben. Und die Kalenderreform..." Die Kutsche durchquerte das Stadttor. „Nach links!", rief er. „An der Tuchfabrik vorbei bis zur Schwemme. Dann den Holzpfad hinauf bis zum alten Gutshof."

Leona erklärte das dem Kutscher und der Wagen ratterte über Kopfsteinpflaster in eine neue Richtung.

„Du wolltest uns etwas über die Kalenderreformen sagen", erinnerte sie den Jungen, um möglichst wenig daran zu denken, wie wenig Zeit ihnen blieb.

Josef lächelte.

„Uhren messen die Zeit nicht sehr genau", sagte er. „Und in früheren Jahrhunderten war es noch schwieriger, exakte Zeitmesser zu bauen. Ich werde Sie nicht mit den Feinheiten der Problematik langweilen, die entsteht, wenn man ungenau Uhren und noch ungenauere Kalender verwendet. Für den Augenblick mag es genügen, wenn Sie verstehen, dass mehrmals in der Geschichte Reformen nötig waren, damit der Kalender mit dem Lauf der Jahreszeiten abgestimmt wurde. Er begann nämlich nachzugehen. Um das zu korrigieren, mussten ganze Tage aus der Geschichte des Abendlandes getilgt werden. Mir stehen aber nur die Sekunden zur Verfügung, die Kalender und tatsächliches Jahr auseinander liegen. Und zwei

Minuten davon kann ich darauf verwenden, Leutnant Teck vor der Vernichtung zu bewahren."

„Mehr nicht?", fragte Leona bang.

„Zwei Minuten sind eine sehr lange Zeit, Madame."

Statt zu beschleunigen, wurde die Kutsche langsamer und rollte sogar aus. Leona klopfte gegen das Fensterchen.

„Warum halten wir?"

„Der gnädige Herr", rief der Kutscher.

Und tatsächlich stand Alexander am Wegrand.

„Weiterfahren!", brüllte Leona, doch als junge Frau, die eben ins Haus geheiratet hatte, gebührte ihr weit weniger Respekt als dem künftigen Hausherrn.

Leona schob Josef ein zweites Mal unter die Sitzbank, da hatte Alexander schon den Wagenschlag aufgerissen und fragte: „Wohin geht es so eilig?"

Leona brachte im ersten Moment kein Wort heraus, dann sagte sie: „Zum Uhrmacher."

„Diese Uhr will uns anscheinend keine Ruhe lassen. Wenn es also sein muss, dann werde ich euch begleiten."

„Das ist nicht nötig", sagte Leona.

„Du wirst doch nichts dagegen haben, dass ich mitfahre!"

Er zog sich zu ihr hinauf, setzte sich neben sie und Leona schob Josef mit den Fuß weiter nach hinten. Amalie fächelte sich Luft zu.

„Bisher scheint euch eure Ausfahrt nicht gut bekommen zu sein", sagte Alexander. „Das ist wohl die ungewöhnliche Hitze."

Leona nickte mechanisch, dann fiel ihr endlich ein, den Kutscher wieder anfahren zu lassen. Sie nahmen den Weg, den Josef beschrieben hatte, hielten vor dem alten Hof und Alexander fragte: „Ah, und hier hofft ihr, einen Uhrmacher zu finden?"

„Ja, das hoffen wir!", schnappte Leona.

Während Alexander ihr galant beim Aussteigen half, schlüpfte Josef durch die andere Tür, umrundete die Kutsche, verneigte sich und sagte: „Die Werkstatt befindet sich hinter jener grünen Tür, Mesdames und Monsieur."

„Ein vornehmer Uhrmacher", sagte Alexander.

Leona hastete hinter Josef her, überließ es Amalie, sich um Alexander zu kümmern und rannte die Stufen hinauf, die hinter der Tür begannen, und sich als knarrende Leiter bis ins Dachgeschoss fortsetzten. Außer Atem und mit wild jagendem Puls langte sie oben an und warf noch einen Blick nach unten, wo lediglich ein paar quer genagelte Rundhölzer sie von einem Schacht getrennt hatten, der sechs Meter in die Tiefe reichte.

Sie rief nach Meister Fabrizius.

Josef kam dicht hinter ihr die Leiter hinauf, erbat höflich Leutnant Tecks Uhr, betrachtete die Spannung der Feder und sagte: „Ich weiß nicht, ob es reichen wird." Er klappte eine seiner Uhren auf, stellte den Zeiger zurück und in diesem Augenblick trat Meister Fabrizius durch einen Vorhangspalt. Leona riss Josef die beschädigte Uhr aus der Hand.

„Leutnant Teck!", stammelte sie. „Es sind nur noch zwei Minuten. Sie lässt sich nicht aufziehen…"

„Was ist ihr denn zugestoßen?", fragte Meister Fabrizius gelassen.

„Mein Mann nahm sie und…"

„Ihr Gatte scheint eine schwere Hand für Uhren zu haben", sagte Meister Fabrizius. „Bitte nehmen Sie Platz, während ich sehe, was sich tun lässt."

Josef führte Leona durch einen weiteren Vorhang in ein gemütliches Zimmer und bot Schokolade an.

„Nein, danke", sagte Leona. „Mir ist nicht sonderlich gut."

Alexander führte Amalie herein. Er wirkte erhitzt, Amalie ungewohnt blass.

„Diese Leiter ist mir nicht geheuer", sagte sie.

Im Gegensatz zu Leona akzeptierte sie die angebotene Schokolade und dazu Baisertörtchen. Leona wäre schon bei dem Gedanken am liebsten ohnmächtig geworden.

Alexander strich unterdessen durch den Raum, befühlte den Chintz der Stühle und betrachtete die Porzellanuhren in der Vitrine, von denen eine einen Mohren darstellte, der das Zifferblatt über den Kopf hielt.

„Dies scheint mir eine sehr spezielle Uhrmacherwerkstatt zu sein", sagte er.

Leona nickte nur. Sie wollte neben Meister Fabrizius stehen, sich vergewissern, dass alles getan wurde, um Leutnant Teck zu retten, dass es Hoffnung gab, ihre Fehler wieder gut zu machen…

Beinahe wäre sie in Tränen ausgebrochen.

Josef brachte Schokolade und Gebäck, überredete Alexander, vom Baiser zu kosten und schenkte auch Leona ein, obwohl sie abwehrend die Hand bewegte.

„Madame sollten nun unbedingt ein Schlückchen davon trinken."

„Was ist mit der Uhr?"

„Das wird sich nun zeigen", sagte Josef.

Leona nahm mit zitternder Hand die Tasse vom Unterteller. Im nächsten Augenblick spritzte Schokolade über alles im Umkreis und Porzellan zerschellte am Boden, denn in der Werkstatt schrie jemand so voller Schmerz, dass sogar Alexander zusammenfuhr. Leona achtete weder auf die Scherben, noch auf die großen Tropfen Schokolade, die über ihre steif gestärkten Röcke liefen. Sie fegte den Vorhang zur Seite, riss die nächstbeste Tür auf und fand Leutnant Tecks Uhr vollkommen zerlegt auf einem kleinen Tischchen.

Alexander war Leona sofort gefolgt, sah sie wanken und konnte sie gerade noch auffangen.

Meister Fabrizius wies nonchalant auf einen Diwan, der neben einer Vitrine stand. Alexander hievte seine Frau auf die weiche Unterlage, schob ihr eins der zahllosen Kissen unter den Kopf und fragte: „Wer hat denn da eben so furchtbar geschrien?"

„Geschrien?", fragte Meister Fabrizius. „Ich fürchte, über meiner Arbeit habe ich nicht auf meine Umgebung geachtet. Gerade eben wollte ich Ihrer Gattin sagen, dass ich ihre Uhr praktisch so gut wie neu erschaffen musste."

Leona stützte sich auf dem Ellenbogen auf.

„Was ist… mit der Unruh?"

Meister Fabrizius zeigte ihr das kleine Rad, das unter den anderen Teilen der Uhr lag.

„Ich musste das Drehmoment auf eine andere übertragen", sagte er. „Was in gewisser Weise eine vollkommene Neuschöpfung bedeutet. Doch Sie müssen sich nicht beunruhigen. Ich setze das Uhrwerk nur noch in das neue Gehäuse ein und Sie können das gute Stück wieder mitnehmen."

„Ist es denn… ich meine…"

„Alles, was Ihnen daran lieb und wert ist, werden Sie an seinem Platz finden", sagte Meister Fabrizius.

124

„Sie haben das Drehmoment übertragen?", fragte Alexander. „Das erscheint mir unsinnig, beziehungsweise unmöglich."
„Uhrmacherkunst", sagte Meister Fabrizius. „Kraft bleibt erhalten. Sie wechselt nur ihre Erscheinungsform. Das dürfte Ihnen bekannt sein."
„Selbstverständlich", erwiderte Alexander. „Aber wie wollen Sie in diesem Fall das Drehmoment erhalten und wozu?"
„Dazu muss die Feder ihre Spannung nur auf einen kleinen Kolben übertragen, der sie an eine zweite Feder weitergibt, aber das ist Feinmechanik, mein Herr, die wie ich zugeben muss, mehr Erfahrungswissenschaft denn Berechnung ist. Sie wären gewiss der Mann, in Formeln und Zahlen anzugeben, wie es möglich ist, Kraft zu speichern und zu übertragen."
Alexander nickte selbstbewusst.
„Das hat Newton uns gelehrt", sagte er. „Und seitdem sind wir nicht untätig geblieben."
Meister Fabrizius setzte das Uhrwerk fein säuberlich in ein goldenes Gehäuse, ging damit zu einem komplizierten Gebilde aus umeinander drehbaren Metallarmen und gravierte mit schneller Hand Muster und Widmung. Dann öffnete er den Deckel und fügte sein Uhrmacherzeichen ein.
Leona hatte sich aufgerichtet und beobachtete ihn angespannt. Er nahm die Uhr aus der Zwinge, die sie gehalten hatte, polierte sie mit einem weichen Tuch und reichte sie Leona.
„Ihre rundum verschönerte und reparierte Uhr, Madame", sagte er. „Es wäre löblich, wenn Sie in Zukunft ein wenig liebevoller mit dem guten Stück umgehen würden."
Leona hielt die Uhr auf beiden Händen, wie ein Kind ein überraschend kostbares Weihnachtsgeschenk.
„Was bin ich schuldig?", fragte sie mit belegter Stimme.
Meister Fabrizius nannte eine ganz und gar lächerliche Summe.
Alexander griff sofort nach seiner Börse, zahlte und zog die Uhr dann aus Leonas Händen.
Er las laut: „*Semper idem — immer der Gleiche. Und was ist das? Duo quum faciunt idem, non est idem. — Wenn zwei das Gleiche tun, ist es noch lange nicht das Gleiche.* Bemerkenswerte Sinnsprüche, guter Mann! Fast

125

so bemerkenswert wie ein Uhrmacher, dem man eine silberne Uhr zur Reparatur bringt und der eine goldene zurückerstattet."

Meister Fabrizius lächelte gutgelaunt.

„Sie dürfen mir glauben, dass ich bei weitem das bessere Geschäft gemacht habe! Es ist eine Freude, eine Uhr aus Meisterhand ein wenig restaurieren zu dürfen. So wird das gute Stück Ihre Frau Gemahlin noch lange begleiten können. Ich habe mir erlaubt, ein stabileres Gehäuse zu wählen und die Uhr auf noch robusteren Steinen laufen zu lassen."

„Also darf man den Sinnspruch als Zeichen handwerklicher Bescheidenheit auffassen?"

Meister Fabrizius verneigte sich.

„Was sind wir gegen jene, die uns vorausgehen?", sagte er. „Und nun wollen Sie die Güte haben, mich zu entschuldigen. Es warten hier noch recht viele Uhren auf eine kundige Hand."

„Bei den Ergebnissen Ihrer Arbeit darf das nicht verwundern", sagte Alexander, hakte sich bei seiner Frau unter und führte sie hinaus.

Sie fanden Amalie im Gespräch mit Josef. Auf der silbernen Gebäckplatte lagen nur noch einige Krümel. Boden und Mobiliar waren von Schokoladenflecken gereinigt.

„Und? Hast du deine Uhr schon zurück?", fragte Amalie heiter.

„Mir will scheinen, wir haben mehr zurück bekommen, als wir gebracht haben", sagte Alexander. „Und nun wollen wir nach Hause fahren. Mutter wird gekränkt sein, wenn sie das Essen wärmen lassen muss."

Die Nacht im Garten

Leona wollte nur eins: allein sein und die Uhr öffnen. Sich überzeugen, dass Leutnant Teck noch da war. Durchatmen. Als sie endlich zu Hause ankamen, eilte sie Treppe hinauf und schloss sich ein. Sie öffnete die Uhr.

Nichts.

Natürlich nicht. Der mittlere Hebel war umgelegt. Mit bebenden Fingern zog sie ihn zur Seite.

Sie hatte auf das schon vertraute Flimmern gehofft.

Stattdessen erschien Leutnant Teck sofort fest und körperlich. Er lag auf den Knien und seine Stirn sank gegen ihre Röcke. Leona beugte sich vor, um ihn aufzuheben. Er war viel zu schwer. Sein Kopf hob sich nicht. Seine Augen waren geschlossen, sein Gesicht blass.

„Leutnant!", sagte sie drängend.

Seine Augenlider hoben sich kurz.

„Leutnant Teck!"

Er schnaufte. Dann stützte er sich mit einer Hand auf dem Boden ab und kam mühsam auf die Füße. Er wollte sich verneigen, aber Leona drängte ihn auf den Sessel zu. Schwer sank er gegen die Lehne.

„Der Schmerz!", murmelte er.

„Haben Sie geschrien?", fragte Leona. „Dort in der Werkstatt – waren Sie es, der geschrien hat?"

„Habe ich das?", fragte er benommen. „Vielleicht. Der Schmerz war furchtbar. Die Angst." Er betastete seinen eigenen Arm. „Etwas zog mich von der Unruh herab und ich klammerte mich an, klammerte mich fest, so sehr ich konnte, doch er war stärker oder entschlossener und er... riss mich ab."

„Das musste er doch", sagte Leona. „Die Feder hatte keine Spannung und die Uhr ließ sich nicht mehr aufziehen..."

Leutnant Teck nickte.

„Musste", wiederholte er. Er wischte sich die Stirn. „Und nun? Nun bin ich doppelt verloren!"

„Sie leben!", sagte Leona.

„Ich lebe. Ich lebe, gebunden an die verdammte Uhr!" Zum ersten Mal sah er das goldene Uhrgehäuse. „Bin ich das?", fragte er unsicher.

„Ja. Meister Fabrizius hat Sie auf eine goldene Uhr übertragen. Er sagt, sie ist robuster und überhaupt ist alles viel besser."

„Besser?", fragte Leutnant Teck mit müder Stimme.

„Ja, gewiss. Und das Wichtigste ist doch, dass Sie leben! Dass mein Fehler Sie nicht umgebracht hat. Es tut mir so leid! Ich konnte nicht wissen, dass Alexander uns hören würde. Ich konnte nicht ahnen, dass er auf die Uhr treten würde."

Bei der Erwähnung zuckte Leutnant Teck zusammen.

„Das ist nicht gut", sagte er. „Das ist gar nicht gut, wenn du es kommen hörst und es erwarten musst, ohne dich wehren zu können. Gib mir das freie Feld, gib mir, was du willst, meine Waffen, oder wegen mir auch nichts, nur die bloßen Hände! Aber so…" Er blies den Atem aus gespitzten Lippen. Dann streckte er die Hand nach der Uhr aus. Fast im selben Augenblick zog er sie wieder zurück.

„Was steht im Deckel?", fragte er.

„*Lucas Fabrizius, 1864.*"

Er nickte resigniert.

„Wie ich es mir dachte", sagte er. „Meister Michaelis wird rasen, sobald er es herausgefunden hat."

Er ließ den Kopf sinken. Leona hockte sich vor den Sessel.

„Also hat er nicht nur das Drehmoment übertragen, sondern damit auch…"

„… die Macht", ergänzte Leutnant Teck. „Daher habe ich nun einen neuen Herrn. Und das wird Meister Michaelis keinesfalls dulden. Niemals."

„Also müssen Sie nicht dem Besitzer der Uhr gehorchen, sondern dem Uhrmacher?"

„Ich habe Sie belogen", sagte er. „Vorsätzlich und wiederholt belogen."

Leona seufzte, dann nickte sie.

„Deswegen wollte ich Sie ja Meister Michaelis zurückbringen. Und nun? Ich weiß wirklich nicht, was wir machen sollen!"

„Gehen Sie zum Essen!", riet er. „Ihr Gatte hat schon genügend, um darüber nachzudenken. Sie sollten ihm keinen weiteren Anlass zu Misstrauen geben."

Leona folgte diesem Rat und wunderte sich, dass Alexander nichts zu ihrer Verspätung sagte. Amalie warf ihr drängende Blicke zu und sie nickte bestätigend. Danach schien Amalie das Essen noch besser zu schmecken, während Leona nichts herunterbrachte.

Sie grübelte darüber nach, was Alexander wohl dachte, was er wusste, was er vielleicht ahnte und ob sie versuchen sollte, mit ihm über Leutnant Teck zu reden.

Er nahm ihr die Entscheidung ab, in dem er sie nach dem Essen bat, mit ihm einen Spaziergang durch den Garten zu unternehmen. Sie liefen zwischen den blühenden Rosensträuchern entlang und der Duft von Blüten und Gras ließ Leona unwillkürlich tiefer atmen.

„Leonie, mein Schatz", sagte Alexander unvermittelt. „Ich möchte, dass dieser Unsinn mit den Uhren aufhört. Es schickt sich nicht, wenn du dich mit Themen beschäftigst, die man, nun, eine männliche Domäne nennen könnte. Es ist zwar lieb von dir, wenn du versuchst, mit mir über meine Arbeit zu reden, aber es fehlt dir naturgemäß an allem grundlegenden Verständnis solcher wissenschaftlichen Fragestellungen. Und ich möchte nicht, dass du ständig ohne Begleitung ausfährst. Wenn du meinst, im Haus meiner Eltern keine Unterhaltung zu finden, so bitte Mama um Begleitung. Was die Uhr angeht, so möchte ich sie am liebsten gar nicht mehr sehen. Sie passt nicht zu einer jungen Frau, und du kannst sie in einer Schublade aufbewahren, aber sie herumzutragen wirkt ein wenig schrullig. Kurzum, Leonie, ich wäre sehr glücklich, wenn du in deinem neuen Heim Aufgaben finden würdest, die einer verheirateten Frau anstehen."

Leona setzte an, um sich zu rechtfertigen, dann fühlte sie Hitze und Beklemmung vor lauter Wut.

„Es tut mir leid, wenn du es schon bereust, mich geheiratet zu haben!"

Alexander schnalzte vorwurfsvoll.

„Habe ich so etwas angedeutet? Ich glaube nicht. Du bist jung und noch ungestüm, mein Herz, aber du musst lernen, deine Rolle auszufüllen, wie jede andere Frau es vor dir getan hat und nach dir tun wird."

„Und wenn nicht?", fragte sie patzig.

Alexander nahm ihre Hand.

„Dann machst du dich unglücklich. Begreif das doch!"

„Wer sagt, ich sei jetzt glücklich?", fauchte sie.

Sie entzog ihm ihre Hand und lief zum Haus zurück.

In ihrem Zimmer warf sie sich aufs Bett und ließ die Tränen fließen. Da sie sich dadurch kein bisschen besser fühlte, stand sie auf und nahm die Uhr. Sie hielt sie lange in der Hand, ohne sie zu öffnen, und grübelte über die Bedeutung der Gravur nach.

Dann ließ sie sich eine kleine Karaffe Südwein und Bisquit nach oben bringen und schloss ihre Tür ab, ehe sie den Uhrdeckel aufspringen ließ.

„Ich hatte versprochen, mich besser um Sie zu kümmern und stattdessen beinahe eine Katastrophe angerichtet", sagte sie. „Bevor wir überlegen, wie es nun weitergehen soll, setzen Sie sich doch bitte und stärken Sie sich ein wenig."

Leutnant Teck bedankte sich, aß aber ohne rechten Appetit und fragte dann schüchtern nach einer Möglichkeit, sich zu waschen und außerdem…

„Ich verstehe", sagte Leona verlegen. „Ich lasse Sie eine Viertelstunde allein."

Sie ging zu Amalie hinüber und fand sie damit beschäftigt, die letzte Naht an den weißen Hosen zu schließen.

„So kann der gute Mann ein wenig sittsamer herumlaufen", sagte Amalie.

„Er kann gar nicht herumlaufen!", erwiderte Leona wütend.

„Alexander will nicht, dass ich die Uhr bei mir trage. Er verlangt, dass ich nur in Begleitung seiner Mutter ausfahre. Und mein Interesse für Zeit und Uhren möge ich doch bitte ablegen, da es sich für eine verheiratete Frau nicht schicke!"

Amalie prustete mit einem Lachen heraus.

„Nicht einmal mein gestrenger Herr Papa hätte Uhren unschicklich gefunden", sagte sie.

Leona schien sie gar nicht gehört zu haben.

„Was tun wir?", fragte sie. „Mit Alexander kann ich einfach nicht reden! Und irgendetwas muss doch geschehen!"

Amalie schüttelte den Kopf.

„Vorerst werden wir gar nichts tun", sagte sie.

„Aber wir können das alles doch nicht auf sich beruhen lassen!",
protestierte Leona.

„Weshalb denn nicht?", fragte Amalie gelassen. „Wir haben Leutnant und Uhr zurück. Nun muss erst einmal dein lieber Alexander Gelegenheit bekommen, all die aufregenden Stunden zu vergessen. Du bittest deine Schwiegermama, dich zu langen Ausfahrten zu begleiten. Wie ich sie kenne, wird sie spätestens beim dritten Mal fragen, ob du nicht jemand anderen mitnehmen möchtest. Und dann werden wir weitersehen."

Noch am selben Abend öffnete Leona die Uhr und präsentierte stolz die weißen Kniebundhosen. Leutnant Teck schien gerührt und beugte sich über ihre Hand.

„Sie sind wirklich zu gütig zu mir! Und das, obgleich ich Ihr Wohlwollen nicht verdient habe."

„Darüber wollen wir nicht reden!", sagte sie schnell, und die folgende Stunde amüsierten sie sich mit einigen Patiencen. Leona hatte vom Abendessen eine kleine Kaninchenpastete nach oben geschmuggelt und Leutnant Teck trank dazu den Rest Südwein. Danach fühlten sie sich richtiggehend gelöst. Aus dieser Stimmung heraus entschied Leona, die Uhr die ganze Nacht geöffnet zu lassen, damit Leutnant Teck in den Garten hinaus konnte.

Gegen Mitternacht sah sie draußen einen hellen Schemen zwischen den Rosen. Als sie das Fenster öffnete, meinte sie, den Korsaren wohlig schnurren zu hören. Sie sog die Nachtluft ein, die wirklich so wunderbar anders duftete als bei Tag. Dann überlegte sie, ob sie Leutnant Teck nicht bitten sollte, gänzlich außer Sichtweite der Fenster zu bleiben. Sie zog den Morgenmantel über und schlich die Treppe hinunter.

Er saß auf dem steinernen Tisch am Rand der Rosenbeete, den Korsaren auf dem Schoß und streichelte dem Kater die Ohren.

„Sind Sie nicht ein wenig unvorsichtig?", flüsterte Leona.

„Ich habe Sie schon erkannt, als sie durch die Terrassentür kamen. Sie haben einen leichten und doch energischen Schritt, der das Gewand auf eine ganz gewisse Weise bewegt. Ich hätte Sie mit niemandem verwechseln können."

Leona spürte, wie sie errötete.

„Aber man kann Sie von den Fenstern aus sehen!"

„Nur von dem Ihren. Vom Zimmer Ihres Gatten aus verdeckt der Erker den Platz, an dem ich sitze. Aber wenn Sie Bedenken haben, wollen wir bis zum Rosenbogen laufen. Den sieht man vom Haus überhaupt nicht."

Er ließ sich von der Tischplatte gleiten, fasste Leona an der Hand und zog sie mit sich auf den Weg, der zwischen den Rosensträuchern zum Bogen führte. Sie wollte protestieren, wollte ihm sagen, dass sie nicht gekommen war, um mit ihm durch den Garten zu laufen, sondern um ihn zu mehr Achtsamkeit zu ermahnen, doch da standen sie schon unter dem üppig bewachsenen Bogen. Blüten hingen tief herab und luden dazu ein, ihren Duft einzuatmen.

„Nirgendwo ist die Nacht schöner als in einem Garten", sagte Leutnant Teck. „Die Gerüche sind zarter und zugleich lebendiger. Das Auge kann nur eine Blüte auf einmal fassen und so erscheint sie kostbarer als am Tag, wo sie nur eine unter vielen ist." Er streichelte eine Blüte. „Die Rosen tragen alle Reifröcke. Haben Sie das einmal bemerkt?"

„Nie", erwiderte Leona. „Sie haben eine sonderbare Art, die Dinge zu betrachten. Aber es stimmt: Sie scheinen üppige Ballkleider zu tragen."

„Und sie tanzen", sagte Leutnant Teck. „Manchmal eine beschwingte Gigue, jetzt, im Nachtwind ein Menuett wie damals, vor vielen Jahren…" Seine Stimme verlor sich. Er nahm Leonas Hand. „Tanzen Sie Menuett, Madame?"

Er machte einen Schritt zur Seite und hob ihre Hand auf Schulterhöhe.

„Leutnant! Wir können nicht tanzen. Es ist Nacht. Ich habe nicht einmal Schuhe an…"

„Ja, es ist Nacht!", sagte er. „Welche Zeit wäre wohl eher geeignet, um zu tanzen? Und Sie müssen ganz gewiss nicht befürchten, dass ich auf Ihre Zehen trete."

Sie musste lachen.

Auf dem kleinen Rasenstück hinter dem Rosenbogen tanzten sie also Menuett. Leutnant Teck summte die Melodie. Sein Körper streckte sich. Seine Bewegungen wurden anmutig, sein Lächeln gelöst. An seiner Hand drehte sich Leona wie die Porzellanschäferin in der Vitrine ihrer Eltern sich an der Hand ihres Kavaliers drehte. Das Gras war angenehm kühl unter ihren bloßen Füßen. Unbeschwert von Korsettschnüren atmete sie die Nachtluft und fühlte sich leicht wie eine Feder.

Federn. Drehende Rädchen. Tanzschritte, so exakt als bewegten sie sich zur Melodie einer Spieluhr. Schließlich verbeugte er sich und Leona sank in einen Knicks.

Er küsste ihre Hand und murmelte etwas auf Französisch, das sie nicht verstand, vielleicht, weil ihr Französischlehrer ihr die galanten Vokabeln vorenthalten hatte.

„Ich muss jetzt ins Haus!", sagte sie.

„Ich weiß", erwiderte Leutnant Teck und küsste sie sacht auf den Mund.

Sie atmete heftig ein, zu verblüfft, um eine Zurechtweisung herauszubringen. Er sagte irgendetwas, wieder auf Französisch, und küsste sie ein zweites Mal. Sie spürte das Kribbeln überall, besonders im Nacken und den Rücken hinunter. Dann waren seine Lippen an ihrem Ohr und er murmelte Komplimente.

Leona rang nach Atem.

„Das geht nicht!", sagte sie gepresst. „Das geht wirklich nicht!"

„Gewiss geht es", erwiderte er. Jetzt, da er ihr so nah war, roch sie das Puder, aber auch das Leder der Waffengurte und warme Haut.

„Leutnant Teck!"

„Madame?", erwiderte er höflich und seine Lippen wanderten über ihren Handrücken.

„Wir dürfen das nicht!"

Er legte ihre Hand auf seine Brust und hielt sie dort fest.

„Sie haben einen kühlen und unverständigen Mann geheiratet, Madame. Und darüber hinaus einen Mann, der es offenbar nicht versteht, eine Frau zu küssen."

Leona stieg die Röte ins Gesicht.

„Was mein Mann versteht oder nicht versteht, tut nichts zur Sache!", sagte sie. „Und ich erinnere mich an ein Gespräch, das wir ebenfalls im Garten führten…"

„Wir sprachen von Liebe!", unterbrach er sie und streichelte ihre Hand. „Ich sprach von Lachen und Kosen und Sie von Trauer und unerfüllter Sehnsucht. Madame, unter diesen Umständen muss es mir freistehen, Ihren Gatten zu tadeln!"

„Keinesfalls!" Sie entzog ihm ihre Hand. „Sie nehmen sich Freiheiten heraus..."

„Sagen Sie das nicht, ich bitte Sie! Tag für Tag höre und spüre ich den Mangel an Wärme. Tag für Tag höre ich *seine* Stimme, trocken wie Kanzleipapier und ohne die Zuneigung, die er Ihnen schuldet."

„Ganz gleich, was er mir schuldet – es geht Sie nichts an!"

Sie wollte zum Haus zurücklaufen, aber er umfasste ihre Taille und drehte sie sich wieder zu.

„Sie haben mich leichtfertig genannt und ich habe Schumann für seine wilde Wehmut getadelt. Aber ich weiß, was Wehmut ist, Leona! Ich weiß, dass es Grausamkeit bedeutet, einer Frau die Zärtlichkeit vorzuenthalten, die ihr die Natur mit der Ehe verheißen hat."

„Die Natur hat mir nichts verheißen", sagte Leona und fühlte sich sonderbar ernüchtert. „Niemand hat mir irgendetwas verheißen. Ich selbst habe mir eingeredet, dass man einen Menschen, den man liebt und bewundert, aus nächster Nähe noch weit mehr bewundern und lieben müsste. Und *Zärtlichkeit* ist nichts als ein Name, den Männer benutzen, wenn sie etwas ganz anderes meinen. Lassen Sie mich nun gehen, Leutnant!"

„Nein!", sagte er. „Mit einer solch niedrigen Meinung über das männliche Geschlecht kann ich Sie nicht gehen lassen."

„Sie drohen diese Meinung noch weiter herabzumindern!"

„Durchaus nicht", sagte Leutnant Teck. „Ich begleite Sie zur Tür. Und auf dem Weg dorthin werde ich zu beweisen suchen, dass Sie im Irrtum sind, wenn Sie mit dem einen Mann alle anderen verurteilen!"

„Wenn Sie mich so bedrängen, schließe ich die Uhr!"

Er griff nach ihrer Hand.

„Leona!"

„Das genügt nun wirklich!", sagte sie ärgerlich und klappte den Deckel zu. Einen Augenblick stand sie dann schwer atmend unter dem Rosenbogen und versuchte, Klarheit in ihre Gedanken und Gefühle zu bringen.

Als sie zum Haus zurückkehrte, hatte sie beschlossen, Leutnant Teck vorerst genau dort zu lassen, wo er sich befand. Sie lief den Weg zwischen den Rosenbüschen entlang und fand den Boden unter ihren nackten Fußsohlen unangenehm kühl. Etwas piekte am Zeh und sie blieb stehen, balancierte auf einem Bein und versuchte, das Etwas herab zu wischen, da hörte sie den Korsaren maunzen und sah schemenhaft im Dunkeln etwas vorüberhuschen.

Sie setzte den Fuß wieder auf den Boden, machte einen Schritt und merkte, dass sie sich einen Dorn eingetreten hatte. Gleichzeitig schnürte es ihr die Kehle zu, denn vor ihr war jemand auf dem Weg zwischen den Büschen.

Ein dunkler Umriss vor der hellgrauen Fläche der Wiese.

Sie machte einen Schritt rückwärts. Wenn sie durch den Rosenbogen zurücklief und den Weg durch den Gemüsegarten nahm, konnte sie die Stelle umgehen. Nun kam es darauf an, ob sie bemerkt worden war. So leise wie möglich zog sie sich zurück. Sie konnte nur humpeln, so tief saß der Dorn. Der Schemen vor ihr hatte sich nicht bewegt. Jedenfalls hoffte sie das. Dann prallte sie rückwärts in jemanden hinein. Bevor sie aufschreien konnte, verschloss ihre eine Hand den Mund. Ein Arm umklammerte sie. Sie trat aus. Schmerz zuckte vom Ballen bis in die Zehenspitzen. Der Angreifer schleifte sie mit sich auf die Mauer zu.

Leona verschwendete keine Kraft mehr darauf, sich zu wehren. Sie ließ den Deckel der Uhr aufspringen.

Leutnant Teck erschien wie aus dem Nichts. Gewohnt an die Dunkelheit, erkannte er die Situation, zog Leona zu sich und stieß dem Angreifer die freie Hand gegen das Kinn, so dass der Mann taumelte und Leona losließ. Sie stürzte. Rosenzweige rissen ihr Haare aus, ihr Gesicht schlug gegen einen bestachelten fingerdicken Ast und die Uhr entglitt ihrem Griff. Sie hörte das Klacken. Der Deckel war zugeklappt und eingerastet.

Von vorne kam der Mann, der an der Einmündung des Weges gelauert hatte. Er riss Leona hoch. Ihr lief das Blut übers Gesicht. Alles tat furchtbar weh. Der andere Mann kam von hinten. Er stopfte ihr etwas in den Mund, das nach Wäschestärke schmeckte und das sie vergebens auszuspucken versuchte. Ein Tuch legte sich ihr über Mund und Nase und sie strampelte heftig, weil sie zu ersticken meinte. Hände verknoteten das Tuch unter ihrem Haaransatz. Sie wand sich. Ihr Morgenmantel rutschte über ihre Schultern nach hinten und blieb dem Mann hinter ihr in den Händen, während sie zwischen den beiden Angreifern zu Boden rutschte. Fieberhaft tastete sie nach der Uhr und trat aus, als sie um die Hüfte gepackt wurde. Sie hörte ein schmerzliches Einatmen, bekam etwas Rundes, Kühles in die Hand und fummelte im Dunkeln herum, bis der Deckel aufsprang. Leutnant Teck machte einen Satz wie ein Tiger. Leona hörte ihn mit einem Gegner in die Büsche krachen.

Jemand zischte: „Nimm ihr die Uhr ab!", dann ging das Zischen in Gurgeln über.

Leona schob die offene Uhr zwischen bedornte Zweige und drosch mit den Fäusten auf den zweiten Mann ein, der versuchte, sie festzuhalten und nach der Uhr zu tasten. Eine Hand berührte ihre Brust und sie versetzte dem Mann eine weithin hörbare Ohrfeige, überrascht, als er daraufhin zusammensackte.

Plötzlich war es sehr still.

Leona stand verkrampft, dann sagte Leutnant Teck leise: „Leona?"

Wieder spürte sie eine Berührung, diesmal an ihrer Wange. Die Finger glitten über Tuch und Kinn, dann nach hinten, lösten den Knoten und befreiten sie vom Knebel.

„Leona! Bist du verletzt?"

Sie rang nach Atem. Ihr war übel und plötzlich wurde ihr der Schmerz der tiefen Kratzer bewusst.

„Ja", brachte sie heraus. „Ein wenig. Die Männer…"

„Sie kümmern uns jetzt nicht!", sagte er, hob Leona hoch und trug sie zum Haus.

Er war mit ihr zur Hälfte die Treppe hinauf, als Heinrich mit einer Blendlaterne aus der Küche kam. Leona sah das Licht an den Wänden entlang tanzen, so sehr zitterte Heinrich die Hand.

„Hilfe! Einbrecher! Mörder! Polizei!", kreischte er.

Leutnant Teck nahm die restlichen Stufen mit zwei Sprüngen, rannte den Gang entlang und prallte mitsamt seiner Last in Alexander hinein, der bewaffnet mit einem Schürhaken aus dem Schlafzimmer kam. Zu dritt gingen sie zu Boden. Der Schürhaken zertrümmerte eine Vase. Trockenblumen flogen umher. Leona lag auf dem weichen Läufer, wollte etwas erklären, bekam ihr eigenes Blut in den

Mund und würgte, während Leutnant Teck Alexanders Handgelenke umklammert hielt.

Dann kam Amalie aus ihrem Zimmer. Ihr Morgenmantel wogte wie ein riesiger gelber Fleck durch Leonas Gesichtsfeld. Sie sah nur noch unscharf und ihr war unendlich übel. Sie fiel in einen schwarzen Schacht, an dessen Grund farbige Blitze zuckten, als sei der Boden mit Edelsteinen bedeckt. Ehe sie aufkam, war etwas Kaltes in ihrem Gesicht und der Schmerz kehrte zurück. Er war sogar noch schlimmer als sie ihn in Erinnerung hatte.

Jemand richtete sie ein wenig auf und flößte ihr verdünnten Melissengeist ein, den sie sofort erbrach. Dann entdeckte sie neben sich Leutnant Teck. Er lag mit dem Gesicht nach unten auf dem Läufer und auf seinem Haar war Blut.

Leona wollte die Hand abschütteln, die sie stützte, da sagte Amalie dicht an ihrem Ohr: „Wo ist die Uhr?"

„Garten!", keuchte Leona. „Zwischen den Rosen. Zwei Männer. Sie griffen mich an. Die Uhr… ich habe sie zwischen die… Dings geschoben. Zweige. Leutnant Teck…"

„Still jetzt!", sagte Amalie streng. „Ich muss die Uhr holen!"

Der narzissengelbe Morgenmantel verschwand am Treppenabsatz.

Alexander schnürte Leutnant Teck die Hände mit Kordel auf den Rücken. Er war zerzaust und blass. Neben ihm stand sein Vater. Er hielt eine Pistole am Lauf. Der Griff war blutverschmiert. Leutnant Teck rührte sich nicht.

Leona tastete nach seiner Hand, konnte sie aber nicht erreichen. Sie versuchte auf die Knie zu kommen, aber Alexander drückte sie wieder nach unten.

„Still, mein Liebes!", sagte er. „Du musst liegen bleiben. Ganz brav liegen bleiben."

Sie spürte, dass er vor Aufregung bebte, dann meinte sie ein Klacken zu hören. Alexander gab ein erschrockenes Keuchen von sich. Sein Vater ließ die Pistole fallen.

Leutnant Teck war so jäh verschwunden, als habe ihn jemand fortgezaubert.

Der Hausherr zupfte am Kragen seines Nachthemdes.

„Also, jetzt fress ich einen Besen!", sagte er.

Wenig später kam die Polizei.

Sie suchte den Garten und die nähere Umgebung ab und der Kommissar musste bittere Vorwürfe über sich ergehen lassen, denn niemand konnte wohl bestreiten, dass sich in der Stadt die kriminellen Vorfälle häuften.

„Es ist unerträglich!", sagte Hermann Berling. „Schon einmal habe ich gemeldet, dass nachts in unseren Garten eingedrungen wurde und nun das! Meine Schwiegertochter ist verletzt. Ich selbst habe zusammen mit meinem Sohn einen der Eindringlinge gestellt und dann ist er einfach mir nichts dir nichts verschwunden. Was muss noch passieren, damit von Seiten der Behörden endlich Aufklärung geschaffen wird? Haben Sie die Täter?"

Der Kommissar nickte ernst.

„Einen von ihnen", sagte er. „Doch wird er uns nichts mehr verraten. Der Kutscher der Familie Melchior fand ihn auf den Stufen des Melchiorschen Hauses tot in einer Blutlache liegen. Eine weithin sichtbare Blutspur führt von hier über die Mauer bis dorthin. Zwischen den Rosenbüschen ist ebenfalls viel Blut. Einiges davon könnte von Ihrer Schwiegertochter stammen, doch keinesfalls alles."

„Das ist ja furchtbar! Ein Skandal! Sind nicht einmal die ehrbaren Bürger der Stadt sicher, wenn sich hier Räuberbanden ihre Auseinandersetzungen liefern?", fragte Hermann Berling und wischte sich mit dem Taschentuch über das schweißnasse Gesicht. „Muss erst noch Schlimmeres geschehen, ehe die Polizei die Sache mit dem nötigen Nachdruck untersucht?"

„Schlimmer kann es kaum noch werden", erwiderte der Kommissar. „Ich werde alle verfügbaren Männer einsetzen, Herr Berling. Allerdings sind das nicht viele angesichts der Tatsache, dass wir immer noch nach den Kutschenräubern fahnden und sich zudem herausgestellt hat, dass der junge Herr, der im Schilf gefunden wurde, keines natürlichen Todes gestorben ist."

„Ach, du liebes Bisschen!", sagte Hermann Berling. „Ich werde mit dem Bürgermeister sprechen. Was wir brauchen, ist das Militär! Ausgangssperren. Verhaftungen!"

„Es wird Verhaftungen geben", versprach der Kommissar und machte sich auf den Weg in den Dienstbotentrakt, um sich von Heinrich genauestens beschreiben zu lassen, wie der Fremde ausgesehen hatte. Von dieser Zeugenvernehmung kehrte er mit der Schilderung eines außerordentlich hoch gewachsenen Mannes wieder, muskulös wie ein Stier, von sehr hellem Blond und in einer weißen Uniform mit breiten, roten Aufschlägen.

Diese roten Aufschläge wusch Amalie zur selben Zeit gerade wieder aus. Sie hatte dazu ihre Waschschüssel mit kaltem Seifenwasser gefüllt, weil warmes Wasser nicht geeignet war, um Blutflecken herauszubekommen. Leutnant Teck lag auf ihrem Bett, unter dem Kopf ein weiches Kissen und über der Platzwunde ein Handtuch mit zerstoßenem Eis, das einen unverkennbaren Geruch nach dem Hering verbreitete, den die Köchin darauf gekühlt hatte.

„Leona!", murmelte Leutnant Teck.

Amalie schüttelte den Kopf und rubbelte Uniformstoff zwischen ihren kräftigen Händen.

„Leona, Sebastian, Leona, Sebastian… Wenn das mal Alexander nicht zu hören bekommt!", sagte sie. „Es geht ihr gut, oder jedenfalls weit besser, als ich erwartet hätte, so schrecklich wie sie heute Nacht aussah. Der Arzt sagt, es könnten Narben bleiben, aber ich habe nach Thea geschickt. Die hat eine wundervolle Wundsalbe, die es schon richten wird. Sie können also liegen bleiben, Leutnant, während ich versuche, Ihre Kleider wieder in Stand zu setzen. Die neu genähte Hose ist nichts als Stoff um fingerlange Schnitte und Risse herum. Und dann all das Blut!"

„Nicht meins", sagte Leutnant Teck und stöhnte, als er den Kopf bewegte.

„Wirklich eine wilde Sache", bemerkte Amalie. „Die Männer waren wohl nicht von Ihrem ehemaligen Herrn und Meister geschickt?"

„Doch. Ganz gewiss. Er muss es herausgefunden haben." Leutnant Teck richtete sich auf. „Ich sollte zu ihm zurückkehren."

„Das halte ich für keine gute Idee."

„Aber wenn ich hier bleibe, gefährde ich Leona. Und alle anderen im Haus. Sie auch, Fräulein Kreisler."

„Na, ich weiß nicht", sagte Amalie. „Ich würde mich nicht unbedingt sicherer fühlen, wenn er Sie wieder zurück hätte. Er könnte ja meinen, wir wüssten zu viel."

„Und das ist auch so", sagte Leutnant Teck. Er drückte das Handtuch gegen die Wunde und jammerte leise.

„Da wir nicht vergessen können, was wir wissen, bleibt uns nur, mehr herauszufinden!", sagte Amalie. „Und das werden wir in Angriff nehmen, sobald ich diesen furchtbar festen Stoff endlich halbwegs sauber habe."

Etwa anderthalb Stunden später wuchtete der Kutscher zwei sorgsam verschnürte Pakete auf den Wohnzimmertisch der Kreislers und Amalie küsste Leonas Mutter auf die Wange.

„Du bist allein, Liebes? Geht es unser Leonie gut?"

„Es geht ihr besser", erwiderte Amalie.

„Ist sie krank?", fragte Professor Kreisler.

„Krank würde ich es nicht nennen. Fürs Erste soll ich euch diese beiden Pakete geben. Leona hat sie von den Glensers mitgebracht. Sie wollten, dass die Papiere über dich besonders schnell Herrn Michaelis erreichen."

„Oh." Professor Kreisler betrachtete die beiden Bündel mit gerunzelter Stirn. „Es ist nicht so, dass ich Herrn Michaelis häufiger sähe."

„Was ist mit Leonie?", beharrte seine Frau.

„Sie liegt zu Bett", sagte Amalie. „Sie war heute Nacht in den Garten hinaus gegangen um die schöne Nachtluft zu atmen, da stürzten mehrere Männer aus dem Dunkel, versuchten sie zu entführen und sie fiel mit dem Gesicht in die Rosen." Sie fasste die Hand ihrer Tante. „Nicht ohnmächtig werden!", sagte sie streng. „Ich bin noch nicht fertig. Ein Unbekannter kam ihr zu Hilfe, rettete sie und verschwand wieder. Und wie mir Herr Berling vorhin eröffnete, wurde einer der Übeltäter heute Morgen tot ein paar Häuser weiter auf der Straße gefunden. Dort muss er langsam verblutet sein, während seine Spießgesellen flüchteten. Der Arzt sprach von einem Stich in die Leber."

Leonas Mutter hielt sich an der Armlehne und presste die linke Hand auf die Brust.

„Mein Herz!", sagte sie und rutschte zu Boden.

Ihr Mann hob sie wieder aufs Sofa und klingelte nach dem Mädchen.

„Meine Frau fühlt sich nicht wohl", sagte er. Dann nahm er Amalie am Arm und führte sie ins Arbeitszimmer. „Was ist das für eine absurde Geschichte?", fragte er. „Ist Leona schwer verletzt?"
„Nicht sonderlich schwer", beruhigte ihn Amalie. „Ich habe ja heute Morgen schon nach Thea geschickt, die sich um sie kümmern wird. Sie hat schon manchen tiefen Kratzer geheilt."
„Das Ganze ist sonderbar. Erst eine Schießerei nach der Trauung, dann die anderen... Vorfälle. Und nun versucht man, unsere Leonie zu entführen? Da geht doch etwas nicht mit rechten Dingen zu!"
„So scheint es", sagte Amalie, ohne merkliche Aufregung. „Bei der Gelegenheit wollte ich dich fragen, Onkel, was du über Herrn Michaelis denkst."
Professor Kreisler hob die Brauen.
„Kennst du ihn?"
„Ich habe ihn flüchtig gesehen."
Er hüstelte.
„Ich hoffe, die Nachfrage soll nichts bedeuten. Herr Michaelis ist meines Wissens nach zwar unverheiratet..."
„... aber?"
„Nun, er ist auch unzweifelhaft vermögend. Er wird nicht nur die Veröffentlichung der Glenserschen Schriften ermöglichen, sondern hat unserer Bibliothek erst kürzlich zweihundert neue Bände geschenkt."
„... aber?", beharrte Amalie.
„Ich weiß nicht, worin das *aber* besteht, mein Kind. Das ist es ja. Der Mann erinnert mich an jemanden. Ich kann mich nur nicht darauf besinnen, an wen. Und wenn du etwas darauf gibst, nun, mir gefallen seine Augen nicht. Schlag ihn dir aus dem Kopf!"
„Schlechtes hast du nicht von ihm gehört?"
„Nein", sagte Professor Kreisler, doch klang die Antwort zögerlich. „Der junge Hübner hat mir kurz vor seinem tragischen Unfall am See eine sonderbare Geschichte erzählt..."
„Das war übrigens kein Unfall", sagte Amalie. „Das hat der Polizeimensch heute Morgen erwähnt. Anscheinend hat jemand lediglich versucht, diesen Anschein zu erwecken."
Nun schien Professor Kreisler doch beunruhigt.
„Mord?", fragte er.

„Mord", erwiderte Amalie. „Was hatte dir Herr Hübner denn erzählt?"

„Nichts Bedeutsames. Er fühlte sich lediglich ein wenig unter Druck gesetzt. Und dann war da eine Sache mit einer Uhr. Hübner wollte nichts Genaues darüber sagen, doch schien er beunruhigt. Herr Michaelis beschäftigt sich mit Uhren, musst du wissen. Er hat eine bedeutende Sammlung. Und wie es scheint, wollte er Hübner eine davon verehren, als er die Sammlung besichtigte. Genau genommen wirkte der Junge beinahe verstört, als er von diesem Besuch zurückkam. Und dann sein unzeitiger Tod..." Professor Kreisler schüttelte den Kopf. „Ich werde nun zu den Berlings hinüber fahren und nach meiner kleinen Leonie sehen. Soll ich dich gleich mit zurück nehmen?"

„Ja, gewiss. Ich war nur wegen der Schriften von Herrn Glenser hier. Vielleicht möchtest du ja einen Blick hinwerfen, ehe du sie Herrn Michaelis gibst."

Den nächsten Besuch machte Amalie allein. Sie hatte die goldene Uhr sorgfältig in Unterwäsche eingeschlagen und auf dem Grund ihrer Reisetasche verstaut, ehe sie aufgebrochen war. Außerdem trug sie die festesten Schuhe, die sie besaß.

Der Kutscher fuhr sie ohne Verwunderung an die Adresse, die er nun ja schon kannte. Amalie nahm ihren Mut zusammen und bezwang Treppe und Leiter. Auf halbem Weg kam ihr Joseph entgegen und geleitete sie hinauf. Er erkundigte sich auch gleich, ob das gnädige Fräulein wohl Hunger habe und bekam ein nachdrückliches Nicken zur Antwort. Als Meister Fabrizius erschien, um Amalie zu begrüßen, fand er sie bei einem herzhaften Imbiss.

„Mitten in der Nacht aus dem Bett gerissen zu werden, ist nicht nach meinem Geschmack", sagte sie zu ihm. „Und alle waren so verstört, dass niemand daran gedacht hat, mir Frühstück anzubieten."

„Demnach ist also etwas vorgefallen?", erkundigte sich Meister Fabrizius.

„Ist es!", erwiderte Amalie, und er bat, sich zu ihr setzen zu dürfen.

„Ja, setzen Sie sich, Meister Fabrizius und dann gestehen Sie, dass Sie wussten, dass etwas passieren würde!"

„Wusste ich das?"

„Sie haben Leutnant Teck in eine neue Uhr praktiziert und seinen bisherigen Herrn damit anscheinend recht gründlich verärgert. Oder sollte man sagen, Sie haben ihn herausgefordert?"

Meister Fabrizius nickte gemessen.

„Ich sehe, die junge Dame nimmt kein Blatt vor den Mund. Darf ich mich nach den Ereignissen der Nacht erkundigen? Ist Ihre Cousine bei guter Gesundheit?"

„Ist sie nicht. Leutnant Teck hat einen Schlag auf den Kopf bekommen. Leona ist verkratzt, verstört und erschöpft. Und einer der Männer, die sie angegriffen haben, ist tot."

Meister Fabrizius schnalzte.

„Wie kam das?"

„Genau weiß ich es nicht. Anscheinend hat Leutnant Teck dem Mann einen Stich mit dem Messer versetzt, und auf der Flucht ist der Mann dann verblutet. Sie können sich vielleicht vorstellen, dass die ganze Straße in Aufruhr ist."

„Ja, das kann ich mir denken. Und nun ist das junge Fräulein bei mir."

„Ja, denn hier erwarte ich mir einige Aufschlüsse", erwiderte Amalie.

Franziskas Uhr

Meister Fabrizius schloss eine gut gesicherte Tür auf.
„Hier finden sich Kostbarkeiten", sagte er. „Doch wir kommen in erster Linie hier her, weil mir Ihre Cousine eine Uhr zur Reparatur eingeliefert hat, die ich Ihr bisher nicht zurückerstatten konnte."
Amalie betrachtete neugierig die Schaukästen. Die meisten standen offen und leer. In einigen lagen schimmernd polierte Uhren in allen Größen und Ausführungen, in anderen waren einzelne Uhrenteile ausgestellt, manche davon alt, verbogen oder sogar zerbrochen.
Meister Fabrizius griff in einen dunkel verhängten Glaskasten und zog die silberne Uhr heraus, die Leona auf dem Dachboden gefunden hatte.
„Das ist sie", sagte er. „Nach Wunsch meiner Auftraggeberin habe ich sie wieder zum Laufen gebracht. Doch zu mehr hat auch meine Kunst nicht ausgereicht."
Amalie nahm die Taschenuhr aus seiner Hand. Im Deckel waren die Worte eingefügt: *in memoriam Franziska Naegeler.*
„Wer war sie?", fragte Amalie.
„Ein junges Mädchen. Sehr hübsch anzusehen, von zierlichem Wuchs, brünett, mit haselbraunen Augen, ein wenig zu schmal, weil es im Hause ihrer Tante Essen nicht allzu reichlich gab. Vielleicht war sie deshalb anfällig für die Schwindsucht. Kurz bevor die Krankheit sie ganz ausgezehrt hatte, kam ein Fremder und nahm sie mit sich."
„Und das war Meister Michaelis?"
Meister Fabrizius nickte.
„Franziska wurde das Leben noch einmal geschenkt, doch dauerte der Aufschub kaum ein halbes Jahr. Sie wurde mit einem Auftrag ausgeschickt und kehrte nicht wieder. Ihre Uhr wurde beschädigt, wahrscheinlich gegen etwas geschleudert. Das kann man am Gehäuse sehen. Dann versuchte sich jemand daran, sie in Stand zu setzen. Dieser Versuch misslang. Vielleicht hoffte derjenige, Franziska werde wieder zum Vorschein kommen, wenn die Räder sich wieder drehen würden." Meister Fabrizius schob die Hebel hin und her. Nichts geschah. „Franziska Nägeler verlor die Bindung an unsere

Welt schon vor vielen Jahren, höchstwahrscheinlich schon vor der Geburt meiner Auftraggeberin."

„Und dann schenkten meine Eltern Leonas Eltern eine Sonnenuhr zu ihrer Geburt. Sonderbar. Hat das alles denn schon damals angefangen?"

„Das alles?", fragte Meister Fabrizius amüsiert. „Haben Sie der Inschrift in Leutnant Tecks Uhr nicht entnommen, dass schon lange vor Ihrer Zeit solche Uhren geschaffen wurden?"

„Warum tun Sie das?", fragte Amalie. „Warum binden Sie Menschen an Uhren?"

„Aus vielen Gründen", erwiderte Meister Fabrizius. „Nicht zuletzt, um Leben zu erhalten. Insofern bin ich einem Arzt recht ähnlich."

„Großmut, also?", fragte Amalie mit hörbarem Spott. „Hätten Sie Leutnant Teck gerne vermisst?"

„Nein. Aber war denn ihre Hilfe so selbstlos?"

„Leider fehlt es uns doch meist an der Fähigkeit, unsere eigenen Wünsche und Bedürfnisse im Dienste anderer ganz zurückzustellen", sagte er. „Ich will also nicht behaupten, es sei eine selbstlose Tat gewesen. Vielleicht war es sogar die Herausforderung, von der Sie vorhin gesprochen haben."

„Er will ihn zurückhaben. Um jeden Preis, wie es scheint. Vielleicht will er meine Cousine bei der Gelegenheit sogar umbringen oder wenigstens einschüchtern. Werden Sie dem einfach tatenlos zusehen?"

„Tatenlos nicht", sagte Meister Fabrizius. „Aber ein wenig vorsichtig muss ich schon sein. Das gilt übrigens auch für Sie und Ihre Cousine. Ich hoffe, Sie haben begriffen, dass Sie in Lebensgefahr sind. Leutnant Teck kann Schutz gewähren, wie Sie gesehen haben. Er ist im Grund seines Herzens ein aufrechter Kerl, und ganz gewiss ein Kavalier. Er ist auch durchaus gescheit. Aber List und Ranküne sind nicht seine Sache. Ob er sich dem Zugriff seines vormaligen Herrn zu entziehen vermag, lässt sich noch nicht sagen. Bis dahin ist er mehr wert als so mancher andere Mann, wenn Sie nur die Uhr bei sich haben." Er bemerkte Amalies Blick. „Sie sind allein unterwegs?"
Amalie nickte.

„Dann werde ich Ihnen für den Rückweg Begleitung mitgeben", sagte Meister Fabrizius.

Leona lag auf dem Bett. Kompressen bedeckten Nase und Wangen. Ihre Stimme hörte sich ungewohnt an, als sie sagte: „Was fasziniert dich eigentlich an der Zeit?"

„Wir Menschen sind in die Zeit gesetzt, Kind. Sollte sie mich nicht interessieren?" Er tätschelte ihre Hand. „Vorerst interessiert mich jedoch weit mehr, ob meine Leonie all diese unfassbaren Ereignisse gut überstehen wird."

„Das werde ich", behauptete Leona und wünschte, sie könnte den allgegenwärtigen Geruch nach Theas Kräutertinkturen los werden. Sie schob das Tuch nach unten, das ihren Nasenrücken bedeckte. „Ich wollte dich schon länger etwas fragen."

„Dann frag, mein Liebes."

„Ich habe auf dem Dachboden eine silberne Taschenuhr gefunden. Was hat es damit auf sich? Jemand muss sie zerlegt haben. Wem hat sie gehört?" Ein Schälchen mit Tinktur fiel um. Leonas Vater bückte sich, hob es auf und wischte den Nachtkasten mit seinem Taschentuch ab.

„Was für eine Uhr, mein Schatz?", fragte er, ohne aufzusehen.

„Sie trägt den Namenszug *Franziska Nägeler.*"

Er rieb sich den Haaransatz, spielte mit dem nassen Taschentuch herum und hätte das Schälchen beinahe ein zweites Mal herunter gestoßen.

„Hat sie dir gehört?", drängte Leona.

Er nickte widerstrebend.

„Warum hast du sie auseinandergenommen."

Sie hörte ihn gepresst einatmen.

„Sie war beschädigt. Ich wollte sie reparieren. Ich hoffte, sie würde sich wieder zum Laufen bringen lassen."

Leona setzte sich auf. Feuchte Tücher glitten auf ihren Schoß herab.

„Woher hattest du sie? Und wobei wurde sie beschädigt?"

Er seufzte und drückte mit krampfhaften Handbewegungen Kräutertinktur aus seinem Taschentuch in das Schälchen.

„Damals", sagte er, „hatte ich Meinungsverschiedenheiten mit deiner Mutter. Sie… bildete sich alles Möglich ein. Ich erwähnte das neulich. Und deine Mutter kann ja wirklich außer sich geraten. Kurz und gut: Sie schleuderte die Uhr gegen die Mauer im Garten und da

zerbrach das Glas. In ihrer Aufregung versuchte sie sogar, die Zeiger abzureißen…" Seine Stimme verebbte, sein Blick ging ins Leere. Leona meinte, ein Glitzern in seinen Augen zu sehen. „Deine Mutter weiß manchmal gar nicht, was sie in ihrem Zorn anrichtet. Und das alles so unnötig. So vollkommen unnötig." Er zerknäulte das Taschentuch in der Hand. „Aber das ist lange her und kaum als Gesprächsthema für dich geeignet, wenn du verletzt zu Bett liegst. Werde nur recht rasch gesund, mein Kind!"
Er stand auf.
„Woher hattest du diese Uhr?", fragte Leona.
„Ich bekam sie geschenkt", sagte ihr Vater. Wieder ging sein Blick an ihr vorbei.
„Von wem?"
Er zog die Augenbrauen zusammen.
„Von meinem ersten Professor", sagte er, wie jemand, der eine Erinnerung abzuwehren versucht. „Er lehrte Naturgeschichte. Damals, musst du wissen, wollte ich reisen und die Welt erkunden. Ich hörte auch Mathematik und andere Fächer, doch die Naturgeschichte hatte es mir besonders angetan. Ich schrieb eine kleine Arbeit über fossile Pflanzen, die ich selbst aus Ölschiefer freigelegt hatte. Er veröffentlichte sie unter seinem Namen, was damals keinesfalls als anrüchig galt. Und gewissermaßen als Kompensation schickte er mir diese Uhr…"
„Wie heißt er? Hast du noch Kontakt zu ihm?"
Er antwortete nicht und schien in Gedanken weit fort. Dann plötzlich, sagte er: „Der Mann verschwand. Es gab irgendeinen Skandal. Ich erinnere mich nicht an Einzelheiten." Er wandte sich zur Tür. „Ich muss nun gehen. Mir ist etwas eingefallen, was ich erledigen muss. Entschuldige mich, mein Kind! Morgen komme ich wieder."
„Papa!"
Leona wollte aufspringen, doch wurde ihr so übel, dass sie sich festhalten musste. Als sie auf die Beine kam, war ihr Vater fort. Sie packte die Klingelschnur und zog so heftig daran, dass Thea ins Zimmer stürzte, als erwarte sie ein weiteres Blutbad.
„Du musst ihn aufhalten!"
„Wen?"

„Meinen Vater! Hör mich, Thea! Er darf nicht alleine gehen! Du weißt, was gerade erst passiert ist. Schick jemand hinterher. Den Gärtner. Irgendwen! Wo ist Amalie?"

„Sie ist ausgefahren", sagte Thea, erschrocken über Leonas wilden Blick.

„Ausgefahren? Dann lauf selbst! Steh nicht herum! Du musst Papa aufhalten und wenn das nicht gelingt, dann muss ihn jemand begleiten. Verstehst du mich?"

„Nein", sagte Thea. „Aber ich laufe."

Josef spielte an seinen Uhrketten und spähte aus dem Kutschenfenster.

„Ich bin entzückt, dich bei mir zu haben", sagte Amalie. „Nur frage ich mich, ob du die rechte Begleitung bist, falls unterwegs eine Gefahr lauert."

„Als wir Meister Michaelis begegnet sind, war ich ein wenig feige, das gebe ich zu. Aber im Augenblick wird er nicht persönlich kommen. Und vor seinen Dienern fürchte ich mich nicht."

„Du? Ein Knabe?"

Er nickte selbstbewusst.

„Meine Begleitung ist Schutz genug, gnädiges Fräulein."

„Wenn du es sagst, will ich es glauben", behauptete Amalie. „Aber verrate mir, junger Freund, ob du Franziska Nägeler ebenfalls gekannt hast."

Josef verdrehte die Augen.

„Ein hübsches Frauenzimmerchen, wie? Da gab es manch sehnsüchtiges Herz, das sich allein zurückgelassen fühlte, als sie fort war. Wenn sie einen Grabstein hätte, wäre er aus weißem Marmor und man hätte darin eingemeißelt: *Frauen mochten sie nicht.*"

„Ah, so?", fragte Amalie amüsiert. „Der junge Mann scheint da ja durchaus schon Meinungen zu besitzen."

Er ließ eine seiner Uhren an der Kette hin und her schwingen.

„Ich bin ein Knabe. Aber ich hatte Zeit, mir Meinungen zu bilden. Ich beobachte Menschen. Und ich maße mir an, Schlussfolgerungen zu ziehen." Er zog die Brauen nach oben, so dass seine Augen noch größer wirkten. „Mir ist nicht entgangen, dass Leutnant Teck mit seiner Uniform Eindruck auf Frauen macht, auch wenn der Stoff schon recht verschlissen sein mag."

„Und was denkst du sonst noch über Leutnant Teck, verrate mir das, kleiner Mann!"

Er lehnte sich in die Polster und überlegte, ehe er antwortete: „Er war einmal ein schmucker und galanter Kavalier, dem das Leben viel Muße ließ, sich der Damenwelt zu widmen und dazu dem Spiel, aber man muss zugestehen, dass er dem Trunk wohl weniger zugetan war. Er spielte nicht falsch, was für einen Offizier seiner Zeit und bei seinem Sold einiges besagen will. Doch all die Jahre unter der Macht eines Zeitmeisters haben aus ihm einen weniger aufrechten Mann gemacht. Vielleicht war es ein Fehler, dass Meister Michaelis die Uhr einer jungen Frau zukommen ließ. Einen Mann hätte der Herr Leutnant nach Strich und Faden belogen und bis aufs Blut ausgeraubt. Bei Madame Berling verwandelt er sich nach und nach wieder in den Chevalier, der er einmal war."

Amalie lachte.

„Ich werde dich nicht noch einmal für den Knaben halten, der du zu sein scheinst", sagte sie. „Und du bestätigst, was ich mir längst gedacht habe: Meiner Cousine wurde die Uhr gleichsam zugespielt. Weißt du auch wozu, Josef?"

Er zuckte die Achseln.

„Liegt das nicht auf der Hand?"

Plötzlich ruckte die Kutsche, schlingerte und kam zum Halten. Sie befanden sich gerade in einer steilen Gasse, zu deren Seiten keins der Häuser Fenster hatte. Die einzigen beiden Türen waren zugenagelt. Amalie hatte diese Stelle schon auf der letzten Fahrt zu Meister Fabrizius nicht recht geheuer gefunden. Sie spähte nach draußen, da setzte sich der Wagen wieder in Bewegung. Misstrauisch lugte sie durch das kleine Fenster zum Kutscher, dann riss sie den Wagenschlag auf und sah zu der Stelle zurück, an der sie gehalten hatten. Dort lag der Kutscher zusammengesunken an der Hauswand.

„Und nun, Josef?", fragte sie.

„Vorne in der Kurve müssen sie langsamer werden. Dort verlassen wir das Gefährt und setzen den Weg zu Fuß fort."

„Wenn man uns lässt", sagte Amalie.

In der Biegung sprang Josef aus der Kutsche, reichte Amalie die Hand und sie hüpfte herab wie ein großer, sonnengelber Frosch. Josef stemmte sich gegen sie, damit sie den Halt nicht verlor. Dann hatten die beiden Männer auf dem Kutschbock ihre Flucht bemerkt. Die Pferde wurden so hart gezügelt, dass sie wieherten und die Köpfe drehten.

Ein äußerst unangenehm wirkender Bursche kam von vorne, zog eine Pistole hinter dem Gürtel hervor und wollte Amalie grob packen, da schob sich Josef dazwischen.

„Verschwinde!", schnaubte der Bewaffnete und als Josef ihn mit einer Hand zurückzuschieben versuchte, feuerte er aus allernächste Nähe seine Pistole ab.

Josef nieste, als ihm der Pulverdampf in die Nase stieg. Sein Samtgewand war zerfetzt. Blut tränkte sein weißes Hemd. Goldene Kettchen blinkten im Licht.

„Verschwinde du!", sagte er. „Mitsamt deinem Spießgesellen. Und lass uns die Kutsche hübsch hier!"

Der Mann starrte ihn an. Josef grinste und zeigte dabei die Zähne.

„Du bist an den Falschen geraten", sagte er. „Und nimmst du die Beine nicht in die Hand, werde ich deine Lebenszeit ganz erheblich verkürzen. Verstehen wir einander?"

Der zweite Mann kam vom Kutschbock und fand seinen Kumpan verdattert auf die furchteinflößende dunkle Gestalt mit den rollenden Augen starren, der das Blut übers Hemd lief, während die junge Frau in Gelb sich an der Hauswand abstützte. Er riss seine eigene Waffe heraus und schoss Josef in den Bauch.

Etwas zersprang. Uhrglas flog herum.

„Das hättest du lieber nicht tun sollen!", sagte Josef ruhig. „Du hast eine unersetzliche augustäische Uhr beschädigt, vielleicht sogar zerstört. Du wirst verstehen, dass ich dir ihre Zeit abziehen muss."

Er sah dem Mann in die Augen, der nicht recht zu wissen schien, was er tun sollte, da sein Opfer einfach nicht umfiel. „Diese Uhr nahm einen Zeitüberschuss von 127 Jahren auf. Dafür wirst du geradestehen. Und da deine Lebenszeit dafür nicht genügen wird, werde ich die verbleibende Zeitschuld bei deinem Freund hier eintreiben müssen."

Er drehte ein goldenes Rädchen. Sofort begannen die Zeiger zu laufen. Sie schienen es eilig zu haben, als gelte es, verlorene Zeit wett zu machen.

Zuerst war keine Veränderung zu bemerken. Alle starrten wie mesmerisiert auf das hübsch emaillierte Zifferblatt. Dann entrang sich Amalie ein Stöhnen.

Der Bursche, der Josef in den Bauch geschossen hatte, schien sich zu ducken. Seine Gesichtszüge wurden gröber, die Haut ledrig, die Augen trüb. Dann entfärbte sich das Haar. Er verlor sichtlich an Körpergröße, das Kinn sank nach unten. Er fingerte noch an der Pistole herum, da entfiel sie seinen gekrümmten, gelblichen Fingern, Speichel rann ihm aus dem Mundwinkel. Blöde sah er ins Leere. Seine Zunge wurde sichtbar. Haar fiel in Strähnen. Dann sackte der ganze Kerl in sich zusammen. Mit dem emsigen Laufen der Zeiger zergingen erst seine Kleider und schließlich er selbst.

Sein Kumpan keuchte. Er machte kehrt und lief in die Wiesen hinein. Zuerst rannte er noch, als sei der Satan persönlich hinter ihm her, dann wurden seine Schritt kürzer, taumeliger, die Kraft verließ ihn und er stürzte.

Josef nahm Amalie an der Hand. Sie folgten dem Mann, der am Boden kauerte und die Hände gegen die Brust gepresst hatte. Sein Schädel war kahl geworden. Falten durchzogen sein Gesicht. Die Schultern bebten, als er rückwärts weg zu kriechen versuchte.

Josef sah auf das Zifferblatt der goldenen Uhr.

„Die 127 Jahre sind ausgeglichen. Geh nun also, und überlege, was du mit deiner verbleibenden Zeit anfangen magst."

Mit einem ängstlichen Schrei rappelte sich der Mann auf und humpelte in aller Eile davon.

Amalie löste sich vom Halt der kleinen Hand.

„Du blutest!", brachte sie heraus.

Josef nickte unbekümmert, brachte unter seinem Hemd eine unscheinbare silberne Uhr hervor, steckte ein Schlüsselchen in die passende Aussparung und zog das Uhrwerk bis zum Anschlag auf. Während er das Schlüsselchen drehte, hörte das Blut zu fließen auf. Wunden schlossen sich, verschorften und verblassten ganz. Als er die Uhr fortsteckte, zeugte nur noch zerrissener Samt von den Schüssen.

„Sehen wir nach dem Kutscher!", sagte er. „Und dann darf ich dem gnädigen Fräulein vielleicht ein Schlückchen von dem Danziger Goldwasser anbieten, dass ich für solche Fälle dabei habe."

„Du darfst", sagte Amalie. „Ich habe nie verstanden, warum manche Frauen unentwegt in Ohnmacht fallen. Aber offen gesagt, wäre mir jetzt durchaus danach zumute."

„Dann rate ich dazu, die Lebenskräfte zusammen zu nehmen, bis wir die Kutsche erreicht haben. Eine gepolsterte Sitzbank wird das Erlebnis wesentlich angenehmer machen", sagte Josef, nahm sie wieder an der Hand und führte sie zu den Häusern zurück.

Die Hand des Meisters

Thea legte ihre Röcke sittsam übereinander, ehe sie sich auf den Stuhl neben dem Bett setzte.

„Und?", fragte Leona kurzatmig vor Aufregung. „Wo ist mein Vater?"

„Er macht einen Besuch, nichts weiter. Das habe ich mir ja gleich gedacht."

„Einen Besuch bei wem?"

„Du musst dich gar nicht aufregen, Kindchen. Ich habe mich natürlich erkundigt. Ins Haus kam ich ja nicht hinein. Aber es gehört einem bekannten Mann, einem Herrn Michaelis, der ebenso wohlhabend wie großzügig sein soll. Also bin ich wieder hergekommen."

Leona stöhnte.

„Und wo ist meine Cousine?"

„Sie muss jeden Augenblick hier sein. Ich habe unsere Kutsche die Straße heraufkommen sehen, als ich zur Hintertür gelaufen bin."

„Dann hole Amalie sofort her!"

Amalie hatte lebhaft rote Wangen und erinnerte am ehesten an eine Theaterliebhaberin, der gerade eben von der Uraufführung eines skandalumwitterten Stücks zurückgekehrt.

„Du wirst nicht glauben, was mir passiert ist!", rief sie schon von der Tür.

Leona stand taumlig auf.

„Das ist jetzt nebensächlich! Mein Vater ist bei Meister Michaelis! Er bringt sich in größte Gefahr. Thea ist einfach wieder gekommen, weil sie nicht weiß, wozu dieser Mann fähig ist."

„Oh. Ich habe eben einen kleinen Eindruck davon bekommen, wozu er möglicherweise tatsächlich fähig sein könnte. Aber warum sollte er deinen Vater angreifen?"

„Weil der sich vorhin erinnert hat, wer ihm Franziska Nägelers Uhr geschenkt hatte!"

„Oh, weh!", sagte Amalie. „Leg dich wieder hin! Ich hole unseren wackeren Leutnant und mache mich an die Rettung deines Vaters."

Amalie drängte sich an den aufgeregten Menschen in der Halle vorbei, die sich um den jammernden und blutenden Kutscher versammelt hatten. Sie war so klug, die Uhr erst draußen zu öffnen. Leutnant Teck wirkte verkatert, fast wehleidig und blinzelte ins Sonnenlicht als habe er die Nacht durchzecht.

„Wir müssen Leonas Vater retten", sagte Amalie. „Sie wissen, wo Meister Michaelis ist. Bringen Sie mich hin, ehe ein Unglück geschieht!"

„Ein Unglück wird das in jedem Fall", erwiderte er und tastete nach seinem Dreispitz, der im Garten verloren gegangen war. „Wo ist Leona?"

„Im Bett, wo sie hingehört. Aber mein Onkel hat sich zu Herrn Michaelis aufgemacht, um ihn wegen der Uhr zur Rede zu stellen, die er ihm anscheinend vor vielen Jahren geschenkt hat – Franziskas Uhr."

Leutnant Tecks Augen weiteten sich.

„Einsteigen!", sagte er. „Wir werden förmlich fliegen."

Eine Viertelstunde später hielten sie vor einer hübschen Villa im Osten der Stadt und Leutnant Teck bot Amalie höflich die Hand zum Aussteigen.

„Wollen Sie da wirklich mit hinein?", fragte er.

„Ich will!", sagte Amalie. „Je mehr Zeugen, desto besser."

Leutnant Teck ging ihr voran. Sein Schritt bekam Spannkraft und seine Haltung war die eines Soldaten, der weiß, dass er Gelegenheit bekommt, für König und Vaterland zu sterben. Er verschmähte den Klingelzug und schlug mit der Faust dreimal gegen die Eingangstür.

Ein livrierter Hausdiener öffnete. Er verneigte sich vor Amalie.

„Sie werden bereits erwartet, Herr Leutnant. Wen darf ich als Ihre Begleitung melden?"

„Ich melde selbst, was es zu melden gibt", sagte Leutnant Teck. „Wo ist der Meister?"

„Im Salon, Herr Leutnant."

Leutnant Teck führte Amalie durch eine Halle mit einer modischen Streifentapete aus Seide, öffnete ohne Umstände die Tür des Salons und marschierte über die Schwelle.

Auf dem Sofa saß Professor Kreisler, vor sich eine Teetasse und einen Teller mit Krapfen, und ihm gegenüber Meister Michaelis. Beide Herren erhoben sich bei Amalies Anblick.

„Was verschafft uns die Ehre deiner Gesellschaft, liebe Nichte?", fragte Professor Kreisler mit sichtlicher Besorgnis. „Geht es Leona schlechter?"

„Leona geht es den Umständen entsprechend gut", sagte Amalie. „Sie wollte lediglich, dass ich Herrn Michaelis auch einmal kennen lerne, den sie mir als so charmanten und vielseitig interessierten Mann geschildert hat."

„Das ist zu gütig von ihrer Cousine", sagte Meister Michaelis. „Ich bin entzückt, Ihre Bekanntschaft machen zu dürfen, Fräulein Kreisler. Man hört den Lobpreis ihrer pianistischen Fähigkeiten überall in der Stadt."

„Oh, bitte, schmeicheln Sie mir nicht", sagte Amalie.

„Und wer ist dein Begleiter?", fragte Professor Kreisler nach einem stirnrunzelnden Blick auf Leutnant Tecks malerische Erscheinung, seine fleckigen, gestopften Hosen, das Fehlen jeglicher Jacke und das gepuderte Haar, das sich überall aus dem Zopf gelöst hatte.

Leutnant Teck verbeugte sich.

„Sebastian Teck, mein Herr", sagte er. „Ein Bewunderer Ihrer Nichte."

„So, so", sagte Professor Kreisler mit einem Blick zu Amalie, der sein Befremden nur allzu deutlich ausdrückte.

„Leutnant Teck ist ein Mann, den ich leider in den letzten Tagen ein wenig aus den Augen verloren hatte", sagte Herr Michaelis. „Doch ich darf meine Gäste bitten, sich zu setzen. Alles ist reichlich vorhanden, so dass niemand an meinem Tisch darben muss."

Es entspann sich eine Konversation, die so wenig Bedrohliches hatte, dass Amalie sich mehrmals von den Krapfen nachnahm, die mit Creme gefüllt und mit Zimt gepudert worden waren.

Auf einem Beistelltischchen entdeckte sie die beiden Bündel mit den Glenserschen Berechnungen. Also hatte ihr Onkel sein eigentliches Anliegen vielleicht noch gar nicht vorgebracht. Vielleicht hatte er sich nur vergewissern wollen, ob ihn die Erinnerung trog oder er Herrn Michaelis tatsächlich vor mehr als zwanzig Jahren gekannt hatte.

Dann bat der Gastgeber Leutnant Teck, ihn doch für einen Augenblick nach draußen zu begleiten, nicht ohne sich dafür bei Amalie zu entschuldigen. Sie neigte zustimmend den Kopf und merkte, wie Leutnant Teck ihren Blick vermied.

Als die beiden den Raum verlassen hatten, sagte Professor Kreisler: „Warum bist du denn nun wirklich hier, Amalie?"

„Weil Leona sich Sorgen macht."

„Ganz unnötig", erwiderte er.

„Meinst du, Onkel? Ich bin gerade heute Vormittag von zwei rüden Burschen überfallen worden, als ich ein wenig ausgefahren war. Der Kutscher der Berlings bekam einen Pistolenknauf über den Schädel. Und das nach dem Vorfall im Garten, den Schüssen auf Leonas Hochzeit und zwei Todesfällen unter deinen Studenten."

„Du wurdest überfallen?"

„Wurde ich", sagte Amalie nicht ohne Stolz. „Glücklicherweise hatte ich Unterstützung, so dass die beiden Burschen... verschwanden."

Ehe sie mehr erzählen konnte, kamen Herr Michaelis und Leutnant Teck zurück. Der Leutnant war blass, wirkte aber nichtsdestoweniger entschlossen.

„Ich möchte Sie bitten, mir meine Uhr zu geben, gnädiges Fräulein!", sagte er mit einer Verbeugung.

„Man könnte wohl streiten, wessen Uhr das ist", erwiderte Amalie.

„Ein solcher Streit wäre nicht klug", sagte Herr Michaelis. Sein Lächeln war überfreundlich.

„Nehmen Sie mir die Uhr ab!", sagte Amalie und stand auf.

Auch Professor Kreisler erhob sich.

„Wie darf ich mir dieses sonderbare Verhalten erklären?", fragte er.

„Nur eine Bitte an Ihr Fräulein Nichte", sagte Herr Michaelis samtweich. „Eine Bitte, der sie klugerweise genügen wird, da sonst zu befürchten steht, dass Uhr und Innenleben Schaden nehmen."

„Die Uhr wurde jüngst fachmännisch gerichtet", erwiderte Amalie kühl. „Schaden ist also nicht zu befürchten."

„Ich zweifle nicht am Können des Fachmanns, der die Uhr in Händen hielt", sagte Herr Michaelis. „Noch weniger würde ich mich um Besitzansprüche auseinandersetzen wollen. Doch wird mir Leutnant Teck beipflichten, dass das kostbare Stück in großer Gefahr wäre, wenn das Uhrwerk nicht überholt wird."

„Eine solche Überholung würde mir eher Sorgen machen", sagte Amalie. „Ich würde es bei weitem vorziehen, Ihre Gastfreundschaft nicht länger zu bemühen und mich ein anderes Mal über Uhren und ihre Besitzer zu unterhalten."

„Sie haben meine Nichte gehört, Herr Michaelis.", sagte Leonas Vater. „Wir werden also aufbrechen und ich würde mich selbstverständlich freuen, Sie Ihrerseits in meinem Haus zu Gast zu haben. Wie wäre es mit Freitag?"

„Warum denn so eilig?", fragte Herr Michaelis lächelnd. „Sie haben Ihren Tee nicht ausgetrunken. Und ich erinnere mich an eine Andeutung, über die ich vorhin unachtsam hinweg gegangen bin, Professor Kreisler. Sie bezog sich auf eine Uhr, die Sie einmal geschenkt bekamen. War es nicht so?"

„In der Tat", sagte Leonas Vater. Entweder bemerkte er Amalies warnenden Blick nicht, oder er war bereits zu ärgerlich, um sich davon zurückhalten zu lassen. „Vor zwanzig Jahren schenkte mir jemand eine Uhr. Eine recht bemerkenswerte Uhr. Und zwar niemand anderer als Sie, Herr Michaelis! Ich wusste vom ersten Augenblick an, dass ich Sie kannte, doch hätte ich nicht sagen können, woher. Zwanzig Jahre! Wenn ich es recht bedenke, so haben Sie sich in all dieser Zeit nicht im Geringsten verändert. Und genau deshalb kam ich nicht auf den Gedanken, Sie könnten jener Professor sein, der mir damals diese Uhr gab. Aber Sie sind es! Ohne jeden Zweifel. Und ich will jetzt wissen, was es damit auf sich hatte! Warum haben Sie mir diese Uhr geschenkt und welche Bewandtnis hatte es damit?"

„Warum haben Sie die Uhr zerstört, Professor Kreisler? Fragen wir doch so herum."

„Ich habe sie nicht zerstört!", sagte Leonas Vater. Seine Schultern sanken. „Ich hatte wegen dieser Uhr einen entsetzlichen Streit mit meiner Frau. Sie warf die Uhr gegen die Gartenmauer. Danach ließ sie sich nicht mehr aufziehen. Ich versuchte, sie zu richten…"

„Und vernichteten sie stattdessen", sagte Herr Michaelis streng. „Sie kamen nicht auf den Gedanken, sich an mich zu wenden, den Sie damals ohne Mühe hätten um Rat fragen können?"

Professor Kreisler wirkte für einen Moment verunsichert, dann sagte er: „Das Ganze schien mir zu… wunderlich. Aber nun sagen Sie mir, was für eine Art Uhr das war!"

„Eine Uhr, an der Sie durchaus Gefallen fanden, wie ich annehme", erwiderte Herr Michaelis. „Und Ihre Nichte könnte Ihnen ganz leicht demonstrieren, wie solche Uhren beschaffen sind, auch ohne sie aus der Hand zu geben. Nicht wahr, Fräulein Kreisler?"

Amalie zögerte und Leutnant Teck sagte: „Sie können den Deckel schließen und sofort wieder öffnen."

Amalie zog die Uhr heraus, drückte den Deckel zu und Leutnant Teck verschwand.

Professor Kreisler stand reglos. Nur seine Lippen zitterten. Amalie ließ die Uhr wieder aufspringen. Leutnant Teck erschien und verblüffte damit Herrn Michaelis, der sofort versuchte, sie Amalie aus der Hand zu nehmen. Sie drehte sich zur Seite und ließ die Uhr in ihrem rüschenverzierten Ausschnitt versinken.

Herr Michaelis berührte Leutnant Teck an der Schulter, wie um sich zu vergewissern.

„Sieh an!", sagte er. „Wie hat dieser Teufel das gemacht?"

„Vielleicht ist er der bessere Uhrmacher", bemerkte Amalie spitz. „Und ich würde es nun wirklich vorziehen, Ihr gastfreundliches Haus zu verlassen."

„Nicht mit der Uhr!", sagte Herr Michaelis.

Professor Kreisler schob sich zwischen ihn und Amalie.

„Ich muss doch sehr bitten, Herr Michaelis! Ihr Verhalten ist befremdlich und Ihr Ton unangemessen. Meine Nichte wird die Uhr selbstverständlich mitnehmen. Oder können Sie darauf irgendwelche Ansprüche geltend machen?"

„Oh", sagte Herr Michaelis. „Ich kann. Durchaus."

„Können Sie nicht!", schnappte Amalie. „Beweisen Sie, dass Sie das Uhrwerk und das Gehäuse gemacht oder jemals besessen haben! Stellen Sie sich vor den Richtertisch und sagen Sie Auge in Auge mit Meister Fabrizius, dass diese Uhr Ihnen gehört."

Herr Michaelis lachte.

„Wir müssen die Gerichte nicht bemühen, Fräulein Kreisler." Seine Stimme wurde scharf. „Geben Sie mir die Uhr!"

Leutnant Teck machte einen schnellen Schritt, drängte Meister Michaelis gegen den Tisch und sagte: „Jetzt raus hier, Fräulein Kreisler! Samt dem Herrn Professor. Schnell! Und draußen die Uhr schließen!"

Meister Michaelis versuchte nicht, den kräftigeren Leutnant von sich weg zu drücken. Er sagte nur: „Du begehst soeben einen schweren Fehler, Sebastian. Das ist dir doch klar?"

„Ist es", erwiderte Leutnant Teck. „Gehen Sie, Amalie!"

Amalie fasste ihren Onkel am Ärmelaufschlag und zerrte ihn mit sich nach draußen in die Halle. Als sie zur Haustür liefen, klangen die tiefen Töne einer großen Uhr durchs Haus und verkündeten die volle Stunde.

Amalie wollte eben die Tür aufreißen, da fiel weithin hörbar der Riegel und rastete ein. Professor Kreisler, der die Dringlichkeit der Angelegenheit begriffen zu haben schien, drückte den Riegel zwar sofort wieder hoch, aber nun hatten zwei weitere Bewohner des Hauses die Halle erreicht. Einer umschlang Amalies füllige Mitte und hievte sie rückwärts. Der andere zog aus einer verzierten Waffenscheide ein Rapier.

„Hübsch hier geblieben!", sagte er.

Professor Kreisler schien nicht recht zu wissen, was ihn mehr verstörte – die offenbar gut geschliffene Klinge oder das spitzenverzierte Samtwams, das der Angreifer trug.

Leutnant Teck kam aus dem Salon. An der linken Wand der Halle hingen zwei gekreuzte Degen. Er zog im Vorrübergehen einen davon heraus und konfrontierte den Mann im Samtwams.

„Kommt es mir nur so vor, mein Herr, oder werden hier soeben die Seiten gewechselt?", fragte sein Gegner.

„Nenn es, wie du magst!", rief Leutnant Teck.

Der Mann, der Amalie nach der Uhr abzutasten versuchte, bekam einen Tritt von hinten in die Wade. Dann schlug Leutnant Tecks Degen gegen die Klinge des Rapiers.

„Schaff Raum und lass die beiden hinaus!"

„Warum sollte ich?", fragte der andere spöttisch.

Aber Professor Kreisler hatte begriffen, dass der Weg zur Tür frei war. Er packte Amalie am Handgelenk.

Amalie fuhr herum und drosch dem Mann, der sie festzuhalten versuchte, die Faust ins Gesicht. Er heulte auf. Blut spritzte ihm aus der Nase. Seine Hand bekam Rüschen zu fassen, krallte sich ein und Amalie schrie empört, als er ihr die Uhr aus dem Mieder zog. Sie schlug noch einmal zu und etwas knackte, doch ließ der Mann die Uhr nicht los.

Leutnant Teck hatte seinen Gegner zurückgedrängt, sah die Uhr in der Hand des zweiten Angreifers und brüllte: „Amalie, hauen Sie ab!"

„Aber er hat die Uhr!", brüllte Amalie zurück.

Dann schloss der Mann seine blutverschmierte Hand um das Uhrgehäuse. Im nächsten Augenblick war Leutnant Teck verschwunden.

Amalie starrte die Uhr an, ihr Onkel riss sie mit sich, warf sie förmlich die Stufen hinunter, zog sie unten wieder hoch, schob sie nicht ohne Ächzen auf den Kutschbock, packte die Peitsche und drosch sie den Pferden über die Kruppe. Sie wieherten, setzten sich in Bewegung, zerrten die Kutsche hinter sich her, die Zügel schleiften am Boden und das Gefährt schlingerte auf die nächste Straßenecke zu.

„Die Uhr!", sagte Amalie und betastete ihren zerrissenen Ausschnitt. „Leona bringt mich um!"

Ihr Onkel schien sie gar nicht wahrzunehmen. Er peitschte die Pferde voran, bis die Kutsche in einer viel zu engen Gasse stecken blieb, wischte sich das Gesicht und sagte: „So! So ist das also!"

Er war blass und zitterte derartig, dass ihn Amalie an der Schulter nahm.

„Niemand ist uns gefolgt. Du kannst dich beruhigen."

Dann war der Wagen von Schaulustigen umringt. Ein kräftiger Mann bemühte sich, die schweißnassen Pferde zu beruhigen. Hilfreiche Hände streckten sich aus, um Amalie vom Kutschbock zu helfen.

„Die Pferde sind durchgegangen", erwiderte sie auf all die Fragen, die auf sie einprasselten.

Ihr Onkel saß derweil immer noch auf der Holzbank und murmelte: „So!", und immer wieder: „So!"

Jemand bugsierte ihn in eine ärmliche Wohnstube, wo er Zichorienkaffee und einen ordentlich scharfen Kartoffelschnaps bekam, der ihn schließlich wieder aufrichtete. Amalie hatte schon zwei Gläschen genommen. Ihre Wangen waren gerötet und sie kämpfte gegen einen Schluckauf, hatte aber bereits jemanden gefunden, der die Kutsche wieder aus dem Engpass herausziehen würde. Eine Mietdroschke kam.

„Wir fahren heim!", sagte Amalie zu ihrem Onkel, und er fand die Kraft, sich bei seinen Gastgebern zu bedanken, ehe er hinter ihr her stolperte und neben ihr auf den zerschlissenen Sitz der Droschke sank.

„Das wird ein Nachspiel haben!", sagte er kurzatmig. „Ein Nachspiel. Jawohl!"

Im Hause Berling empfing sie das Hausmädchen.

„Alle sind fort", sagte sie und knickste ratlos. „Der Herr ist zum Bürgermeister unterwegs und die gnädige Frau zum Herrn Pfarrer."

„Und mein Schwiegersohn?"

„Der ist schon vor einer halben Stunde aufgebrochen, um einen Besuch zu machen."

„Aber meine Tochter ist doch noch im Bett?"

„Ich glaube wohl", erwiderte sie, schien aber so unsicher, dass Onkel und Nichte an ihr vorbei die Treppe hinauf hasteten.

Leona saß vollkommen angekleidet im Sessel. Sie sprang auf, als sich die Tür öffnete, und warf sich ihrem Vater in die Arme.

„Ich habe mir solche Sorgen gemacht!"

„Und nicht ohne Grund", erwiderte er. „Aber jetzt sind wir hier und wir werden diesem Mann das Handwerk legen!"

„Es gibt dabei nur ein klitzekleines Problem", sagte Amalie. „Er hat nämlich die Uhr."

„Die Uhr? Meine Uhr?", fragte Leona.

Amalie erzählte, wie die scheinbar recht friedliche Stimmung bei ihrem Besuch umgeschlagen war, und wie ihr der rabiate Fremde die Uhr abgenommen hatte.

„Und dann zerrte mich dein Vater davon."

Leona sackte in den Sessel.

„Er wird ihn umbringen! Meister Michaelis wird ihn umbringen!"

Amalie nahm ihre Hand.

„Da bin ich mir gar nicht so sicher. Dazu gibt es zu Vieles, was er wissen möchte."

„Ja!", keuchte Leona. „Er will wissen, wie Meister Fabrizius ihn auf die neue Uhr übertragen konnte und weshalb er sofort greifbar erscheint. Und dazu wird er das Uhrwerk auseinandernehmen!"

Ihr Vater zog sich den zweiten Sessel heran.

„Was hat es mit diesen Uhren auf sich?", fragte er. „Ich hätte niemals gedacht, es könne eine weitere solche Uhr geben."

„Es gibt einige", sagte Leona. „Wie viele, das wissen wir nicht. Aber das ist jetzt nicht wichtig, Papa! Wir müssen Leutnant Teck zurückholen!"

„Darum musst du dich nicht kümmern, mein Kind. Ich begebe mich zum Bürgermeister und bestehe darauf, dass dieser sogenannte Wohltäter hinter Schloss und Riegel gebracht wird. Dann muss er auch deine Uhr herausgeben."

Ausflug bei Nacht

Gegen Abend saß man dann im Rauchsalon zusammen.
Der Streit dauerte bereits eine gute halbe Stunde. Alexander saß stocksteif, während sein Schwiegervater unablässig hin und her lief.
„Du begreifst es nicht!", sagte er. „Dieser Mann ist gefährlich und man muss ihm das Handwerk legen!"
Hermann Berling räusperte sich.
„Du vermengst in deiner Aufregung Dinge, die nicht zueinander gehören. Herr Michaelis ist ein ehrbarer Bürger und genießt allgemeines Ansehen. Du hast es ja gehört. Unser Bürgermeister denkt darüber genau wie ich. Dass in den letzten Wochen verbrecherische Übergriffe überhand nehmen, darin wird dir hingegen niemand widersprechen. Und uns wurde zugesichert, dass diese Vorfälle ein Ende nehmen werden. Es soll bereits Verhaftungen gegeben haben."
Professor Kreisler fuhr herum.
„Du schließt dich also jenen an, die mir Phantasterei unterstellen?"
Der Hausherr machte eine begütigende Handbewegung.
„Das alles war äußerst belastend. Wir verstehen das."
„Alexander!", sagte Professor Kreisler beschwörend. „Sag du deinem Vater, dass wir den Schutz deiner Frau und meiner Nichte im Sinn haben müssen!"
„Darüber sind wir uns doch einig", entgegnete Alexander.
„Aber das bedeutet, Michaelis dingfest zu machen! Seht das doch ein!"
Alexander schüttelte den Kopf.
„Ich bin der Letzte, dem du unterstellen solltest, Leonas Wohl aus den Augen zu verlieren. Ich werde sie im Gegenteil hüten wie ein Kleinod. Ich meine nur, du solltest dich nicht agitieren, wenn es um Herrn Michaelis geht. Ich habe erst heute mit ihm gesprochen und er zeigte sich ebenfalls sehr besorgt wegen der Vorfälle."
Sein Schwiegervater schnaufte.
„Besorgt? Ha!", sagte er.
Alexander seufzte.
„Nun begreife doch, dass die ganze Mär über den Kampf genauso wenig stimmen kann, wie der Rest der Geschichte. Ich war selbst

heute im Haus. Dort hängen keine Degen in der Halle. Und mir sind auch keine malerischen Gestalten mit altertümlicher Kleidung und scharfen Klingen unter die Augen gekommen. Unser Bürgermeister hat persönlich alle Räume des Hauses angesehen und du kannst mir glauben, wenn ich dir versichere, wie peinlich ihm das war! Herr Michaelis war äußerst zuvorkommend und sehr beunruhigt, als er von eurem Unfall mit der Kutsche hörte. Er hat uns sogar persönlich Dutzende von Uhren vorgeführt. Ganz gleich, welche Hebel man daran bewegt, so kommen doch keine Gestalten heraus. Und die goldene Uhr, um die es angeblich eine Auseinandersetzung gab, hat er uns ebenfalls vorweisen können. Sie ist mit den Gravuren versehen, die Amalie erwähnt hat, aber im Deckel steht ganz klar *Georg Michaelis 1854*. Einen Leutnant in Uniform des achtzehnten Jahrhunderts konnte kein Verstellen der Hebel hervor zaubern."

Professor Kreisler blieb vor Alexander stehen.

„Also lüge ich? Also lügt Amalie? Und sogar deine Frau?"

„Ihr seid alle drei hochgradig aufgeregt und anscheinend hat die Geschichte ein gewisses Eigenleben angenommen…"

„Phantasterei? Meinst du das?"

„Ich meine, du solltest euren Arzt kommen lassen und…"

„Wie ich es bereue, dass ich eurer Hochzeit zugestimmt habe! Ich ahnte, dass du kalt bist, aber ich hätte niemals gedacht, du könntest ein Ignorant sein."

„Nun, aber!", sagte Hermann Berling und stand auf. „Das möchte ich nicht gehört haben! Sonst verlässt du dieses Haus und niemand wird es bedauern, wenn du es niemals mehr betrittst!"

„Ist das so?", fragte Professor Kreisler, dessen Kragenecken inzwischen schweißdurchtränkt waren und dessen Stimme den gewohnten festen Klang vermissen ließ.

„Sei so gütig und entschuldige dich bei meinem Sohn!"

„Nein", sagte Professor Kreisler. „Ich bewundere vielmehr meine eigene Zurückhaltung. Und ich sage dir eines, Alexander! Sollte Leona etwas zustoßen, würdest du das ein Leben lang bereuen."

„Das genügt jetzt", unterbrach ihn der Hausherr. „Du wirst nun bitte aufbrechen! Bei deinem nächsten Besuch wirst du dich entschuldigen und wir werden deine unbedachten Worte verzeihen, wenn wohl auch kaum vergessen."

„Ich werde Leona mitnehmen."

„Das wirst du nicht. Solltest du die Ehe deiner Tochter anfechten wollen, bemühe dich vor Gericht und wir werden sehen, was der Richter zu sprechenden Uhren und all den anderen Geschichten sagen wird, die wir uns heute anhören mussten."

Professor Kreisler nickte wie benommen.

„Ja!", sagte er. „Das werden wir dann wohl sehen."

Er wandte sich zur Tür. Alexander folgte ihm in die Halle.

„Es tut mir leid", sagte er. „Ich bin sicher, morgen haben sich alle beruhigt..."

„Du bist die herbste Enttäuschung, die mir im ganzen Leben widerfahren ist!", entgegnete Professor Kreisler, weiß im Gesicht und mit schweißnassem Kragen. „Du verdienst Leona nicht. Lass dir so viel gesagt sein!"

Er stolperte durch die Tür und man hörte einen Schlag und ein Poltern. Alexander war mit zwei Sprüngen die Treppe hinab. Professor Kreisler lag schweratmend und mit geschlossenen Augen auf den untersten Stufen. Alexander stürzte ins Haus zurück.

„Ein Arzt!", brüllte er. „Holt den Arzt!"

Leona hatte sich ein Handtuch genommen, weil Taschentücher nicht ausreichend schienen, der Tränenflut Herr zu werden, aber nach einigen Minuten warf sie es auf den Sessel und schniefte nur noch ein paar Mal.

„Wir müssen etwas tun!"

„Tun?", fragte Amalie nüchtern. „Was würdest du da beispielsweise vorschlagen?"

„Wir müssen ihn zurückholen!"

„Wie willst du das anstellen? Niemand will uns helfen. Dein Vater wird möglicherweise sterben. Scheint da es nicht vernünftiger, gar nichts zu tun?"

„Möchtest du denn vernünftig sein?", fragte Leona mit gequetschter Stimme und nahm noch einmal das Handtuch vom Sessel.

„Möchte ich nicht", sagte Amalie. „Aber wir geben sonderbare Krieger ab, wenn wir so allein in die Schlacht ziehen, meinst du nicht?"

Sie sahen einander an und Leona musste lachen.

„Ich bestimmt", sagte sie. Sie nahm Amalies Hände. „Ich kann niemanden einen Vorwurf machen, der uns nicht glaubt. Wer würde eine solche absonderliche Geschichte denn auch glauben wollen? Aber wir wissen, dass dort draußen eine Meisteruhr gebaut wird. Wir wissen, wie gefährlich Meister Michaelis ist. Wir müssen etwas unternehmen."

„Und was? Es wäre zweifellos wunderbar, unseren wackeren Leutnant zu retten, nur sollten wir uns darüber im Klaren sein, dass es dazu vielleicht längst zu spät ist. Meister Michaelis hat auf mich nicht den Eindruck eines geduldigen oder gar nachsichtigen Mannes gemacht."

Leona nickte.

„Aber die Uhr!", sagte sie. „Sie haben behauptet, im Uhrdeckel stünde Georg Michaelis. Und das kann nur eins bedeuten: Er hat Sebastian wieder in seinen Dienst gezwungen. Vielleicht benötigt er ihn. Vielleicht will er ihn schlimmer strafen, als ihn zu schnell zu vernichten. In jedem Fall gibt es uns Hoffnung."

„Ein wenig jedenfalls", sagte Amalie. „Nur müssen wir einen Weg finden, aus dem Haus zu kommen."

Leona zog ein festes Fleischermesser unter ihrem Kopfkissen hervor.

„Ich habe diesen Weg bereits gefunden", sagte sie.

Eine Stunde später verließen sie das Haus. Beide hatten Kleider angezogen, die wegen ihrer tristen Farben gemeinhin Beerdigungen vorbehalten waren. Leona schob das Fleischermesser in den Spalt zwischen der Tür zum Garten und dem Holzrahmen. Erst gab es ein schabendes Geräusch, dann ein Klicken. Draußen legte sie das Messer auf die Fensterbank und zog die Tür zu.

Sie huschten über den Gartenweg, auf dem Leona zwei Nächte zuvor überfallen worden war. Gemeinsam wuchteten sie die Leiter aus der Halterung bei den Ställen, kletterten auf die Außenmauer und ließen sich von dort auf den kleinen Weg fallen, der zwischen dem Grundstück der Berlings und dem Garten der Nachbarn verlief. Amalie stöhnte und rieb sich den Knöchel.

„Eines Tages wird ein weiser Mensch Schuhe für Frauen erfinden, mit denen man solche nächtlichen Exkursionen unternehmen kann", flüsterte sie.

„Komm!", zischte Leona ungeduldig.

Sie liefen bis zur Einmündung der Schwanengasse. Die Laternen waren gelöscht und so mussten sie sich an der Silhouette des Kirchturms orientieren und sich an Hauswänden entlang tasten. Mehrmals schlugen Hunde an, doch da die Tiere in Zwingern hinter hohen Mauern eingesperrt waren, beachtete Leona sie nicht. Amalie dagegen sah sich mehrmals unbehaglich um, beeilte sich dann aber, mit Leona Schritt zu halten.

„Wie willst du denn überhaupt die Stadtmauer überwinden?", fragte sie ins Dunkel.

„Wir spazieren einfach hindurch", erwiderte Leona. „Dazu bedarf es gar keiner magischen Fähigkeiten. Der Rat der Stadt hat sich wiederholt geweigert, die Mauern instand setzen zu lassen. Also werde ich die Stelle wiederfinden, durch die wir damals immer hinaus in die Wiesen geklettert sind, Alexander und ich." Amalie hörte sie seufzen. „Das ist lange her. Manchmal meine ich fast, es war nur ein Traum. Ein Traum von Alexander Berling, einem dünnen Jungen, der immer aufgeschlagene Knie hatte, und der mir beibrachte, Grashüpfer mit der Hand zu fangen. Aber daran will ich jetzt gar nicht denken. Ich finde den Durchschlupf in der Mauer und mehr braucht es nicht."

Es war weit schwieriger, den Durchlass zu finden, als sie erwartet hatte, und als sie ihn durch Tasten endlich ausfindig gemacht hatte, erwies er sich als überwuchert. Ohne Rücksicht auf Kleid und Frisur drückte sie sich hindurch. Amalie folgte ihr und stolperte durch lose Steine.

„Herrjeh!", sagte sie laut, was wohl der schlimmste Fluch war, den ihre Eltern ihr jemals hatten durchgehen lassen. „Und jetzt? Wie finden wir in dieser Dunkelheit den Weg?"

„Ich habe alles Nötige", sagte Leona. Sie hatte ein kleines Bündel umgebunden und brachte daraus eine Kerze, Zündhölzer und eine kleine Zierlaterne zum Vorschein. Es brauchte mehrere Anläufe, bis sie ein Hölzchen richtig angerissen hatte, dann brannte die Kerze und Amalie lachte beim Anblick der winzigen Laterne. Leona setzte die Kerze hinein und ihre Röcke raschelten im hohen Gras, als sie schneller lief. Der Lichtkreis der kleinen Lampe reichte kaum über ihre Schuhspitzen hinaus. Mehrfach stolperte sie über Maulwurfshügel und ihr Kleidersaum sammelte Kletten, aber sie lief unbeirrt weiter. Aus Kindertagen hatte sie eine gute Erinnerung an die Gegend, die sich nicht verändert hatte, seitdem sie mit Alexander in den Wiesen gespielt hatte. Damals war auch die Mühle noch in Betrieb gewesen und sie hatten am Bach gesessen und dem Wasser zugesehen, wie es sich in endlosem Schwall aus den Kammern des Mühlrades ergossen hatte.

Wie um den Erinnerungen zu entkommen, lief Leona immer schneller. Amalie keuchte, aber sie protestierte nicht. Bis sie die Biegung am Rand des Erlenbruchs erreicht hatten, ließ Leona die Laterne brennen, dann blies sie die Flamme aus. Den Rest des Weges tappten sie in völliger Dunkelheit voran. Über ihnen zogen Wolkenschatten über einen funkelnden Sternenhimmel. Als sie von Ferne den gedrungenen Umriss der Mühle sehen konnten, hielt Amalie ihre Cousine am Rock.

„Was ist das?", flüsterte sie. „Hörst du das?"

Aus Richtung der alten Mühle war schwach Gesang zu hören.

„Es ist das Lied!", sagte Leona. „Das Lied der Uhr, die ich bei Meister Fabrizius geöffnet habe."

Amalie lauschte. Geisterhaft und zutiefst traurig klang der Gesang über die Wiese.

„Ja, das ist das Lied der Uhr. Vier Männer und zwei Frauen, einer davon ein Bariton, einer Bass, zwei Tenorstimmen und beide Frauen Alt. Kunstvoll gesetzt."

„Wie du das heraushörst!"

„Gewiss höre ich das", sagte Amalie selbstbewusst. „Ich höre noch mehr. Einer dieser traurigen Sänger könnte unser guter Leutnant sein."

Leona hörte schon nicht mehr zu. Sie hatte zu rennen begonnen. Ein heftiger Sturz auf dem steinigen Weg hielt sie nur so lange auf, bis sie sich aufgerappelt hatte. Amalie blieb diesmal hinter ihr zurück und zischte: „Warte doch, du unvernünftiges Ding!"

Leona wischte Blut von den Knien, und ging langsamer weiter.

Als sie den Hof der Mühle erreichten, stieg der Mond über den Feldern auf.

Die Tür, die sie kürzlich vernagelt gefunden hatten, war nun angelehnt. Leona öffnete sie. Vor ihr lag eine nur schwach beleuchtete Holzstiege, fast vollkommen zugestellt mit Kisten und Paketen. Sie hielt sich beim Hinaufsteigen mit einer Hand an der roh verputzten Mauer. Dann stand sie mit Amalie in dem Raum, in dem früher Korn gemahlen worden war. Das steinerne Mühlrad war fort. Stattdessen ragte eine Kupferstange bis zu einer Öffnung weit oben. Die Stange war stark geneigt und in eine kompliziert wirkende Führung aus Rädern eingelassen.

Um die Stange kreiste ein Band aus Licht. Es changierte in zarten Blau- und Grüntonen.

In diesem kreisenden Lichtband drehten sich Gestalten.

Von dort kam auch der Gesang, der im Raum widerhallte wie in einer kleinen Kirche. Der Text war in Latein und handelte von Gefangenschaft und der Sehnsucht der Seele nach dem Licht.

Leona atmete kurz und heftig. Sie hatte Leutnant Teck erkannt.

Es zog ihn im Takt des traurigen Liedes hinauf und hinab. Seine weißen Kleider schimmerten, als seien sie aus Sternenlicht gemacht. Seine Bewegungen waren die eines Ertrinkenden, den es um sich selbst dreht, während er in die Tiefe sinkt.

Dann bemerkten die Sänger, dass sie nicht allein waren. Es gab ein Klacken. Das Lichtband drehte sich auseinander. Sechs geisterhafte, ein wenig flirrende Gestalten lösten sich daraus. Sie umringten Leona und Amalie.

Jede hatte eine Uhr um den Hals hängen. Die Uhrdeckel waren geschlossen und durch den schmalen Spalt zwischen Deckel und Uhrglas strömte gleißend helles Licht.

Leona streckte die Hand aus, um Leutnant Tecks Uhr zu greifen, doch berührte sie nichts. Er verneigte sich und wies auf eine Reihe hölzerner Schaukästen an der Wand. Darin hingen unter Glas mehrere Uhren. Leona sah eine davon golden glänzen, stürzte darauf zu und öffnete die verglaste Tür. Sie nahm die Uhr heraus und ließ den Deckel aufspringen.

Darin stand fein eingraviert: *Lucas Fabrizius 1863.* Also hatte Meister Michaelis bei der Durchsuchung seines Hauses ein schnell graviertes Duplikat präsentiert.

Sie atmete heftig ein und drehte sich um. Leutnant Teck erreichte sie in drei weitausgreifenden Schritten und riss sie an sich. Er roch nach Maiglöckchen und Leder und in der Erinnerung an das erste Mal, als sie die Uhr geöffnet hatte, stiegen Leona die Tränen in die Augen. Er küsste ihre Augenwinkel.

„Du siehst furchtbar aus", sagte er.

Sie wurde rot.

„Ich weiß."

„Geht es dir gut?"

„Ja. Ja! Oder vielmehr nein! Meister Michaelis…"

„Still, mein Herz!", sagte er und küsste sie schnell auf den Mund.

„Still. Wir dürfen nicht reden. Wir dürfen seinen Namen nicht sagen. Du darfst nicht hier sein."

„Dann komm! Ich habe deine Uhr und wenn es uns nur gelingt, hier fortzukommen…"

„Nein", sagte er. „Keinesfalls. Ich muss hier bleiben."

„Nicht, wenn ich die Uhr habe!"

Er schüttelte den Kopf.

„Du verstehst nicht", sagte er. „Wir müssen uns fügen. Seine Macht ist größer als du meinst. Und er wird deinen Vater sterben lassen, wenn wir uns offen gegen ihn stellen."

Leona krallte die Hand in seinen Ärmel.

„Willst du damit sagen, es war kein Herzanfall? Hat Meister Michaelis…"

Er legte ihr die Hand auf den Mund.

„Nicht den Namen sagen!", flüsterte er dicht an ihrem Ohr. „Nicht widerstehen. Geh nach Hause, lass dich gesund pflegen, kümmere dich um deinen Vater und unternimm nichts. Und nach einigen Tagen fahre zu… dem Mann, der meine Uhr repariert hat. Frage ihn um Rat! Er ist der einzige, der *Ihm* die Stirn bieten kann. Und dann komme mittwochs abends an die Biegung am Erlenbruch und mit ein wenig Glück kann ich dich sehen." Laut sagte er: „Geh, Leona! Es gibt nichts mehr, das du tun kannst!"

„Bist du sicher?", fragte sie.

„Schließe meine Uhr und hänge sie in ihren Kasten!", sagte er und formte mit den gekrümmten Daumen und Zeigefingern vor seiner Brust ein Herz.

Leona spürte schon wieder Tränen aufsteigen. Sie drückte den Uhrdeckel zu. Diesmal verschwand er nicht, sondern wurde wieder zu der substanzlosen, leuchtenden Gestalt, die von ihren Schicksalsgenossen sofort gepackt wurde. Offenbar gab es heftige Worte. Leona erkannte den Mann an seinem Samtwams, das ihr Amalie beschrieben hatte. Er schüttelte Leutnant Teck an den Schultern. Leona machte einen Schritt auf ihn zu.

„Du lässt das!", sagte sie. „Oder ich gehe an diese Kästen, finde heraus, welche deine Uhr ist und gebe dir Gelegenheit, dein rüpelhaftes Verhalten zu bereuen."

Er ließ Leutnant Teck los und schien unschlüssig.

„Ich warne euch!", sagte Leona. „Denkt immer daran, dass ihr an die zerbrechlichen Uhren gebunden seid! Keiner von euch wird sich gegen Leutnant Teck stellen, wenn er sich nicht in ein Durcheinander aus Rädchen und Hebelchen verwandeln will."

Die zwei Frauen schüttelten die Köpfe und bewegten die Hände, als wollten sie sagen, sie hätten nicht vor, Leutnant Teck Schwierigkeiten zu bereiten. Beide waren jung und hübsch. Leona schluckte. Dann fiel ihr Blick auf einen jungen Burschen, der selbst als flirrende Gestalt aus Licht noch grobschlächtig wirkte.

„Und du, meine nicht, mich noch einmal angreifen zu dürfen! Du hast mich damals in der Werkstatt von Meister Fabrizius gepackt. Du weißt also auch, wo die drei fehlenden Steine sind, die ihm gehören. Heraus damit!" Er machte eine abwiegelnde Geste, aber Leona ging zu den Kästen. „Lass sehen! Zwei Frauennamen und Leutnant Teck, da bleiben nur drei weitere, aus denen ich dich herausfinden muss."

Er schwenkte die Arme. Seine Lippen formten ein *Nein*.

„Die Steine!", sagte Leona.

Leutnant Teck sagte etwas, dann eine der beiden Frauen. Sie hob die Hand und wies auf die Treppe, die in ein weiteres Stockwerk führte. Ihre Füße schienen den Boden nicht zu berühren, als sie Leona voraus ging. Oben standen in wilder Unordnung Kisten und stapelten sich Bündel. Auf dem Schreibtisch befand sich ein Schmuckkasten. Leona klappte den Deckel auf. Ein Dutzend kleiner Abteilungen war voll mit Edelsteinen. Nur in einem lagen einsam drei Smaragde. Leona nahm sie und schloss die Hand darum.

„Danke!"

Die Frau neigte den Kopf. Sie lächelte nicht.

Leona balancierte die steile Stiege wieder hinab.

„Ich gehe also!", sagte sie.

„Und das gewiss keinen Augenblick zu früh!", erwiderte Amalie. „Ich habe nach draußen gesehen. Da kommt eine Kutsche. Sie hat eine Laterne an jeder Ecke. Gemeinsam geben sie mehr Licht als uns lieb sein kann."

Leona drehte sich noch einmal zu Leutnant Teck um. Er verneigte sich und machte dann eine scheuchende Handbewegung. Leona nickte und folgte Amalie nach draußen. Die Kutsche war auf rund hundert Meter heran.

Die beiden Frauen fassten sich an der Hand und liefen in die Wiesen hinein. Als die Kutsche sie passierte, duckten sie sich tief ins Gras und rannten dann den Weg entlang auf die Stadt zu.

„Sie werden uns verfolgen!", keuchte Amalie.

„Vielleicht", erwiderte Leona. „Aber dann bemerken wir sie, ehe sie uns sehen können. Und sie wissen nicht, wo wir die Mauer überwinden."

„Weißt du das denn?", fragte Amalie, denn nun konnten sie es nicht mehr wagen, ihre kleine Laterne anzuzünden.

„Ich finde den Durchgang. Schau! Der Himmel ist schon ein wenig hell und man sieht die Mauer als dunkle Linie. Dort drüben ist der Turm. Ja, ich weiß genau, wo wir wieder in die Stadt hineinkommen."

Zu Hause

Die folgenden beiden Tage verbrachte Leona im Bett. In der Nacht waren sie nur knapp an Heinrich vorbeigekommen, der seit dem Überfall im Garten nicht schlafen konnte und durchs Haus geisterte wie eine arme Seele, die keine Ruhe findet. Leona war entsprechend erschöpft. Selbst Amalie schien langsam angegriffen von so viel Abenteuer und improvisierte nachmittags am Klavier, ohne sich der Familie bei Kaffee und Kuchen anzuschließen. Thea hatte sich fürs Erste im Dienstbotentrakt einquartiert. Sie betupfte in regelmäßigen Abständen Leonas Verletzungen und brachte Fleischbrühe mit Weinbrand, Eiermilch und Mandelpudding, alles dazu gedacht, Rekonvaleszenten wieder auf die Beine zu bringen.

Alexander kam nach jeder Mahlzeit, um ein wenig verlegen an Leonas Bett zu sitzen und sich in den immer gleichen Worten nach ihrem Befinden zu erkundigen. Am dritten Tag akzeptierte er nach einigem Zögern, dass Leona aufbrach, um sich der Pflege ihres Vaters zu widmen. Einen Schutenhut mit Schleier über dem Gesicht stieg sie mit Amalie und Thea in die, inzwischen reparierte, Kutsche und winkte Alexander kurz zu, ehe Amalie die Vorhänge vorzog.

Das Gefühl der Heimkehr war weit weniger tröstlich als sonst. Ihre Mutter lag in ihrem sorgfältig abgedunkelten Zimmer auf dem Bett und verbrauchte jeden Tag anderthalb Karaffen Rotweinpunsch und zwei Löffel vom stärksten Migränepulver, dass der Hausarzt aufzubieten hatte. Das versetzte sie in einen Dämmerzustand, aus dem sie oft für Stunden nicht erwachte. Bei Leonas Vater hatte Fieber eingesetzt. Der Arzt weigerte sich rundheraus, eine Prognose abzugeben, doch seine Miene ließ wenig Anlass zu Hoffnungen. Amalie kramte in alten Notenheften und frischte ihr Repertoire auf, indem sie sich den Bachschen Goldbergvariationen widmete.

„Du wirst sehen – das wird deinem Vater Schlaf und Erholung schenken", sagte sie zu Leona. „Diese Variationen wurden eigens komponiert, um dem Geist seinen Frieden wiederzugeben."

„Die Musik ist schön", erwiderte Leona. „Aber mein Geist will sich davon durchaus nicht friedlicher stimmen lassen. Ich fahre aus."

Amalie nickte wissend.

„Zu Meister Fabrizius? Dann solltest du jemanden mitnehmen, der bei Bedarf kräftig zuschlagen kann."

Aber Leona wollte niemanden aus dem Haus in Gefahr bringen. Sie lief zu Fuß bis zur Kirche und ließ sich von dort in einer Droschke bis zum südlichen Tor fahren. Den Rest des Weges legte sie zu Fuß zurück. Auf dem letzten Stück kam ihr Josef entgegen. Er verneigte sich.

„Meister Fabrizius lässt sagen, dass er entzückt ist, Ihrer Gesellschaft teilhaftig zu werden, es jedoch vorgezogen hätte, wenn Sie nicht allein unterwegs wären."

„Das sind weise Worte, Josef. Aber ich habe niemanden mehr, der mich begleiten könnte. Leutnant Teck ist in die Hände seines Meisters zurückgekehrt."

„Ah, tatsächlich?", sagte Josef.

„Nicht freiwillig", ergänzte Leona. „Ich werde Meister Fabrizius alles ausführlich erzählen."

Der Uhrmacher stand schon am Fuß der Treppe, um sie zu empfangen.

„Bitte, kommen Sie doch mit in meine bescheidene Werkstatt!"

Die *bescheidene Werkstatt* war eine Halle von beachtlichen Proportionen, in der Kolben stampften und Maschinen klapperten. Meister Fabrizius zog an einer Schnur und mit einem Mal verstummte aller Lärm.

„Sie haben eine Geschichte zu erzählen?", fragte er.

„Eine lange und unerfreuliche Geschichte", erwiderte Leona. „Und ich weiß nicht einmal, ob Sie mir am Ende einen Rat geben können."

„Das wäre den Versuch wert", sagte Meister Fabrizius.

Nachdem Leona berichtet hatte, ließ Meister Fabrizius heiße Schokolade und pikantes Käsegebäck kommen, lehnte sich in seinem Stuhl zurück und sagte: „Nun wird es sich erweisen, Madame Berling."

„Was wird sich erweisen?"

„Ob Sie Mut und Ausdauer besitzen."

„Vielleicht besitze ich diese Eigenschaften nicht, aber dann werde ich sie eben entwickeln", sagte Leona. „Mir graut bei dem Gedanken, was geschehen könnte, wenn Meister Michaelis seine Meisteruhr fertig gestellt hat."

„Ja, diese Vorstellung behagt wohl niemandem, der ihn kennt", sagte Meister Fabrizius. „Doch vorerst wollen wir die drei Steine betrachten, die sie aus der Mühle mitgebracht haben."

Leona legte sie auf ein schwarzes Samttablett, das Meister Fabrizius ihr reichte. Die kleinen Smaragde funkelten im Licht.

„Was hat es damit auf sich?", fragte Leona. „Warum müssen es sechzig Stück sein? Einer für jede Minute?"

Meister Fabrizius grinste.

„So dachten wir einmal. Damals wurden diese kleinen Lieblinge zusammengekauft, geschliffen, gehätschelt und seitdem bewahrt, um in einer besonderen Uhr Verwendung zu finden. Inzwischen wissen wir, dass nicht alle davon im Uhrwerk eingesetzt werden können. Trotzdem werden sie benötigt. Ihre Anordnung bestimmt ganz maßgeblich die Macht der Uhr."

„Was wird es für eine Uhr? Was ist das Besondere an ihr?"

Er zwinkerte ein bisschen.

„Es gibt Uhren und Uhren, Madame. Manche, wie die unseres geschätzten Leutnants, sind kleine Wunderwerke, dazu gemacht, der Seele eine Heimstätte und eine feste Grundlage zu geben. Andere speichern Zeit, fähig, sie wieder zur Verfügung zustellen. Wieder andere müssen mit besonders viel Liebe und Können gefertigt werden, damit sie die Seele eines Zeitmeisters aufnehmen können."

„Zeitmeister haben Uhren?", fragte Leona. Sie starrte Meister Fabrizius an. „Ihre Seele ist an eine Uhr gebunden?"

Er nickte.

„Gewiss. Andernfalls wäre ich längst nicht mehr. Das Bewegungsmoment aufbewahrt in einem stabilen Gehäuse, getragen von einer Konstruktion, die länger bestehen kann als ein menschlicher Körper – das ist das Geheimnis eines langen Lebens. Sie sehen es ja an Leutnant Teck. Nach mehr als hundert Jahren ist er wahrlich kein Greis, sondern immer noch ein ansehnlicher Mann, den niemand über dreißig schätzen würde."

Leona war aufgestanden.

„Heißt das, Meister Michaelis ist ebenfalls an eine Uhr gebunden?"
„Selbstverständlich."
„Man muss diese Uhr finden und zerstören!", sagte Leona.
„Und wer soll das tun?", fragte Meister Fabrizius freundlich. „Könnten Sie es?"
Leona fühlte ein Kribbeln im Nacken. Sie musste an die Uhr auf dem Amboss denken.
„Nein", sagte sie leise und setzte sich wieder.
„Und doch ist der Gedanke bestechend", sagte Meister Fabrizius. „Die Uhr zu finden, wäre immerhin ein Schritt in die richtige Richtung."
„Vielleicht weiß Sebastian, wo sie ist", sagte Leona und errötete. Meister Fabrizius tat, als bemerke er es nicht.
„Unser guter Sebastian wäre der Letzte, dem Michaelis solch ein kostbares Geheimnis anvertrauen würde. Keiner seiner Schützlinge weiß, wo sich diese Uhr befindet. Dessen können wir gewiss sein. Aber das bedeutet nicht, dass man es nicht herausfinden könnte. Dazu bedarf es allerdings der Tugenden, die ich genannt habe: Mut und Ausdauer. Und wer auch immer sich auf die Suche nach dieser Uhr machen will, muss eines besitzen: mehr Wissen, als es Ihnen im Augenblick zur Verfügung steht."
„Werden Sie mir dieses Wissen geben?", fragte Leona.
Meister Fabrizius nickte.
„Aber auch dazu benötigen wir diese einmalige und unersetzliche Substanz: Zeit."

Leona stürmte die Treppe hinauf. Sie klopfte und wartete nicht einmal, bis Amalie antwortete. Sie fand ihre Cousine dabei, ihre Schillerlocken mit dem Brenneisen aufzufrischen.
„Meister Michaelis hat auch eine Uhr!"
„Mehrere, wenn ich mich recht erinnere", entgegnete Amalie und prüfte die Hitze des Eisens an etwas Ölpapier.
„Nein! Das meine ich nicht. Meister Michaelis ist selbst an eine Uhr gebunden!"
„Und wer hat ihn daran gebunden?"
„Wohl er selbst. Um sein Leben zu verlängern. Die Uhr macht ihn so gut wie unsterblich, so lange dem Mechanismus nichts zustößt

oder das Uhrwerk nicht aufgezogen wird. Und das genau ist der Punkt. Wenn wir die Uhr finden, dann haben wir Macht über *ihn*!"

„Ein reizvoller Gedanke", musste Amalie zugeben. Sie formte hingebungsvoll ihre Locken, bis sie wieder in perfekten Spiralen bis auf ihre Schultern hingen. „Nur, wo ist diese sagenhafte Uhr?", fragte sie, nachdem sie das Brenneisen vorsichtig zum Abkühlen auf die gusseiserne Halterung gelegt hatte.

„Das muss man herausfinden!", sagte Leona. „Und damit ich sie auch erkenne, wenn ich darauf stoße, bringt mir Meister Fabrizius nun alles über Uhren bei."

Bei ihrem dritten Besuch lagen an ihrem Platz in der Werkstatt sauber aufgereiht sämtliche Teile, die zum Bau einer Uhr benötigt wurden, und dazu mehrere alte Pergamente mit Skizzen, Werkzeug und eine Uhrmacherlupe. Meister Fabrizius machte eine einladende Handbewegung.

„Hier ist der erste Schlüssel zu den Geheimnissen, die Sie erstreben. Studieren Sie die Zeichnungen, übereilen Sie nichts und dann präsentieren Sie mir das fertige Uhrwerk in..." Er konsultierte eine große Wanduhr. „genau zwei Stunden und vierundvierzig Minuten."

Leona betrachtete die Teile nicht ohne Zweifel, zog sich dann aber den Hocker heran und nahm das erste Pergament. Methodisch reihte sie alles auf dem schwarzen Samt aneinander, sah die Skizzen durch und machte sich an die Arbeit.

Zuerst war die Uhrmacherlupe ungewohnt und sie konnte sie mit den Muskeln rund ums Auge kaum halten. Immer wieder drückte sie sie mit dem Handrücken an. In der Vergrößerung wirkten die Teile fremd, aber auch unerwartet detailreich. Die Schokolade, die Josef brachte, blieb unbeachtet. Leonas Zungenspitze betastete die Lippen, am Haaransatz entstanden winzige Schweißperlen. Sie bemerkte nichts davon. Wieder und wieder setzte sie kleine Räder ineinander, fügte sie in Aussparungen, nur um sie wieder herausfallen zu sehen, wenn sie das nächste Stück einbauen wollte. Dann, viel zu früh, stand Meister Fabrizius neben ihr. Sie hielt ihm das Uhrwerk hin. Er fasste einen feinen Zapfen und versuchte, ihn zu drehen, doch die Feder ließ sich nicht spannen. Ernst schüttelte er den Kopf.

Leona seufzte.

„Kann ich es noch einmal probieren?"

„Heute nicht", sagte er. „Morgen kommen Sie gegen neun Uhr, wenn es Ihnen recht ist, und sehen Josef dabei zu, wie er eine Uhr zusammensetzt. Danach haben Sie ihren zweiten Versuch."

„Gut", sagte Leona und stand auf. „Werden Sie mir heute mehr über das Wesen der Zeit sagen?"

„Nur eines", erwiderte er. „Zeit ist, was Uhren messen. Das scheint so selbstverständlich, dass wir es nicht hinterfragen. Wir fragen eher, was dieses Etwas sein mag, das die Uhr misst. Die Frage führt jedoch in die Irre."

„Weshalb?", fragte Leona.

„Wiederholen Sie den Satz: *Zeit ist, was Uhren messen.*"

Gehorsam sprach Leona die Worte nach. Dann sagte sie: „Ist es das? Machen wir die Zeit, indem wir sie messen?"

Meister Fabrizius unterdrückte ein Lächeln.

„Dem Menschen ging der erste Tag auf und er schied ihn von der Nacht. Er fand im Lauf des Jahres Abschnitte, die er Frühling, Sommer, Herbst und Winter nannte. Dann zählte er die Tage von Vollmond zu Vollmond. So entstand der Monat. Mit dem Lauf der Jahreszeiten war das Jahr geboren. Und bald schon erfand der Mensch die Uhr. Erst war sie ein in den Boden gesteckter Zweig, der einen Schatten warf, dessen Länge man messen konnte. Dann füllte er Wasser in Gefäße und ließ es durch feine Löcher tropfen. Im gleichmäßigen Fallen der Tropfen wurden die Sekunden geboren."

„Der Zweig war der Vorläufer unserer Sonnenuhren", sagte Leona.

„Ich verstehe. Aber trotzdem lief Zeit ab, ehe der erste Vorläufer der Uhr entstand. Das wollen Sie doch nicht leugnen, oder?"

Er blinzelte gutmütig.

„Fragen Sie einen Eingeborenen auf einer Insel im Südpazifik, warum er nicht zu einem verabredeten Zeitpunkt erschienen ist. Er wird die Frage nicht verstehen. Heute oder morgen, das ist für ihn durchaus dasselbe. Auf Tag folgt Nacht und auf Nacht Tag, wie es immer war und immer sein wird. Mehr muss er nicht wissen."

„Aber Tag und Nacht sind keine Illusion", sagte Leona.

„Was genau ist denn der Tag und was ist die Nacht?"

Leona dachte an Alexanders Zeichnungen, die er für sie gemacht hatte, und die ihr nun greifbar vor Augen standen.

„Tag und Nacht entstehen, weil sich die Erde um die Sonne bewegt. Und das ist Zeit: Bewegung."

„Das Messen von Bewegung", korrigierte Meister Fabrizius. „Und nun fahren Sie heim, Madame. Sie sind äußerst fleißig gewesen."

Leona war guten Mutes, als sie nach Hause kam, doch ihre gehobene Laune sank in sich zusammen, als sie das Köfferchen des Arztes in der Halle stehen sah. Sie rannte ins Schlafzimmer ihres Vaters. Dr. Wieland maß seinem Patienten gerade den Puls. „Es geht ihm besser", sagte er. „Das Fieber ist gefallen. Das Herz schlägt regelmäßiger. Und hier sehe ich Wünsche für seine Gesundheit auf dem Nachtkasten."

Vor einem Strauß aus Wiesenblumen lehnte eine Karte.

Mit Beunruhigung habe ich von der ernsten Erkrankung Professor Kreislers gehört. Doch bin ich sicher, dass ein weiser Mann, der sich strikt darauf beschränkt, die zahlreichen Aufgaben seines Lebenskreises zu erfüllen, bald vollkommen gesunden wird.
Mit den besten Wünschen
Ihr ergebener Georg Michaelis

Leona stellte die Karte wieder gegen die Blumenvase.
„Wie reizend von Herrn Michaelis", sagte sie.
„Ja, ein äußerst generöser Mann, nach allem, was man hört", sagte Dr. Wieland. „Ihr Gatte hat mir erzählt, dass Herr Michaelis sich dafür einsetzt, dass er an die Universität Göttingen berufen wird, wo ein Lehrstuhl für Mathematik vakant sein soll. Für einen solch jungen Mann wäre das eine große Ehre. Anscheinend hat er die Studienjahre bei Ihrem Herrn Papa nicht verschwendet."
„Ja, er ist ein sehr guter Mathematiker", sagte Leona. „Aber so lange mein Vater krank ist, könnte ich einen Umzug ins ferne Göttingen nicht gutheißen."
„Nun, es war kein konkreter Termin genannt, so viel ich weiß", sagte Dr. Wieland. „Und Ihr Vater ist ganz sichtlich auf dem Wege der Besserung – was ich offen gesagt vor zwei Tagen noch kaum für denkbar gehalten hätte. Doch wenn Gott uns Wunder schenkt, wer wären wir, uns zu beklagen?"

„Sie sagen es", erwiderte Leona mit gezwungenem Lächeln. „Wer wären wir, uns zu beklagen?"

Am folgenden Morgen stand der Einspänner schon an der nächsten Straßenecke. Im Hause Kreisler dachte niemand daran, Leona ihre Ausfahrten zu verbieten, schließlich war ihr Vater zu krank, um ihre Abwesenheit überhaupt zu bemerken und ihre Mutter hatte Dr. Wieland überredet, die tägliche Gabe des Migränepulvers zu erhöhen.

Also stieg Leona zu Josef in den kleinen Wagen und erzählte ihm von dem erstaunlichen Rückgang des Fiebers und von den guten Wünschen, die Herr Michaelis geschickt hatte.

„Die Botschaft ist klar genug", sagte Josef dazu. „Stecke deine Nase in deine eigenen Angelegenheiten und dir geschieht nichts."

„Nur beherzige ich diesen Rat nicht. Wird er nicht herausfinden, dass ich regelmäßig Meister Fabrizius aufsuche?"

Josef zuckte die Achseln.

„Er verlangt im Augenblick nicht mehr, als dass öffentliche Beschuldigungen gegen ihn ausbleiben. Die Zeitungen haben heute Morgen die Festnahme der Kutschenräuber gemeldet. Drei schweigsame Männer, deren Familien sich nach der Festnahme bemerkenswerterweise zum ersten Mal seit Jahren ein Huhn im Topf gönnen konnten."

„Du meinst, sie haben Geld bekommen, damit sie…"

„… gestehen, womit sie nichts zu tun hatten. Ja", sagte Josef. „Was auch immer man über das Geld sagt, es ist doch imstande, so manches Problem zu lösen."

Der unscheinbare Falbe brachte sie in kurzer Zeit bis ans Stadttor und zog den Einspänner von dort in schnellem Trab bis zu dem alten Gebäude, in dem die Werkstatt lag.

Leona entdeckte eine Gestalt in Weiß in der Nähe des Eingangs und sprang zu Boden, kaum dass der Wagen hielt. Sie rannte auf Leutnant Teck zu, bemerkte im letzten Augenblick, wie unschicklich ihr Verhalten war und blieb stehen. Er kam ihr entgegen, verbeugte sich und führte ihre Hand an seine Lippen.

„Was tust du hier?", fragte Leona.

Leutnant Teck wies sein weißes Taschentuch vor.

„Offizielle Verhandlungen", sagte er. „Meister Michaelis hat mich hergeschickt, um einige Dinge mit seinem Gegenspieler abzumachen."

Josef verbeugte sich vor Leutnant Teck.

„Dann haben Sie die Güte, mir zu folgen, Herr Leutnant! Und Sie, Madame möchten bitte so freundlich sein, mich am verabredeten Ort zu erwarten. Ich werde sogleich bei Ihnen sein."

„Nun, Sebastian!", sagte Meister Fabrizius. „Wie ist es dir seit unserer letzten Begegnung ergangen?"

„Wechselhaft, Meister", sagte Leutnant Teck nach einer tiefen Verbeugung.

„Überlege, wen du Meister nennen willst", empfahl ihm der Uhrmacher. „Der Diener zweier Herrn kannst du nicht sein."

Leutnant Teck zeigte sein weißes Taschentuch, das an den Ecken schon vielfach neu umgesäumt worden war, und dessen Farbe eher zu Isabell tendierte.

„Ich bin von Meister Michaelis entsandt, um zu verhandeln. Ergo in seinen Diensten. Doch da Sie meine Uhr gerichtet, in ein neues Gehäuse gesetzt und es mit Ihrem Namenszug versehen haben, bin ich in Verlegenheit, wem ich nun Gehorsam schulde."

„Tja, Sebastian. Wie stets, geht es um die Macht des Faktischen. Und Fakt ist, dass er immer noch weiß, wie er deine Folgsamkeit erzwingen kann. Er hat die Uhr in seinem Besitz. Er ist dein Herr. In diesem Geist wollen wir verhandeln."

„Sie verlangen nicht, dass ich künftig Ihnen zu Diensten sein soll?"

„So lange ich die Uhr nicht in Händen halte, kann ich dir nicht diktieren, wie du dich zu verhalten hast. Und nun lass hören, was Meister Michaelis mir zu unterbreiten hat!"

Leona beobachtete Josefs Kinderhände beim Hantieren mit den winzigen Teilen und seufzte.

„Ich werde niemals können, was du kannst."

„Oh, sagen Sie das nicht! Ihre Finger sind ruhig und sicher. Es fehlt nur an Übung und der Kenntnis der kleinen Tricks, die nun mal dazu gehören."

Josef benutzte nicht einmal die Lupe. Fast ohne hinzusehen, setzte er alles an seinen Platz, führte das fertige Uhrwerk an seine Lippen und murmelte lateinische Worte.

„Ist das Magie?", fragte Leona.

Er grinste.

„Das ist Uhrmacherkunst", verbesserte er. „Wer bin ich, mir Magie anzumaßen?"

„Soll ich also glauben, alle Uhrmacher würden über ihren Uhren geheimnisvolle Sprüche murmeln?"

Josef lachte und zeigte seine Zähne.

„Nur die verständigen Uhrmacher", sagte er. Mit zärtlichen Bewegungen zog er die Feder auf und das Uhrwerk begann zu ticken. Er hielt es wie ein Vogelküken. „Uhren sind wie Lebewesen", sagte er. „Unter der kundigen Hand *werden* sie Lebewesen." Plötzlich ließ er es los, es fiel zu Boden und er zertrat es unter seinem Absatz.

„Und daher können sie sterben."

Leona sah auf das kleine zerstörte Ding.

„So etwas hätte ich dir nicht zugetraut."

Josef sah zu ihr auf.

„Sie müssen lernen, was Vernichtung bedeutet", sagte er. „Sie müssen verstehen, was es bedeutet, wenn alle Bewegung endet. Und Meister Fabrizius hat mich zu Ihrem Lehrer bestimmt."

„Ich möchte lernen, wie man in Bewegung setzt, nicht wie man anhält", sagte Leona.

Josefs dunkle Augen blitzten. Er formte mit beiden Händen kleine Münder.

„Ich will erschaffen!", sagte er und bewegte die eine Hand, als spräche sie. Dann bewegte er die andere und sagte: *„Ich will vernichten."* Die eine Hand sprach: *„Ich bin Gott!"* und die andere: *„Ich bin der Teufel."* Dann ließ er die Hände sinken. „Beides sind meine Hände", sagte er. Er verschränkte sie miteinander, betrachtete sie und zeigte Leona dann seine rosigen Handflächen. „Wer mit Uhren hantiert, sollte niemals zu leugnen versuchen, dass ihm beide Hände gehören."

Leona schüttelte den Kopf.

„Ich möchte niemals eine Uhr zerstören. Nicht einmal die von Meister Michaelis."

„Dann können Sie keine Uhr machen, Madame. Ein guter Arzt muss wissen, wann er dem Patienten die kleine Dosis Opium zu geben hat, die das Herz stille werden lässt. Und genauso muss der Uhrmacher wissen, dass er auf der Scheidelinie zwischen Leben und Tod spaziert, wie andere Menschen über Wanderpfade. Zeit, Madame, ist Macht. Macht ist Verantwortung. Verantwortung muss getragen werden."

„Ich weiß nicht, ob ich das kann."

„Es wird sich erweisen", sagte Josef. „Und nun möchten Sie sich vielleicht noch einmal daran versuchen, ein Uhrwerk zusammenzubauen?"

An diesem Tag kehrte sie müde, aber zufrieden ins Haus ihrer Eltern zurück, denn nach zwei Stunden konzentrierter Arbeit hatte Meister Fabrizius versuchsweise das Rädchen gedreht, und das Uhrwerk hatte mit einem vernehmlichen Ticken geantwortet. Erst als sie zu Hause auf dem Bett lag und Thea den Schorf auf den Kratzern betupfte, fiel ihr ein, dass Mittwoch war. Sofort beschleunigte sich ihr Herzschlag.

Sie würde Sebastian sehen!

Beinahe wäre sie aufgesprungen. Sie seufzte.

„Armes Schäfchen!", sagte Thea daraufhin. „Du machst wirklich keine leichte Zeit durch."

„Es geht schon", erwiderte Leona mit einem halbherzigen Lächeln.

Kurz darauf hörte man von draußen das Klappern von Hufen auf Kopfsteinpflaster, dann die Haustür. Thea benötigte keine Aufforderung. Sie war schon auf dem Weg ins Parterre. Wenige Minuten später kam sie wieder und richtete Leona betulich das Kopfkissen.

„Der junge Herr Berling", sagte sie, als sei Alexander nicht mehr als ein oberflächlicher Bekannter der Familie.

Leonas Magen verkrampfte sich schmerzhaft. Sie richtete sich auf.

„Lege mir das dunkelviolette Kleid heraus!", sagte sie.

„Trauerfarben für den Herrn Gemahl?", erkundigte sich Thea. „Er wird denken, dein Vater sei gestorben."

„Soll er sich nur ein wenig erschrecken!", sagte Leona.

Sie stand auf, kleidete sich an, ließ sich das Haar gewissenhaft zurücknehmen und ging nach unten, um ihren Ehemann zu begrüßen. Er wirkte tatsächlich betroffen, als er ihre strenge Aufmachung sah. „Ich hörte, deinem Vater geht es besser. Es ist doch... nichts?"
„Nein, es ist nichts", erwiderte Leona kühl. „Bitte behalte doch Platz und lasse dir eine Erfrischung bringen."
„Leona", sagte Alexander. „Es tut mir leid. Niemand konnte an diesem Tag wissen, wie krank dein Vater war. Wir alle hätten uns die hitzigen Worte erspart, wenn uns klar gewesen wäre, dass es ihm nicht gut ging. Er war ein wenig rot im Gesicht, aber natürlich haben wir das der Aufregung zugeschrieben. Was sagt denn Dr. Wieland?"
Leona setzte sich Alexander gegenüber.
„Das Fieber ist gesunken, doch sein Zustand ist immer noch ernst. Ich werde jetzt hier gebraucht. Du wirst das verstehen."
„Selbstverständlich. Deswegen bin ich hergekommen. Ich werde dir während der Erkrankung deines Vaters zur Seite stehen."
„Das ist nicht nötig."
Er fasste über den Tisch hinweg nach ihrer Hand, und sie musste sich zwingen, sie nicht wegzuziehen.
„Sieh mal, Leona! Unsere Ehe hat vielleicht nicht den glücklichsten Anfang genommen. Aber du solltest uns Gelegenheit geben, zu einander zu finden. Wir kennen einander so lange. Keiner von uns beiden war je im Zweifel, dass wir einmal heiraten würden..."
„Kinderträume", sagte Leona müde.
Bestürzt sah er sie an.
„Es muss kein Kindertraum bleiben. Es kann Wirklichkeit werden. Unsere Wirklichkeit. Hör, mein Liebes – ich habe ein Angebot bekommen, fort zu gehen. Das würde einen eigenen Haushalt bedeuten, ohne deine Schwiegereltern, und finanziell würden wir uns gut stehen."
„Meine Schwiegereltern waren eigentlich nie ein Problem", sagte Leona und lächelte zuckersüß, während Holunderlimonade und kleine Häppchen serviert wurden.
Alexander wusste darauf eine Weile lang nichts zu erwidern. Schließlich sagte er: „Damit du deinen Mann lieb gewinnen kannst, werde ich in deiner Nähe bleiben. Ich hätte besser auf dich achten müssen.

Es war mein Fehler, dass du im Garten überfallen wurdest. Wenn ich auf einem gemeinsamen Schlafzimmer bestanden hätte..."

„... dann hätte ich das Haus zusammen geschrien", sagte Leona. „Doch wie es auch immer sei – ich habe mich nun um meinen Vater zu kümmern. Wenn es ihm besser geht, wollen wir diese schwierigen Themen noch einmal besprechen. Im Augenblick übersteigt das meine Kräfte."

„Natürlich, mein Schatz. Wie gedankenlos von mir. Ich habe mir schon das Zimmer neben dem deinen zurechtmachen lassen, und werde vorerst nach oben gehen."

Leona hätte ihm am liebsten gesagt, dass sie es vorziehen würde, ihn wieder heimfahren zu sehen, doch das war nun doch nicht denkbar.

„Danke für dein Verständnis", sagte sie deshalb, stand auf und ließ ihn allein bei seinem Imbiss sitzen.

In der Nacht erwies es sich als unmöglich, aus dem Haus zu kommen. Zweimal wollte Leona in den Gang hinaus schlüpfen, da hörte sie die Zimmertür nebenan aufgehen. Beim dritten Mal sah sie unten Licht, schlich bis zur Treppe und sah Alexander mitten in der Halle stehen.

Am liebsten hätte sie vor Wut geheult. Sie nahm die Dienstbotentreppe, doch von dort aus konnte sie die Tür zum Garten nicht erreichen, ohne die Halle zu durchqueren. Sie probierte die Hintertür, doch natürlich war abgeschlossen. Also ging sie wieder nach oben, duckte sich und spähte durch das Geländer zu Alexander hinunter. Er hatte sich einen Stuhl aus dem Salon geholt und saß vor der Tür des Arbeitszimmers. Leona kniete sich auf den weichen Teppich und lehnte die Stirn gegen das gedrechselte Geländer, bis sie merkte, dass sie dabei war, einzunicken. Alexander saß immer noch in der Halle und hatte anscheinend nicht vor, sich von dort wegzurühren.

Als habe ihm jemand geraten, nachts Wache zu halten.

Leona wartete noch eine halbe Stunde und als der tiefe Gong der Standuhr im Salon zwei Uhr verkündete, kehrte sie in ihr Zimmer zurück. Vollkommen angekleidet lag sie auf dem Bett, bis die Dämmerung einsetzte. Als Thea am Morgen kam, schlief sie fest, sogar das Band des Schutenhuts noch fest unter dem Kinn verknotet und in ihren ältesten Schnürstiefeln. Thea schüttelte den Kopf, weckte sie, schimpfte ordentlich über so viel Narretei und brachte ihr das Frühstück aufs Zimmer.

„Eines ist gewiss!", sagte sie. „Die Ehe bekommt dir nicht."

Die Uhr mit den Kupferintarsien

Einen Vorteil hatte Alexanders nächtliche Wachsamkeit – er gähnte beim Frühstück und zog sich danach auf sein Zimmer zurück, um ein wenig zu arbeiten, wie er sagte. Als Leona jedoch nach einer Weile das Ohr gegen die Zwischentür presste, hörte sie leises Schnarchen, spähte durchs Schlüsselloch und sah, dass der Bettvorhang zugezogen war.

Also zog sie sich um, ließ die Kutsche vorfahren und fuhr bis zum Südtor. Der Fußmarsch bis zur Werkstatt tat ihr richtig gut. Den milden Tadel von Meister Fabrizius, weil sie schon wieder allein unterwegs war, ließ sie über sich ergehen. An ihrem Platz saß schon Josef. Er polierte Uhrenteile mit einem speziellen Werkzeug und jede seiner Handbewegungen schien wie eine Liebkosung.

„Das Werk wartet", sagte er.

Er breitete blitzsaubere Rädchen und allerfeinste Schräubchen auf der Unterlage aus. Sein Schraubenzieher war so klein, als gehöre er zur Ausstattung einer Puppenstube.

„Ab jetzt arbeiten wir ohne Hast", sagte er. „Die Uhr, die wir nun gemeinsam konstruieren, wird nicht aus bereits vormontierten Teilen zusammengesetzt, sondern wir werden sie von Grund auf neu erschaffen."

Leona zog sich den Hocker heran.

„Wie lange werden wir dafür brauchen?"

„Das kommt auf Ihr Geschick an, Madame, auf Ihre Hingabe an unser gemeinsames Werk und auf mein Talent als Lehrmeister."

Leona nahm eine der unglaublich kleinen Schrauben mit der Pinzette auf.

„Also bist du ein Meister, Josef?"

Er verzog keine Miene.

„Uhrmachermeister seit achtzig Jahren, Madame, aber deswegen noch lange kein Meister der Zeit."

„Und die augustäischen Uhren?", fragte Leona. „Die haarsträubende Geschichte, die mir meine Cousine über eure Ausfahrt mit der Kutsche erzählt hat?"

„Oh, das", erwiderte er. „Mein Meister war so gütig, mir Verantwortung zu geben. Was die Geheimnisse der Zeit betrifft, so könnte man sagen, dass ich meinen Gesellenbrief besitze. Doch um ein Meister zu werden, muss ich noch viel lernen und einst mein Meisterstück vorlegen." Er zeigte Leona ein Teil, das einem flachen Häkchen glich. Es besaß eine dünne Bohrung. „Möchten Sie nun versuchen, die Schraube hineinzubringen?"
Leona nickte und machte sich an die Arbeit.

Als sie gegen Mittag nach Hause kam, gelang es ihr, in ihr Zimmer zu schlüpfen, kurz bevor Alexander zum Essen hinunter ging. Sie erschien direkt nach ihm, ganz als habe sie den Vormittag auf ihrem Zimmer verbracht, und plauderte während der Mahlzeit mit Amalie. Alexander gähnte auch jetzt noch. Er trug wenig zur Unterhaltung bei und ging nach dem Essen in den Garten. Amalie beobachtete ihn vom Fenster aus.
„Er sieht sich gründlich um", sagte sie. „Wonach könnte er Ausschau halten?"
„Angeblich sorgt er sich um mich. Vielleicht sucht er Spuren nächtlicher Eindringlinge. Vielleicht ist aber auch alles ganz anders. Michaelis hat ihm angeboten, ihm eine Professur in Göttingen zu verschaffen. Wer weiß, was er ihm noch versprochen hat. Möglicherweise hat er ihm eingeredet, auf mich aufzupassen, damit ich der Mühle keine nächtlichen Besuche mehr abstatten kann. Er muss Alexander nur eingeschärft haben, mich in diesen gefährlichen Zeiten nicht aus den Augen zu lassen. Damit hätte er einen idealen Aufpasser gefunden, dem er nicht einmal etwas bezahlen muss."
„Das sähe Michaelis ähnlich. Aber Aufpasser kann man einschläfern, an der Nase herumführen oder anderweitig beschäftigen."
„Wie heute morgen", sagte Leona und erzählte ihrer Cousine von ihrem Versuch, in der Nacht das Haus zu verlassen und Alexanders morgendlicher Müdigkeit.
Amalie lachte, sah Leonas Miene und tätschelte ihr die Hand.
„Sebastian. Ich weiß. Aber bald kommt wieder ein Mittwoch."

Bis dahin nutzte Leona die frühen Morgenstunden, um gemeinsam mit Josef an der Uhr zu arbeiten. Alexander setzte sich jede Nacht in die Halle, brachte manchmal sogar ein Buch mit, um sich die Zeit zu vertreiben und war dann morgens unfehlbar so müde, dass er sich schlafen legte. Einmal nickte er sogar am Frühstückstisch ein. Leona ließ ihm daraufhin einen heißen Eierpunsch zur Kräftigung machen und er war gerührt von so viel Fürsorge. Er konnte nicht ahnen, dass sie Eierpunsch mit seinem erheblichen Anteil an Alkohol bei ihrer Mutter als probates Schlafmittel kennen gelernt hatte.

Leona fuhr also auch an diesem Morgen zum Südtor. Dort erwartete sie Josef mit dem Einspänner, wie jetzt an jedem Morgen, und fuhr sie zur Werkstatt. Diesmal empfing sie Meister Fabrizius selbst. Er öffnete eine Schatulle und entnahm ihr zwei Dutzend winziger Smaragde.

„Wir setzen heute die Steine ein", sagte er. „Ich zeige Ihnen, wohin sie gehören und weshalb sie an diesen Stellen benötigt werden. Danach werden Sie beispielsweise wissen, was ein Widerlager ist."

„Wird all das auf lange Sicht helfen, Meister Michaelis das Handwerk zu legen?"

Meister Fabrizius nahm die Lupe vom Auge.

„Wer weiß das schon zu sagen? Für den Anfang ist es unumgänglich, Wissen und Fähigkeiten zu erwerben. Dann wird sich zeigen, ob die Anwendung von beidem uns unserem Ziel näher bringt."

„Haben wir die Zeit? Es dauert lange, diese Dinge zu lernen."

„Hat man Zeit?", fragte er. „Oder erschafft man Zeit? Ist man Herr oder Diener der Zeit? Oder ist Zeit... Illusion?"

„Da bin ich mir gar nicht mehr sicher", sagte Leona.

„Dann hat Ihre Lehrzeit begonnen", entgegnete Meister Fabrizius und reichte ihr die Lupe, damit sie die Steine einsetzen konnte.

Auf der Rückfahrt erschrak Leona, als sich jemand dicht vor dem Einspänner von einem tief hängenden Ast fallen ließ. Dann erkannte sie Leutnant Teck und sonderbarerweise beruhigte sich ihr Herzschlag nicht, sondern beschleunigte sich noch. Leutnant Teck griff dem Falben in die Zügel. Er verneigte sich.

„Darf ich so frei sein, Josef, dir die Dame für eine Weile zu entführen? Oder kommt mein Wunsch ungelegen?"

Josef musterte die Umgebung.

„Ungelegen nicht, Herr Leutnant. Nur empfehle ich, Sie steigen ein, lassen sich noch ein Stückchen weiter kutschieren und unternehmen ihren Spaziergang mit Madame Berling dort, wo ich das Gelände inzwischen ein wenig im Auge behalten kann."

Leutnant Teck schwang sich zu Leona hinauf und hob ihre Hand an seine Lippen.

„Meine Verehrung, Madame!", sagte er. „Ich bitte tausendfach um Verzeihung für den Überfall, doch der Wunsch Sie zu sehen, war übermächtig. Und da Sie unsere Verabredung augenscheinlich nicht einhalten konnten..."

„Mein Mann hält jede Nacht in der Halle Wache", sagte Leona und errötete heftig.

„Umso müder muss er nun sein", sagte Leutnant Teck.

Der Einspänner fuhr an. Der Falbe wandte sich nach rechts, sie fuhren einen kaum benutzten Weg entlang und Josef lenkte sein Gefährt durch einen trocken gefallen Bachlauf. Der Wagen ruckelte und hüpfte. Leona wurde gegen Leutnant Teck gedrückt und er hielt sie, damit sie nicht von der schmalen Bank rutschte. Dann pflügte der Einspänner durch ungemähte Wiesen und kam mitten zwischen Mohn und Dolden wilder Möhren zum Halten. Leutnant Teck fasste Leona an der Hand und sprang mit ihr zu Boden.

„Wie viel Zeit gibst du uns?", fragte er Josef.

Josef konsultierte umständlich eine seiner Uhren.

„Ich denke, eine Stunde wird Ihrem Vorhaben genügen, Leutnant", sagte er.

Leutnant Teck verbeugte sich mit ausgesuchter Förmlichkeit.

„Ich kann mich doch auf dich verlassen?", fragte er.

„Das können Sie, Herr Leutnant, doch bedenken Sie: *hora ruit!*"

„Die Stunde eilt – ich weiß es", erwiderte Leutnant Teck und rannte mit Leona in die Wiesen hinein.

Als er stehen blieb, war Leona außer Atem. Vorerst kam sie auch nicht dazu, Luft zu schöpfen, denn er zog sie an sich. Seine Lippen waren warm und fest und Leona sagte sich, dass ihr plötzliches Schwindelgefühl von dem schon vertrauten Duft des Haarpuders herrührte. Er küsste ihre Augenlider, ihr Kinn, die Schlüsselbeingrube und eine Stelle dicht am gerüschten Stoff des Kleides.

„Sebastian!", flüsterte sie. „Wir dürfen das nicht. Und außerdem sieht uns Josef doch!"

„Josef sieht gar nichts. Er hält ja Ausschau, damit niemand unsere Unterredung stört."

„Unterredung?", wollte sie fragen, doch er wusste weitere Erörterungen zu unterbinden. Schließlich zog er sie mit sich ins Gras. Leona fühlte sich über die Maßen aufgeregt, empört und zittrig. Gleichzeitig war ihr nach Lachen zu Mute. Wiesenschaumkraut kitzelte sie an der Nase und trotzdem roch alles nach Maiglöckchen, nach geöltem Leder und nach... warmer Haut. Ungewohnt, ihn so nah zu sehen. So glatt rasiert und sauber geschrubbt, als habe er sich eigens für diese Begegnung jedweder Mühe unterzogen.

„Sebastian", sagte sie dicht an seinem Ohr. „Warum hast du uns hier abgepasst?"

„Um dich zu sehen", murmelte er und sie schauderte, als seine Zunge sich an ihrem Ohrläppchen entlang tastete.

„Sag die Wahrheit!"

Er drückte sich ein wenig hoch.

„Weißt du...", sagte er. „ich habe inzwischen Geschmack an Schuhmann gefunden."

„Was meinst du damit?", fragte sie verblüfft.

Er küsste sie zwischen die Augen.

„Vielleicht hatte er Recht. Vielleicht ist die Liebe kein Tanzen beschwingter Falter, sondern Taumel auf der Schneide eines scharf geschliffenen Messers. Das Drehen großer Räder, die in andere Räder greifen. Dreh dich mit mir, mein Herz, denn wir müssen untergehen! Vorher haben wir vielleicht nur diese eine Stunde."

„Untergehen?", fragte sie.

„Wir können *Ihn* nicht besiegen. Er wird uns besiegen."

„Und alles, was dir dazu einfällt ist... das?"

„Ja", sagte er, und sein Kuss gab ihr das Gefühl, auf den Rädern zu kreisen, von denen er geredet hatte. „Möchtest du?", flüsterte er.

„Möchtest du?"

„Hier?"

Er lachte.

„Wie widerständig du bist!", sagte er. Er rollte herum und zog sie mit sich, so dass sie plötzlich auf ihm zu liegen kam. „Liebst du mich?", fragte er.

„Ich liebe dich", sagte sie und wurde rot. „Aber ich bin verheiratet!"

„Ich fechte diese Ehe an", sagte er. „Ich annulliere sie, und so sollt Ihr hier und in dieser Stunde noch einmal heiraten, Leona, und mir Liebe schwören, bis uns Tod und Wahnsinn scheiden!"

„Sebastian!"

„Sebastian und Leona!", sagte er und formte mit Daumen und Zeigefingern ein Herz, wie in der Nacht in der Mühle. „Willst du? Dann sage *ja*!"

„Ich weiß nicht", sagte sie, und er lachte noch mehr.

Sie rollten übereinander, küssten sich und immer mehr Wiesenblumen verfingen sich in Leonas Haar.

„Du trägst schon deinen Brautkranz", sagte er. „Und uns bleiben zwanzig Minuten."

„Woher weißt du das ohne eine Uhr?"

„Ich bin eine Uhr", sagte er. „Ich bin das Wandern von Zeigern und die bange Bewegung der Unruh, das Klacken von Hebeln und die Spannung einer Feder. Ich bin ein Herz, das im selben Takt schlagen muss, wie das deine. Willst du mich, Leona?"

„Ich will, aber ich darf nicht", wollte Leona sagen, doch der zweite Teil des Satzes ging auf irgendeine Weise verloren.

Leutnant Teck verbeugte sich vor Josef.

„Ich darf Madames Sicherheit nun wieder in deine Hände legen."

Josef sah auf seine Uhr.

„Achtundfünfzig Minuten und sechsundvierzig Sekunden. Der Herr Leutnant war so klug, ein wenig Spielraum einzukalkulieren. Ich werde die verbleibenden vierundsiebzig Sekunden in Verwahrung nehmen, bis Sie davon Gebrauch machen möchten."

Er zog eine seiner goldenen Uhren hervor und verstellte die Zeiger.

Leutnant Teck bedankte sich, reichte Leona die Hand zum Einsteigen, verneigte sich förmlich und wünschte eine gute Rückfahrt. Dann lief er durchs hohe Gras in Richtung Werkstatt. Als Leona sich umdrehte, sah sie ihn trunkene Kreise ziehen, manchmal ein

Stück rennen und zwischendurch Rispen von Halmen streifen. Sie lächelte unter sich.

Josef hielt den Blick nach vorne gerichtet und schwieg, bis sie das Haus der Kreislers erreichten.

„Ich wünsche auch weiterhin einen guten Tag, Madame", sagte er. „Morgen früh wollen wir dann das Gehäuse unserer Uhr in Angriff nehmen. Ich werde zur gewohnten Zeit auf Sie warten."

Leona nickte, war plötzlich sehr verlegen und huschte ins Haus, wie jemand, der abends gerade noch vor dem Verschließen aller Türen heimkehrt. Erst als sie am Spiegel in der Halle vorbeikam, bemerkte sie, dass ihr Haar einen äußerst gewagten Blütenschmuck trug und ihr Kleid über und über mit Gräsersamen verziert war. Hastig eilte sie Treppe hinauf, erreichte ihr Zimmer und schloss sich ein. Es kostete sie beinahe eine halbe Stunde, ihr Haar auszukämmen und die Samen vom Kleid zu zupfen. Als sie fertig war, wunderte sie sich, dass die Glocke noch nicht angeschlagen hatte, um die Familie zum Essen zu rufen. Sie sah auf die Uhr.

Es war weit früher, als sie erwartet hatte. Etwa sechzig Minuten früher.

Josef hatte ihnen also wahrhaft eine Stunde geschenkt, wahrscheinlich abgezweigt vom kostbaren Schatz der Überschusszeit, die seine Uhren bewahrten.

So konnte sie sich noch vor dem Essen zu ihrem Vater setzen. Er schlief. Sein Atem ging gleichmäßig. Die Karte mit Genesungswünschen lehnte immer noch an der Vase. Leona zerriss sie in kleine Teile und warf sie in den Papierkorb.

Beim Essen neben Alexander zu sitzen, fand sie dann kaum erträglich. Sie hielt den Blick auf den Teller gerichtet, antwortete einsilbig und als er vorschlug, am Nachmittag ein wenig auszufahren, lehnte sie brüsk ab.

Er seufzte.

„Willst du dich nicht wieder beruhigen? Wollen wir nicht gemeinsam noch einmal ganz von vorne beginnen?"

Leona warf ihre Serviette auf den Teller, lief nach oben, warf sich auf ihr Bett und weinte, bis ihr die Rippen weh taten.

Später kam sie nicht zum Kaffee herunter, mied auch Amalies Gesellschaft und ging schließlich ins Arbeitszimmer ihres Vaters, um das Manuskript seines Buches zu suchen.

Die Schubladen im Arbeitszimmer waren abgeschlossen. Nachdem sie die losen Papiere auf dem Schreibtisch durchgesehen hatte, ging sie nach oben und setzte sich zu ihrem Vater ans Bett. Diesmal war er wach. Er lächelte, als er sie erkannte.

„Dumme Sache", sagte er.

„Ziemlich", erwiderte sie und streichelte seine Hand.

„Geht es dir gut?", fragte er.

„Ja, gewiss", sagte Leona. „Aber wie ist es mit dir, Papa? Wie fühlst du dich?"

„Ich hatte wirre Träume. Beunruhigende Träume. Bin ich krank gewesen?"

Leona nickte.

„Und du bist immer noch ein wenig krank", sagte sie. „Du musst liegen bleiben, Theas Stärkungsmittel nehmen und Hühnerbrühe essen. Dann wird es dir bald besser gehen."

„Ich mag keine Hühnersuppe", erwiderte er. „Und überhaupt fühle ich mich nur erschöpft."

„Du wirst essen, was Dr. Wieland verordnet", sagte Leona streng. „Und damit du ein bisschen Farbe bekommst, erzähle mir einfach etwas über dein Buch! Es geht darin um die Zeit. Ist das richtig?"

„Zeit", wiederholte er. „Mir will scheinen, ich habe von Uhren geträumt. Großen Uhren, auf deren Rädern ich laufen musste. Ich durfte nicht innehalten. Nicht innehalten." Er fröstelte. „Zeit hält nie an", sagte er. „Sie läuft und läuft. Sie läuft uns davon. Oder vielmehr meinen wir das. Aber die Zeit bleibt. Wir sind es, die gehen."

Leona schnalzte.

„So etwas wollte ich gar nicht hören. Oder beschäftigt sich dein Buch mit Vergänglichkeit?"

„Vergangenheit, Gegenwart, Zukunft. Ist das die Zeit?", fragt er zweifelnd. „Ich dachte, das sei sicher, doch wo in einem Kontinuum kann der Mensch Grenzen ziehen?"

„Kann er Zeit aufbewahren?", ergänzte Leona.

Ihr Vater lachte. Es klang atemlos.

„Niemand kann Zeit aufbewahren", sagte er. „Das einzige, was wir aufbewahren können, ist Energie. Kraft. Wenn wir Kohlen auftürmen, bewahren wir Kraft auf, die uns später als Brennstoff zur Verfügung steht. Wenn wir eine Feder aufziehen, übertragen wir unsere Muskelkraft auf dies kleine Ding aus Metall und es gibt sie gleichmäßig weiter, so dass unsere Uhr viele Stunden laufen kann. Aber Zeit können wir nicht speichern."

„Steht das in deinem Buch?"

Er versuchte sich aufzusetzen und sie schob ihm schnell ein Kissen in den Rücken.

„Warum Uhren?", fragte er. „Warum dreht sich alles um Uhren?"

„Ich weiß es nicht", behauptete Leona. „Warum haben euch Onkel und Tante damals eine Sonnenuhr geschenkt?"

„Weil du unsere Sonne bist, mein Schatz", sagte ihr Vater. „Unser einziges Kind. Deine Mutter hatte vorher zwei Fehlgeburten und nach deiner Geburt sagte uns der Arzt, dass sie niemals mehr Kinder haben dürfe." Er drückte sich noch ein wenig höher. „Sag, Leona – waren wir bei Herrn Michaelis?"

„Du warst mit Amalie dort."

Er rieb sich die Augen.

„Nachträglich kommt es mir sonderbar vor. Männer in altmodischer Kleidung. Waffen, die gekreuzt wurden. Ich muss das geträumt haben."

„Ja, Papa", sagte Leona. „Du hast das alles geträumt. Und nun wirst du ein Tässchen von der Hühnerbrühe trinken, die du so wenig magst!

Als sie in dieser Nacht vom Treppenabsatz nach unten spähte, lag die Halle im Dunkeln. Entweder hatte Alexander beschlossen, seine Wache abzubrechen, oder er war irgendwo dort unten. Bei dem Gedanken, im Finstern unvermittelt auf ihn zu stoßen, war Leona alles andere als wohl. Und da sie ja gar nicht vorhatte, das Haus zu verlassen, kehrte sie in ihr Zimmer zurück, ging ins Bett und lag dann bis gegen Morgen wach und träumte mit offenen Augen von Sebastian. Am Frühstückstisch musste sie in einem fort gähnen. Alexander beobachtete sie misstrauisch, aber er sagte nichts, vielleicht, weil seine Schwiegermutter mit am Tisch saß. Sie war zum ersten Mal seit Leonas Rückkehr zu einer Mahlzeit heruntergekommen und schien noch blasser als sonst.

„Du weißt nicht, mein Kind, was deine Mutter durchzustehen hat!", sagte sie zu Leona. „Dein Vater so krank… Und dazu diese Schmerzen! Aber ich will tapfer sein und heute Morgen ein wenig ausfahren. Du wirst mich doch begleiten?"

Leona hinderte ihr Brötchen daran, vom Teller zu kullern.

„Mir ist heute morgen selbst nicht gut", sagte sie. „Aber Alexander wird bestimmt gerne eine kleine Fahrt mir dir machen. Nicht wahr?"

„Warum begleitest du uns nicht?", fragte er zurück. „Frische Luft würde dir gut tun."

Sie schüttelte den Kopf.

„Nicht heute", sagte sie. „Ich habe schlecht geschlafen und möchte mich ein wenig hinlegen. Meine Beine sind ganz schwach."

„Lass sie schlafen!", sagte Amalie. „Ich fahre mit euch und kann dann gleich einige Besorgungen machen. Mir sind einige Sachen für meinen Nähkorb ausgegangen."

Alexander schien von diesem Vorschlag nur mäßig begeistert, aber zu Leonas Erleichterung weigerte er sich nicht, die beiden Frauen zu begleiten. Das zwang Leona, wieder zu Fuß bis zur Kirche zu laufen und von dort die Droschke zu nehmen, doch wahrscheinlich würde es ihr wirklich gut tun, ein Stück zu laufen. Sie wartete, bis die anderen aufgebrochen waren und machte sich dann auf den Weg zu Meister Fabrizius.

Auf der Fahrt mit dem Einspänner wusste sie dann nicht recht, was sie mit Josef reden sollte. Verlegen sah über die Felder, dachte an Sebastians Umarmungen, seine behutsamen Berührungen, sein Lachen… Als Josef etwas sagte, schrak sie zusammen.

„Wie bitte? Ich fürchte, ich war mit den Gedanken woanders."

Er verzog keine Miene.

„Ich hatte gefragt, welches Metall Sie wohl vorziehen würden – Silber oder Gold."

„Oh, Silber, glaube ich", sagte Leona.

„Weshalb?"

„Es läuft zwar an und muss gut gepflegt werden, während Gold beständiger ist, aber, hm, ich könnte gar nicht sagen, warum es mir angemessener erscheint."

Josef nickte, als sei er zufrieden.

„Silber also", sagte er. „Dem Weiblichen ist das Silber zugeordnet, denn es symbolisiert den Mond. Gold steht für die Sonne, und daher wird es männlich betrachtet. Vereint man beide Metalle, verbindet man das solare und lunare Prinzip. Da Sie die Uhr herstellen, ist die Wahl von Silber passend."

„Aber du baust sie mit mir zusammen."

„Ich helfe nur", sagte er. „Und daher werden wir des Weiteren auch nicht Gold verwenden, sondern Kupfer. Kupfer ist rot. Es hat viele Bedeutungsnuancen, mit denen ich Sie im Augenblick nicht belästigen will. Es bildet die Gegenfarbe zum Grün der Smaragde. Auf dem Deckel wird es sich gut machen."

„Kupfer?", fragte Leona zweifelnd.

Josef lächelte.

„Kupferne Intarsien. Sie werden sehen, dass sie dem Gehäuse einen einzigartigen Charme verleihen. Und um sie einarbeiten zu können, werden wir heute ein wenig mit dem Feuer spielen."

Die Zeitachse

Leona nahm die Schutzmaske vom Gesicht.

„Ist es gelungen?", fragte sie.

Josef nickte.

„Sie haben die nötige ruhige Hand für solche Arbeiten", sagte er anerkennend.

Leona strich sich lose Haare aus dem Gesicht und betastete ihre Wangen, die sich am rund tausend Grad heißen Ofen trotz der Maske gerötet hatten.

„Warum Kupfer?", fragte sie zum dritten Mal an diesem Morgen.

„Unter anderem wegen der hohen elektrischen Leitfähigkeit dieses Metalls. Und natürlich auch wegen seiner magischen Eigenschaften."

„In der Mühle hat Meister Fabrizius eine Stange aus Kupfer eingelassen, die vom Boden bis zur Decke reicht. Sie steht schräg, wie der Zeiger einer Sonnenuhr. Hat es also einen bestimmten Grund, dass sie aus Kupfer gemacht ist."

Zum ersten Mal sah sie Josef verblüfft.

„Aus Kupfer?", fragte er. „Sind Sie sicher, Madame?"

„Ja. Sie hatte diesen schönen, rötlichen Glanz, den gewiss kein anderes Metall besitzt?"

Josef wartete nicht ab, bis sie ihren Satz zu Ende gesprochen hatte.

Er warf seine dicken Lederhandschuhe fort und rannte zur Treppe.

„Meister!", schrie er mit überschlagender Stimme. „Er hat eine Zeitachse errichtet!"

Mit wenigen Sprüngen war er die Stufen hinauf. Leona beeilte sich, ihn einzuholen. Oben wäre sie beinahe in ihn hinein geprallt. Er hatte Meister Fabrizius am Ärmel gepackt.

„Jetzt wissen wir es. Es ist die Zeitachse! Nichts Geringeres als das!"

Meister Fabrizius hob Josefs Hand von seinem Arm.

„Woher weißt du das so plötzlich, mein Kind?"

„Madame Berling sagt, er habe eine Kupferstange aufgestellt. Leicht geneigt. Im Raum der Mühle. Deswegen hat er die Mühle gekauft."

„Aus Kupfer, Madame? Tatsächlich?", fragte Meister Fabrizius.

Leona nickte.

„Darum tanzten die, äh… Seelen und sangen."

„Es ist mein Fehler", sagte Meister Fabrizius. „Sie haben mir von Lichterglanz und dem Tanz der Zeitgebundenen erzählt, und ich habe nicht nachgefragt. Das liegt nur daran, dass ich einer Theorie erlaubt habe, meine Aufmerksamkeit gegenüber Fakten zu beeinträchtigen."

„Was bedeutet es?", fragte Leona. „Was ist eine Zeitachse?"

„In unserem Fall die Erklärung für alle Vorfälle der vergangenen Wochen", erwiderte Meister Fabrizius. „Umso dringlicher ist es nun, die Uhr fertig zu stellen. Bitte machen Sie sich zusammen mit Josef an die Arbeit! Die Sache eilt."

„Aber ich verstehe nicht…", begann Leona.

Meister Fabrizius schob sie sacht auf die Stufen zu.

„Nicht jetzt!", sagte er. „Jetzt gilt es, Resultate zu schaffen!"

„Was ist eine Zeitachse?", rief Leona, während sie hinter Josef an ihren Werkstattplatz zurück hastete.

„Zeit bewegt sich an Zeitachsen entlang", sagte Josef und riss ein Schubfach aus der Führung. Holz knackte. Er schien es gar nicht zu bemerken. Er hob die samtene Abdeckung herab. Darunter lagen Zifferblatt und Zeiger. Das Zifferblatt war schon emailliert, die Zahlen aufgebracht, aber kleine Aussparungen zeigten, dass etwas fehlte. Josef brachte ein Kästchen zum Vorschein. Darin lagen die Smaragde, die sie nicht für das Uhrwerk gebraucht hatten.

„Sind Verzierungen denn nun so wichtig?", fragte Leona.

Josef schnaubte.

„Es sind beileibe keine Verzierungen, Madame, das versichere ich Ihnen! Diese dreizehn Steine vollenden die Uhr. Zwölf an den Markierungen der Stunden, einer auf der Befestigung der Zeiger, wo er mit ihnen um die Achse gedreht wird."

„Wieder reden wir von Achsen", sagte Leona, während sie unter Josefs Anleitung begann, die Steine einzusetzen. „Dreht sich auch hier die Zeit darum?"

Josef lachte und zeigte seine Zähne.

„Alles dreht sich darum", sagte er. „Eine silberne Uhr mit symmetrischen kupfernen Intarsien, dazu siebenundvierzig Smaragde im Inneren des Uhrwerks. Eine sorgfältig befestigte Unruh und eine Feder aus einer neuen Legierung, die der Meister entwickelt hat. Und auf dem Zifferblatt kupferne Zeiger, in deren Mitte der sechzigste

Smaragd sitzt, umgeben von den zwölf Smaragden des Zifferblatts."
Seine Augen blitzten. „Diese Uhr, Madame, wird neue Maßstäbe
setzen!"
„Ist es Magie?", fragte Leona unsicher.
Wieder schnaubte er.
„Magie? Was ist Magie anderes, als die Anwendung von Naturge-
setzen, die nicht allgemein bekannt sind? Durch das Zusammen-
wirken der Teile erzeugen wir eine Form der Energie, von der nur
wenige Wissenschaftler ahnen, dass sie existiert. Aber ich lasse mich
hinreißen!" Er nahm ein gerilltes Knöpfchen aus dem Kasten. „Dies
hier, Madame, wird die Uhr zu einem wahrhaft modernen Gerät
machen. Es ist eine Krone. Damit lässt sich die Uhr jederzeit ohne
Schlüssel aufziehen. Wir drücken sie hinein und sie sitzt dort, ange-
schmiegt ans Gehäuse, ohne zu stören. Ja, sie verleiht dem Ganzen
ein noch gefälligeres Aussehen. Kronen sind noch nicht allgemein
durchgesetzt, obwohl es sie seit gut zwanzig Jahren gibt. Dreht man
sie, wird die Feder gespannt und ergo die Uhr aufgezogen."
Leona gelang es, unter seiner Anleitung die Krone auf den Zapfen
zu setzen.
„Nun, sind wir bald fertig", sagte Josef. „Sie können mit sich zufrieden sein."
„Wenn du mit mir zufrieden bist, will ich es auch sein. Aber jetzt
sagst du mir endlich, was es mit der Zeitachse auf sich hat!"
Doch sie drängte ihn vergebens, bis sie sich auf den Rückweg mach-
ten. Dann plötzlich, sagte er: „Ein Meister der Zeit kann verschiedene Gründe haben, eine Zeitachse zu errichten. Mittels der sich
drehenden Kupferstange komprimiert er beispielsweise die Dauer
eines Vorganges oder zieht sie in die Länge. Oder er schafft einen
Zustand jenseits der Zeit."
„Zeitlosigkeit?", fragte Leona.
Josef drehte sich zu ihr um.
„Die kunstvoll eingesetzte Achse lässt die Zeit kreisen. Das führt
zum Eindruck, die Zeit stehe still. Wer das jemals erlebt hat, kennt
den Geschmack der Ewigkeit. Süß ist das Geheimnis der Drehung,
die in sich selbst zurückführt."
„Das hört sich wunderbar an, Josef. Aber ich verstehe kein Wort",
sagte Leona. Josef zog die Zügel an und ließ den Wagen halten.

„Sagen Sie mir, Madame, warum der Mensch wohl Wassermühlen zum Mahlen des Korns gebaut hat! Warum vertraute er nicht der Hand und dem Reibestein?"

„Ich nehme an, weil die Hand ermüdet", sagte Leona.

„So ist es!", sagte Josef. „Und weshalb bauen wir dann keine Windmühlen, wie sie in anderen Gegenden gebräuchlich sind?"

„Wind weht oder er weht nicht", entgegnete Leona. „Wasser fließt jedoch meist gleichmäßig. Und wenn nicht, dann hat die Mühle eine Vorrichtung, die das Rad tiefer einsenken kann. Das habe ich früher oft gesehen."

„Und nun denken Sie, Madame!", sagte Josef. „Denken Sie!"

Leona verbrachte den Nachmittag mit nichts anderem.

Sie holte Feder, Tinte und Papier, zeichnete Skizzen und bemühte sich, anschaulich zu machen, was sie bisher gelernt hatte. Wie von Ferne hörte sie Amalie Mozart spielen. Als das Klavierstück endete, hatte Leona die einzelnen Schichten des Uhrwerks und das Zifferblatt gezeichnet, die Position der sechzig Edelsteine in einem einzigen Bild zusammengefasst und die Punkte verbunden. Heraus kam eine vollkommen regelmäßige Figur, die wie ein gezackter Ring mit Mittelpunkt aussah. Danach versuchte sie sich die Konstruktion in der Alten Mühle wieder ins Gedächtnis zu rufen. Nach mehreren unbefriedigenden Skizzen kam die Erinnerung mit einem Schlag. Die Kupferstange war in eine gezackte Scheibe eingelassen. Die Zacken ergaben ein Muster. Und dieses Muster war auch auf Sebastians ursprünglicher Uhr eingraviert gewesen. Auf diesen Uhren war also nichts reine Zierde. Alles besaß eine Bedeutung, so als gäben die Uhren Konstruktionspläne vor.

Leona wollte Amalie von ihrer Entdeckung erzählen, doch ihre Cousine hatte ein weiteres Klavierstück in Angriff genommen. Sie entschied sich, zu warten, bis Amalie bereit sein würde, ihr zuzuhören. Als sie an der Tür des Arbeitszimmers vorbei kam, hörte sie eine Stimme, die ihr bekannt vorkam. Sie lugte um die Ecke.

In der Halle stand Meister Michaelis und neben ihm Alexander. Leona wich zurück und als sie merkte, dass die beiden Männer näher kamen, schlüpfte sie ins Arbeitszimmer. Sie wollte aufatmen, da wurde die Tür geöffnet. Ohne nachzudenken rettete sie sich an den einzigen schützenden Ort, den sie erreichen konnte – hinter die weit nach vorne ragende Seitenwand der Kredenz. Alexander schloss die Tür und bot seinem Gast mit nicht allzu viel Wärme in der Stimme etwas zu trinken an. Leona war erleichtert, als Michaelis ablehnte. Sie hatte ihre Röcke so eng um sich geschlagen, wie es die Krinoline zuließ und presste sich in die Ecke, die ihr keine Deckung mehr bieten würde, wenn einer der beiden Männer weiter in den Raum hinein ging und sich umdrehte.

„Ich weiß wirklich nicht, wie ich diesen Besuch verstehen soll!", sagte Alexander. „Natürlich freue ich mich, Sie zu sehen…"

„Schnickschnack", erwiderte Meister Michaelis. „Sie freuen sich nicht und das ist mir, offen gesagt, einerlei. Wir haben eine Abmachung und ich erwarte die Einhaltung von Abmachungen. Andernfalls sehe ich mich an Versprechungen meinerseits nicht mehr länger gebunden."

„Ich habe mich redlich bemüht, die Berechnungen pünktlich fertig zu stellen", erwiderte Alexander, hörbar gekränkt. „Aber die Unterlagen, die Sie mir gegeben haben, sind nichts als Unsinn! Glenser verwendet Konstanten, deren Bedeutungen mir unbekannt sind, und seine Ableitungen müssen einfach abenteuerlich genannt werden."

„Ich habe nicht Ihre Meinung erbeten, sondern Ihre Berechnungen", sagte Meister Michaelis.

Alexanders Stimme wurde hitzig.

„Niemand kann das berechnen! Fragen Sie, wen Sie wollen!"

„Ich habe andere gefragt. Doch das waren jüngere Männer, weniger erfahren als Sie. Und ich darf wohl erwarten, dass Sie mit den gegebenen Zahlen und Formeln zu Ergebnissen gelangen, auch wenn Ihnen die eine oder andere Konstante suspekt sein mag."

„Hören Sie, Herr Michaelis!", sagte Alexander. „Glensers Annahmen führen zu widersinnigen Lösungen. Darin kann die Zeit verschiedene Geschwindigkeiten annehmen, oder bei extremen Werten sogar verschwinden. Was sollen Ihnen solche Ergebnisse nutzen?"

„Viel, mein Junge", erwiderte Michaelis. „Sehr viel. Doch nehmen wir einmal an, sie wären tatsächlich wertlos, so soll das nicht Ihre Sache sein. Ihre Aufgabe besteht in nicht mehr und nicht weniger als darin, Mathematik zu betreiben. Dafür sind Ihnen angenehme Konsequenzen in Aussicht gestellt worden. Ich muss wohl nicht erläutern, dass ein Scheitern Ihrerseits folgerichtig unangenehme Konsequenzen hätte."

„Bleiben Sie mir mit Drohungen vom Leib!", sagte Alexander zornig. „Und was die Mathematik angeht, so geht es dabei um etwas, das Sie höher würdigen sollten: Wahrheit!"

Meister Michaelis grinste. Das war seiner Stimme anzuhören. „Wahrheit. Genau darum geht es. Aber Sie vertragen Wahrheit anscheinend nicht, mein Freund. Glenser war ein junges Genie, aber haltlos und unreif. Ihnen unterlaufen keine Rechenfehler, dafür mangelt es Ihnen an Phantasie. Damit taugen Sie kaum zu mehr als zum Hauslehrer. Um eine Professur zu erringen, wird das nicht genügen. Kurz und knapp, mein Junge: Ich halte Ihre vollständigen Berechnungen morgen früh pünktlich um neun Uhr in Händen, oder ich muss betrübt zur Kenntnis nehmen, dass Sie mit der Aufgabenstellung überfordert waren."

Die Tür wurde geöffnet und wieder geschlossen. Leona hörte Alexander scharf die Luft einziehen. Papier wurde zerknäult und der unschuldige Papierkorb bekam einen Tritt, der ihn quer durchs Zimmer beförderte. Dann öffnete und schloss sich die Tür ein weiteres Mal.

Als sie wieder in ihr Zimmer kam, stand das Fenster offen. Auf dem Tisch lag eine Nachricht, die sorgsam mit einem Stein beschwert worden war.

M.'s Arbeit fast vollendet. Komme heute Nacht gegen ein Uhr zur Alten Mühle. Sebastian.

Leona faltete das Papier zusammen, schob es in ihren Ausschnitt und passte Amalie ab, die nach oben kam, um sich zum Abendessen umzuziehen. Amalie las die wenigen Worte und runzelte die Stirn.

„Ist das seine Handschrift?", fragte sie.

Leona errötete.

„Ich kenne seine Schrift nicht. Er hat mir nie geschrieben."

„Eben", sagte Amalie. „Die Herrn Offiziere haben es oft gar nicht mit der Feder. Und so weit ihr zwei Turteltäubchen inzwischen auch miteinander gediehen sein solltet, so bezweifle ich, dass er eine solch schmucklose Nachricht ohne Anrede und Schlussformel verfassen würde."

Leona errötete noch mehr.

„Weit also?", fragte Amalie.

Leona deutete ein Nicken an.

„Umso weniger glaube ich, dass dieses Brieflein von ihm stammt, das bemerkenswerterweise bei aller Kürze gestochen schön geschrieben ist und offensichtlich abgelöscht wurde. Kein Klecks, kein verwischter Buchstabe."

„Wer sollte es denn sonst geschrieben haben?", fragte Leona abwehrend.

„Nun, wer wohl?", entgegnete Amalie. „Du wirst nicht hingehen oder dir Begleitung mitnehmen!"

Leona nickte und hatte längst etwas anderes beschlossen. Das Stelldichein mit Sebastian unter Josefs Augen war schon peinlich genug gewesen. Amalie mitzunehmen, ging nicht an!

„Du hast recht", sagte sie daher folgsam. „Ich werde nicht gehen. Alexander wird ohnehin Wache halten."

Amalie warf ihr einen misstrauischen Blick zu, ließ dann aber vom Thema ab, denn die Glocke schlug an und verkündete, dass die Mahlzeit aufgetragen wurde. Nach dem Essen stand Amalie sofort auf.

„Himmel!", sagte sie. „Mir ist der weiße Zwirn ausgegangen. Ich fahre schnell zur Bechergasse. Heinrich soll anspannen lassen! "

Leona fühlte sich ein wenig im Stich gelassen, andererseits konnte sie so die Vorbereitungen für die Nacht ungestörter treffen. Sie legte sich das robusteste Kleid heraus, stellte die kleine Laterne zur Seite und besorgte sich aus der Anrichte Zündhölzer. Keine halbe Stunde später war Amalie zurück und setzte sich mit dem neu erstandenen Zwirn und weißem Stoff an eine weitere weiße Hose. Leona war gerührt. Sie musste sich auf die Zunge beißen, um Amalie nicht doch einzuweihen. Stattdessen zeigte sie ihr die Skizzen.

„Faszinierend", sagte Amalie. „Nur habe ich leider überhaupt keine Neigung für solche technischen Dinge. Du scheinst einiges von deinem Vater geerbt zu haben. Wie weit ist denn die Uhr gediehen, die du bei Meister Fabrizius konstruierst?"

„Sie ist fertig", sagte Leona stolz. „Er hat sie mir nur noch nicht mitgegeben, weil er sie noch polieren und gravieren wollte."

„Ah, was soll sie denn für einen Sinnspruch tragen?", fragte Amalie.

„Est modus in rebus – Es ist ein Maß in allen Dingen. Das fand ich sehr schön."

„Dieser Spruch scheint mir nach unseren Erfahrungen tiefsinniger als es mir bisher vorgekommen wäre", sagte Amalie. „Obwohl die Musik allein Bestätigung genug wäre. Ohne Takt und Maß keine Musik."

„Ja", sagte Leona und gähnte. „Ich fürchte nur, das alles macht mich furchtbar müde. Es wird Zeit, zu Bett zu gehen."

„Dann wünsche ich guten Schlummer", erwiderte Amalie. „Ich werde wohl noch diese Naht schließen, ehe ich den Rest der Arbeit auf morgen verschiebe."

Gegen halb eins in der Nacht erwachte Amalie, den weißen Stoff im Schoß, und stach sich prompt als erstes in den Finger. Sie gähnte, dann fiel ihr Blick auf die Uhr. Die angefangene Hose fiel zu Boden und Amalie lief zu Leonas Zimmer. Die Tür war nicht abgeschlossen, das Bett unbenutzt. Auf dem Rost im Ankleidezimmer fehlten die Schnürstiefeletten. Amalie klopfte bei Alexander. Er öffnete recht schnell und stand nur in Hemd und Hose vor ihr. Das Licht brannte, der Schreibtisch war mit Papieren übersät.

„Ähm, kann ich etwas für dich tun?", fragte Alexander. „Ich bin noch recht beschäftigt. Aber wenn ich behilflich sein kann…"

„Du kannst", sagte Amalie. „Es geht um Leona. Sie hat einen guten Rat in den Wind geschlagen und ich fürchte, ich werde dich bemühen müssen, ganz gleich, wie beschäftigt du bist."

„Leona hört leider selten auf das, was man sagt", erwiderte er. „Hat es bis morgen früh Zeit, oder sollte ich sofort mit ihr reden?"

„Es hat keine Zeit. Leona ist auf dem Weg zur Alten Mühle und wird dort mit Sicherheit Meister Michaelis über den Weg laufen."

„Jetzt?", fragte Alexander ungläubig.

„Ja."

„Aber was hat Michaelis damit zu tun?"

„Alles!", sagte Amalie. „Es kann kein Zufall sein, dass Michaelis diese Nacht gewählt hat, um sie dorthin zu locken. – Die erste nach der Fertigstellung der Uhr. Und wie ich gerüchteweise hörte, will er morgen früh bestimmte Berechnungen zur Verfügung haben."

Alexander drehte sich ein wenig zum Schreibtisch um.

„Daran sitze ich gerade", sagte er. „Ich habe keine Ahnung, woher du davon weißt. Und mich soll der Teufel holen, wenn ich begreife, warum Leona mitten in der Nacht allein herumläuft. – Sie ist doch allein?"

„Das wäre immer noch das Beste", sagte Amalie. „Aber wahrscheinlich ist sie weit weniger allein, als wir es uns wünschen. Und nun besorgst du besser eine Laterne, schlüpfst in feste Stiefel und kommst!"

„Aber das Tor ist zu!", protestierte Alexander. „Leona kann jetzt in der Nacht nicht zur Alten Mühle gelangen."

„Oh, doch. Sie kann", sagte Amalie.

„Ich verstehe immer noch nicht, welches Interesse Michaelis daran haben sollte, Leona irgendwohin zu locken. Aber wenn doch, dann brauchen wir die Polizei!"

„Die würde uns wenig helfen. Aber wenn mein kleiner Ausflug nach dem Essen nicht umsonst war, werden wir vielleicht anderweitig Unterstützung bekommen."

Die Alte Mühle

Leona umrundete das Gebäude. Sie bewegte sich vorsichtig, bemüht, kein Geräusch zu machen. Im Nachhinein kam es ihr selbst unwahrscheinlich vor, dass Sebastian in seiner Nachricht kein Zeichen oder einen genaueren Treffpunkt angegeben hatte. Immer mehr kam sie zu der Überzeugung, dass man ihr hier eine Falle stellen wollte.

Nah am Bach blieb sie stehen. Wasser schäumte.

Welchen Vorteil konnte es Meister Michaelis bringen, sie herzulocken? Um sie ermorden zu lassen, war jede andere Gelegenheit auch recht, wie der Unfall des jungen Glenser und Hübners Leiche im See bewiesen hatten. Besaß sie etwas, das Michaelis haben wollte? Sebastians Uhr hatte er ja bereits.

Leona starrte ins Dunkel.

Die Uhr mit den sechzig Smaragden. Er hatte versucht, die Steine an sich zu bringen. Sie hatte ihm stattdessen auch die drei Fehlenden entwenden können. Nun saßen sie in einer funkelnagelneuen Uhr und Josef hatte nicht oft genug betonen können, wie neuartig und besonders diese Uhr sei. Dachte Meister Michaelis, sie hätte die fertige Uhr mitgenommen und würde sie bei sich tragen? Das gab doch immerhin ein wenig Sinn.

Leona fuhr zusammen. Etwas bewegte sich zwischen ihr und dem Bachlauf. Eine dunkle Silhouette hob sich gegen das schäumende Wasser ab.

Sie blieb still stehen.

Schritte knirschten auf Kieseln. Dann blendete ein Licht auf.

Alexander fluchte unfein, während er sich hinter Amalie durch den Mauerdurchlass quetschte und ihm eine Brombeerranke durchs Gesicht fuhr. Als er über die Bruchsteine hinweg geklettert war, tastete er nach den Streichhölzern und riss eins an.

„Kein Licht!", zischte Amalie.

„Warum denn nicht?", fragte er dagegen. „Schurken haben Angst vor der Helligkeit. Ehrbare Bürger nicht. Sie sollen möglichst früh merken, dass da noch andere Leute sind. Das wird sie von dem abhalten, was sie vorhaben. Was auch immer das sein mag."

Der Docht flackerte und erlosch. Alexander entzündete ein weiteres Streichholz, bekam die Lampe zum Leuchten, und Amalie wies nach Osten.

„Dort ist die Mühle."

„Ich weiß", erwiderte Alexander. „Herr Michaelis baut dort eine sonderbare Konstruktion, um Probleme der Zeit zu erforschen. Dafür braucht er ja meine Berechnungen. Er ist eher ein Praktiker als ein brauchbarer Mathematiker. Ich hätte dir wohl kaum geglaubt, als du von der Mühle und Michaelis sprachst, wenn ich nicht als einer von wenigen wüsste, dass er das Anwesen über Dritte gekauft hat. Nur kann ich mir immer noch nicht vorstellen, was er von Leonie will."

„Mit Sicherheit nichts Gutes", sagte Amalie. „Und jetzt weiter!"

Leona sah sich von drei Männern eingekreist. Zwei davon kannte sie. Es waren der Mann im Samtwams und der grobschlächtige Bursche, der sie damals überfallen hatte. Der Dritte sah kaum sympathischer aus.

„Macht lieber keinen Fehler!", sagte Leona. „Ihr wisst, wie zerbrechlich Eure Uhren sind. Und außerdem bin ich nicht allein hier."

Der junge Kerl lachte.

„Das würd ich auch sagen, wenn ich Sie wär!"

„Wo ist Leutnant Teck?"

„Den hat unser Meister mit einem Auftrag fortgeschickt. Welch ein dummer Zufall für das junge Fräulein!"

„Ich bin kein junges Fräulein. Und ich möchte umgehend mit Herrn Michaelis sprechen, der ungehobeltes Benehmen von Ihrer Seite gewiss ahnden würde."

Wieder gab es Gelächter.

„Wenn die junge Dame es wünscht, dann führen wie sie gerne zu unserem Herrn."

Obwohl sie sich gelassen gab, brach Leona der Schweiß aus, als sie die Treppe hinauf gedrängt wurde. Nun hatte sie niemanden, der ihr helfen konnte. Niemand würde sich aus einer Uhr hervorzaubern lassen, um sie zu verteidigen.

Im großen Raum glänzte die Kupferstange. Das fahle Leuchten bläulicher Lichter fehlte. Die Uhrkästen an der Wand waren leer.

„Meister!", brüllte der junge Bursche.

Meister Michaelis kam aus dem oberen Stock. Er war in ein bodenlanges, blaues Gewand gekleidet. Auf seinem Haar saß eine bestickte Kappe. Mehr als zehn Uhren hingen von seiner Gürtelschärpe.

„Herzlich Willkommen, Madame Berling", sagte er. „Sie kommen zu einem günstigen Zeitpunkt."

„Das wage ich zu bezweifeln", sagte sie. „Und ich bestehe darauf, zu erfahren, warum Sie mich mit einer fingierten Botschaft hergelockt haben."

„Fingiert?", fragte er. „Fingiert war höchstens die Unterschrift. Doch der Rest der Nachricht trifft durchaus die Wahrheit. Ich stehe vor der Vollendung einer neuen, sinnreichen Konstruktion und habe Sie eingeladen, zu diesem Anlass hier zu erscheinen. Sie sind hier. Da wollen wir nicht über Einzelheiten uneins werden. In den frühen Morgenstunden wird sich Ihr Herr Gatte zu uns gesellen, so dass Sie ja bald wieder mit ihm vereint sein werden. Bis dahin haben Sie die einmalige Gelegenheit, einiges zu lernen, das Ihnen mein lieber Kollege wahrscheinlich nicht gezeigt hat."

Alexander stolperte und fing sich.

„Ein übles Stück Weg", sagte er. „Dabei fällt mir ein, dass es doch besser gewesen wäre, dich zu Hause zu lassen. Das alles muss sehr anstrengend für dich sein, und vielleicht wird es ja doch gefährlich."

„Ich bin nicht aus Marzipan", sagte Amalie. „Im Falle eines Falles wirst du sehen, dass ich auch zuschlagen kann."

„Sag mir, Amalie – gibt es einen Mann? Ich meine – Leona ist so abweisend und kühl geworden. Gar nicht so, wie ich sie kenne. Und dieser Mann in der weißen Uniform, der plötzlich verschwand, als sei er eine Erscheinung. Du meinst doch nicht…"

„Leutnant Teck", sagte Amalie. „Er ist keine Erscheinung, sondern existiert in Fleisch und Blut. Jedenfalls manchmal."

„Was meinst du mit *manchmal*?"

„Wenn er nicht in seiner Uhr ist", erwiderte Amalie. „Du musst gar nicht schnauben! Ich habe gesehen, was ich gesehen habe, und ich habe mir niemals leisten können, Phantastereien nachzujagen."

„Menschen in Uhren?", fragte Alexander gequält. „Sind wir deswegen hier mitten in der Nacht auf diesem vermaledeiten Feldweg unterwegs?"

„Das trifft es ziemlich genau", sagte Amalie. „Und vielleicht sollten wir nicht konversieren, sondern auf unseren Weg achten!"

Aus der Kupferstange sprang ein blauer Funke. Dann erschien ein schwaches, blaues Leuchten.

„Madame!", sagte Meister Michaelis zeremoniell. „Die Zeitachse!"

„Wozu dient sie?", fragte Leona, trotz ihrer Angst neugierig.

„Zu allerlei, Madame. Beispielsweise kann ein Mensch darin unversehrt verharren, wenn die Zeit im Kraftfeld rotiert. Es bilden sich auf- und absteigende Spiralen, die in sich selbst zurücklaufen. Verändern wir deren Amplitude, verfehlen sich die Enden der Spiralen, und entweder dehnen oder komprimieren wir damit die Zeit. Die alten Meister haben behauptet, bei richtiger Konstruktion sei man sogar in der Lage, damit Ereignissen vorzugreifen, ja durch die Zeit rückwärts an jeden beliebigen Punkt der Menschheitsgeschichte zu gelangen." Er nahm eine seiner Uhren. „In jedem Fall können wir mit Hilfe dieser Achse Zeit abzweigen. Wir können dort Zeit gewissermaßen hinterlegen. Und wir vermögen, mittels der sich drehenden Achse Seelen zu fangen." Seine Hand schloss sich um Leonas Handgelenk. „Wir können noch ein Weiteres", sagte er. „Wir können im blauen Leuchten der Zeitachse die lunare und die solare Seele zu einer Einheit verschmelzen und damit einem Menschen verlorene Lebenszeit zurückgeben."

„Weiblich und männlich?", fragte Leona in Erinnerung an Josefs Erklärungen.

Meister Michaelis lächelte.

„So ist es. Sie haben viel gelernt. Mehr als ich dachte. Dann wissen Sie vielleicht auch, dass es bei einer solchen Verschmelzung eine Schwierigkeit zu meistern gilt."

Leona schüttelte den Kopf.

„Nun", sagte er. „Die Gegensätze weigern sich von Natur aus, eins zu werden, seit die Geschlechter erschaffen wurden. Rohe Weisheitssuchende haben daher versucht, durch den Vollzug der geschlechtlichen Vereinigung diesen Gegensatz zu überwinden."

„Ich muss doch bitten!", sagte Leona und fühlte sich zunehmend elend.

Meister Michaelis grinste.

„Solch grobe Methoden sind nutzlos. Diesbezüglich müssen Sie nichts fürchten. Ich weiß inzwischen, dass es so nicht funktioniert. Es gibt nur eine Möglichkeit, das Gegensätzliche zur Verschmelzung zu bringen."

Jemand kam die Treppe herauf gestürzt. Es war Leutnant Teck. Er hatte die Klinge gezückt.

„Da ist er ja", sagte Meister Michaelis milde. „Auf dich haben wir gewartet, Sebastian."

„So? Warum haben Sie mich dann weggeschickt?"

„Weil ich wusste, dass du rechtzeitig wieder umkehren würdest", erwiderte Meister Michaelis. „Ohne dich kommen wir hier nämlich nicht weiter."

Der Mann im Samtwams zog seine Waffe und attackierte Leutnant Teck. Meister Michaelis redete weiter, als sei der Kampf nichts als ein harmloses Geplänkel. „Das ist nämlich unsere Schwierigkeit oder vielmehr deren Umgehung. Die Seelen, die man verschmelzen möchte, müssen die Verschmelzung herbeisehnen. Und wann ist das der Fall?" Er lächelte gutmütig. „Sie ahnen es, Madame. Für unsere Zwecke benötigen wir Mann und Weib, die zueinander in zärtlicher Liebe entbrannt sind. Ich muss gestehen, dass ich lange Zeit nicht erwartet hätte, dass mein guter Sebastian dazu fähig wäre. Er wusste die Liebe zu genießen, ohne sich davon anstecken zu lassen. Und dass ich ihn in Ihren Händen platzierte, das hatte eigentlich einen anderen Grund."

„Meinem Mann mathematische Erkenntnisse abzuluchsen. Ich weiß", sagte Leona. „Aber ich weiß nicht, wie Sie darauf kommen, da gäbe es..."

„...Liebe zwischen Ihnen?", fragte Meister Michaelis. „Dummerweise lässt sich dieses Gefühl nur schlecht verbergen. Außerdem habe ich meine Spione und Zuträger. Und selbst wenn es ein Irrtum wäre – oh, dann würde unser Experiment eben nicht glücken. Ich würde Sie im Anschluss allerdings beseitigen müssen, so dass es für Sie im Ergebnis gleich bliebe. Machen Sie sich darüber also keine Gedanken!"

Leona holte aus und versetzte Meister Michaelis eine schallende Ohrfeige. Sie traf ihn so unerwartet, dass er stolperte und ihr Handgelenk los ließ.

„Sebastian!", brüllte Leona. „Lass uns hier verschwinden!"

Alexander runzelte die Stirn.

„Das ist Leonie!", sagte er.

Er begann zu rennen. Amalie hetzte hinter ihm her. Sie überquerten den Hof der Alten Mühle. Amalie zeigte auf die Tür. Alexander wollte sie öffnen, doch innen klackte etwas, und die Tür gab nur wenig nach.

„Ein Haken!", sagte Alexander und rüttelte am Holz, um den Haken zum Aufspringen zu bewegen, doch er reichte so weit durch die Öse, dass er nicht herausrutschte. Alexander riss heftiger an der Türkante, krallte beide Hände ein, suchte breitbeinig Stand und zerrte, bis er außer Atem war. Der Haken saß immer noch fest.

„Lass mich mal!", sagte Amalie. „Während du über Berechnungen gesessen hast, habe ich Wäsche gestampft."

„Du?", fragte er keuchend.

„Ja, ich. Ich kann mir schon lange kein Mädchen mehr leisten, das für mich waschen würde", sagte Amalie. „Und außerdem solltest du die Kraft nicht unterschätzen, die in den Händen einer Pianistin sitzen muss, wenn sie Brahms spielen will."

Sie rüttelte ein paar Mal, setzte noch einmal an, brachte den Fuß unter den Spalt und hebelte die Tür aus den Angeln.

„Das hätten wir!", sagte sie grimmig. „Und nun los!"

Leutnant Teck stieß dem jungen Burschen den Ellenbogen ins Gesicht und parierte den Schlag, der auf seine Beine gezielt war.

„Komm hier herüber!", rief er.

Leona bemühte sich, der Aufforderung zu folgen, doch zwei helle, sehnige Arme hielten sie umklammert. Eine der beiden Frauen war aus dem oberen Stockwerk gekommen und hatte sie von hinten gepackt. Leona trat rückwärts aus und krallte die Fingernägel in die Arme, die sie umfassten, dann war auch die zweite Frau neben ihr und schlug Leona mehrmals so heftig ins Gesicht, dass sie sekundenlang wie betäubt war. Sie wurde umgeworfen und ihre Hände mit einem seidenen Haarband gefesselt.

Meister Michaelis zog Leona hoch. Er blutete aus der Nase, schien aber nichtsdestotrotz recht gut gelaunt.

„Dafür werde ich Kompensation erhalten. Übergehen wir das also!", sagte er. Leona versetzte ihm einen Tritt gegen das Schienbein, doch da zogen die beiden Frauen sie rückwärts.

Sebastian hatte seine Waffe in die linke Hand gewechselt. Blut lief ihm über die Rechte.

„Das gibt es ja nicht!", schrie Alexander.

Sie standen vor einer weiteren verschlossenen Tür. Dahinter klirrte Metall auf Metall. Etwas zischte sonderbar.

Amalie suchte eine Ritze, um die Finger einkrallen zu können, doch diese Tür schloss fest mit dem Rahmen ab und schien ganz neu eingebaut zu sein. Man sah drinnen den Schlüssel stecken.

„Aufmachen!", brüllte Alexander.

Die zwei Frauen packten Leona. Es gab ein schlürfendes Geräusch.

Dann war Leona von blauem Leuchten umgeben.

Es war bezaubernd schön, ruhig und klar.

Fast schien es ihr, als atme sie nicht. Es trug sie auf und ab.

Unscharf konnte sie irgendwo weit fort Gestalten sehen, die sich wie im Tanz bewegten. Es beunruhigte sie nicht. Ihr Körper war leicht und fühlte sich köstlich an.

„Leona!", brüllte Leutnant Teck.

Das ließ Alexander heftig am Türknopf rütteln und gegen die Tür treten. Dann kam jemand die Treppe herauf.

„Endlich!", rief Amalie, als sie Meister Fabrizius und Josef erkannte.

„Wir kommen nicht hinein!", rief Alexander. „Wir *müssen* hinein!"

Josef nahm eine seiner Uhren, maß die Tür mit einem Blick, und verstellte die Zeiger.

„Was soll das jetzt?", fragte Alexander, der dem Schluchzen nah schien.

Dann knackte es im Holz. Die einzelnen Balken wurden deutlicher sichtbar. Licht fiel durch die Ritzen. Klappernd löste sich das Türschloss, und noch ehe Alexander die Tür auftreten konnte, sackte sie als Staubwolke in sich zusammen. Josef machte eine einladende Geste.

„Nach Ihnen, Herr Berling!", sagte er.

Es war Leona gar nicht recht, als etwas sie fasste und aus dem Blau herauszog. Sie stürzte und stieß sich die Knie. Eine Klinge fuhr unter das Seidenband. Sie stöhnte und rieb sich die Handgelenke.

„Leona!", sagte Leutnant Teck schmerzlich.

„Mir geht es gut", murmelte sie.

Der Mann im Samtwams lag auf den Dielen, umklammerte den Oberschenkel und stöhnte. Alexander erreichte seine Frau, stieß Leutnant Teck vor die Brust und versuchte, ihn zu würgen. Leutnant Teck fegte ihn zur Seite und zog Leona hoch.

Meister Fabrizius stand unterdessen seinem Widersacher gegenüber. Sie griffen gleichzeitig in ihre Taschen und jeder brachte die Hand mit einer goldenen Uhr hervor.

Beide ließen den Deckel aufspringen.

„Du wagst es also?", fragte meister Michaelis liebenswürdig.

„Was wage ich denn?", fragte Meister Fabrizius dagegen.

„Dein Leben und das deiner armseligen Gefolgschaft", erwiderte Meister Michaelis.

Mit dem Daumen bewegte er die Zeiger, doch Meister Fabrizius schien schnell wie sein Spiegelbild. Zeitgleich vollzogen ihre Finger die Veränderungen, während sie einander ansahen, so dass keiner einen Vorteil erringen konnte.

Leutnant Teck bekam von Alexander einen Schlag gegen den Hinterkopf und fluchte auf Französisch.

„Lass ihn los!", sagte Leona, immer noch benommen.

Amalie rang mit dem kräftigen jungen Burschen, dem vor lauter Anstrengung Schweiß auf die Stirn trat.

Dann wiederhallte ein Schuss in der Mahlstube. Eine der beiden Frauen hatte auf Alexander gezielt, doch die Kugel hatte das blaue Lichtband getroffen. Die Kugel versank darin und bewegte sich dort auf und ab, wie ein Blatt in der Strömung.

„Alexander, wir müssen hier weg!", sagte Leona.

Dann krachte ein zweiter Schuss. Er verfehlte nur knapp Leutnant Tecks Hand, schlug in die Platte ein, die den Kupferstab hielt, und eine blaue Flamme schoss zur Decke hinauf.

Dann brüllte Meister Michaelis: „Nicht schießen!", doch im selben Augenblick fiel der dritte Schuss.

Leona bekam große Augen. Ihr war auf einmal sonderlich zumute. Sie sah Schrecken in Leutnant Tecks Augen. Vor ihr leckte die Flamme zum Dachbalken hinauf. Dann fiel sie in Alexanders Arme.

„Leonie!", sagte Alexander.

Dicht unter dem Schlüsselbein, oberhalb kleiner violetter Rüschen, war ein nicht allzu großes Loch, aus dem Blut quoll. Leutnant Teck hatte den Arm gehoben. Seine Klinge flog quer durch den Raum und durchbohrte die Schützin. Sie sackte in sich zusammen.

Dann kniete er neben Alexander und nahm Leonas Hand.

Leona hörte ihren Namen. Für einen Augenblick schien alles wieder so klar wie im blauen Licht. Sie fasste sich an die Brust und sah auf ihre blutigen Finger.

Alexander zitterte. Das spürte sie.

Schleier trieben durch ihr Gesichtsfeld. Sie sah dazwischen, wie sich die beiden Zeitmeister umkreisten. Im Raum war es jetzt sehr hell geworden. Der Dachbalken brannte.

„Sebastian", sagte sie.

Er nickte. Tränen standen ihm in den Augen.

Dann ging Josef neben ihr in die Hocke. Er betrachtete die Wunde, fühlte ihr den Puls und zog ihre Augenlider nach oben.

„Leona!", sagte er. „Willst du leben?"

Leutnant Teck keuchte. Alexander krampfte die Hände um Leonas Schultern.

Leona merkte, wie ihr die Augen zufielen.

Sebastian schrie ihren Namen. Schrie wie verwundet.

„Leona!", fragte Josef sanft. „Willst du leben?"

Sie sah Sebastians Gesicht unscharf, meinte Maiglöckchenpuder zu riechen, und murmelte ein *Ja*.

Josef stand auf.

„Die Uhr, Meister!", rief er.

Während er mit der rechten Hand weiter die Zeiger seiner eigenen Uhr bewegte, zog Meister Fabrizius mit der linken die Uhr mit den

Kupferintarsien aus einer Tasche. Er warf sie Josef zu, der sie auffing, und sich damit neben Leona auf die Knie niederließ.

„Leona!", sagte er. „Komm zu deinem Meister!" Seine Finger fassten die Krone und drehten sie. „Komm in das Heim, das er dir bereitet! Sieh deine Wohnstätte! Nimm den Platz ein, der dir bestimmt ist!"

Leona seufzte. Vor ihr öffnete sich ein Tor. Dahinter lag roter Glanz. Sie hörte Leutnant Teck schluchzen.

„Alles ist doch gut", sagte sie. Dann zog sie etwas um eine Achse und ihre Welt bestand aus Drehungen, die süßen Schwindel erzeugten.

Im Stockwerk oberhalb der Mahlstube explodierte etwas.

Meister Fabrizius maß seinen Gegner mit einem Blick, riskierte eine ganze Umdrehung des Minutenzeigers und setzte stattdessen alle Kraft in einen Tritt, der Michaelis umwarf. Michaelis rollte ein Stück, kam auf die Beine und die sehnige Faust seines Widersachers traf ihn auf den Mund.

„Josef!", rief Meister Fabrizius. „Es ist Zeit, zu gehen!"

„Ja, Meister!", erwiderte Josef, klappte die Uhr mit den Kupferintarsien zu.

Alexander hockte mit offenem Mund da und starrte dorthin, wo Leona eben noch gelegen hatte. Amalie las die Pistole auf und drosch dem grobschlächtigen Burschen den Knauf vor die Stirn, dass er umsank.

Leutnant Teck warf sich Meister Fabrizius in den Weg. Er umklammerte seine Beine und wollte, ihn anflehen, Leona nicht mit sich fortzunehmen, da hatte Josef von hinten nach einer Uhrkette an Meister Michaelis Gürtelschärpe gefasst, die Schärpe mit einem scharfen Messer durchschnitten und Leutnant Tecks Uhr aufgefangen, während ein Dutzend weiterer Uhren auf die Dielen polterte. Der Uhrdeckel klappte zu. Leutnant Teck verschwand.

„Wir haben, was wir wollten", sagte Meister Fabrizius. „Die Herrschaften werden uns nun also entschuldigen!"

Meister Michaelis griff nach dem Stundenzeiger seiner Uhr und wollte ihn herum reißen, da waren Josef und Meister Fabrizius schon durch die Tür. Michaelis raffte seine Uhren auf, stieß Amalie gegen die Wand und rannte hinter den Flüchtenden her, die steilen Treppen hinunter.

Der Nachtwächter stand auf dem Ostturm und sah zur Alten Mühle. „Oh, weh!", sagte er. „Das brennt. Das brennt ja lichterloh!"

Nachschrift

Rund zwölf Monate nach dem fürchterlichen Brand der Alten Mühle öffnete die Köchin der Berlings die Hintertür und schlug vor Schreck die Hände über dem Kopf zusammen. Auf der obersten Stufe stand ein Wiegenkorb, weich ausgepolstert und daraus sah ein rosiges Gesichtchen hervor. Die Köchin unterdrückte ein wissendes *Aha* und trug den Korb nach drinnen. In der Halle wies sie ihren Fund Heinrich vor.

„Und da ist ein Umschlag", sagte sie. „Adressiert an Herrn Alexander Berling!"

Heinrich rieb sich die Augen, betastete seinen Magen und trug den Korb dann sehr vorsichtig in den Salon.

„Ähm, gnädiger Herr!", sagte er. „Es wurde… etwas abgegeben."

Alexander sah verdattert in das kleine Gesicht aus dem zuversichtliche braune Augen zu ihm aufsahen, und reichte den Umschlag Amalie, die ihm gegenüber auf dem Sofa saß.

Amalie öffnete den Umschlag und las das kurze Schreiben:

Hochgeschätzter Freund,
da ich Sie als tatkräftigen Mann mit großem Herzen kennen lernen durfte, bin ich so frei, die Bitte einer Mutter zu erfüllen, deren Lebensumstände es ihr zurzeit nicht erlauben, sich nach Gebühr um diese neue Erdenbürgerin zu kümmern. So gebe ich Sie in Ihre Obhut in dem Wissen, dass Sie unsere liebreizende Sophia aufziehen werden, wie ein Vater seine Tochter aufzieht.
Ihr, Ihnen sehr verbundener, Lucas Fabrizius

Alexander waren Tränen in die Augen geschossen.

„Also ist es wahr!", flüsterte er. „Leona lebt!"

„Wie ich es dir tausendfach versichert habe", sagte Amalie. „Und auch wenn alles vielleicht ein wenig schwierig ist, geht es ihr anscheinend gut." Sie gab Alexander den Umschlag und hob die kleine Sophia aus ihrem Korb. „Unser Schatz scheint gut genährt und gesund. Da lässt sich hoffen, dass auch für die Mutter gut gesorgt ist."

„Aber wir haben sie für tot erklären lassen", stammelte Alexander. „Wie sollen wir das nun rückgängig machen? Wo soll ich sie finden?"

„Vorläufig hast du andere Aufgaben", sagte Amalie. „Und aus diesem einfühlsamen Schreiben entnehme ich, dass es für Leona nicht sicher wäre, irgendwo aufzutauchen. Immerhin ist Meister Michaelis entkommen. Es würde mich gar nicht verwundern, wenn er sich seinem Widersacher an die Fersen geheftet hätte, um die Sache doch noch zwischen ihnen auszumachen."

„Sie hat Leonas Augen", sagte Alexander, als habe er gar nicht zugehört.

„Das habe ich bemerkt", sagte Amalie und küsste das Kind auf die Wange, das daraufhin gut gelaunt lachte.

„Hör mal!", sagte Alexander. „Ich habe noch die Berechnungen. Und du hast von Gravuren erzählt... Meinst du, man könnte Leona zurückholen?"

„Vielleicht", sagte Amalie. „Aber selbst wenn es möglich wäre, müssten wir sie dazu erst einmal ausfindig machen."

Alexander nickte.

„Dann werden wir das!", sagte er.

Zeit ist das, was man an der Uhr abliest.

Albert Einstein

Das Leben gleicht einem Buch, Toren durchblättern
es flüchtig; der Weise liest es mit Bedacht, weil er weiß,
dass er es nur einmal lesen kann.

Jean Paul